ro
ro
ro

ro
ro
ro

SINA SCHERZANT
MARIUS NOTTER

RANDALE, RANDALE, TREKKINGSANDALE

Kleinstadt-Wahnsinn
mit den Ahlmanns

Von den Macher:innen
von alman_memes2.0

Rowohlt Taschenbuch Verlag

Originalausgabe
Veröffentlicht im Rowohlt Taschenbuch Verlag,
Hamburg, April 2022

Covergestaltung zero-media.net, München
Coverabbildung und -innengestaltung Kaja Merle Illustration
Satz aus der Swift bei Pinkuin Satz und Datentechnik, Berlin
Druck und Bindung GGP Media GmbH, Pößneck, Germany
ISBN 978-3-499-00817-7

Die Rowohlt Verlage haben sich zu einer nachhaltigen Buchproduktion verpflichtet. Gemeinsam mit unseren Partnern und Lieferanten setzen wir uns für eine klimaneutrale Buchproduktion ein, die den Erwerb von Klimazertifikaten zur Kompensation des CO_2-Ausstoßes einschließt.
www.klimaneutralerverlag.de

Für E.

INHALT

KAPITEL 1

Das Teelicht und die Kiwi

«Und jetzt gespreizte Kaktusarme ... Nabel einziehen ... fließend rüber ins leichte Hohlkreuz ... Sehr gut, und weiter mit der Ausatmung in den runden Rücken, und die Arme umschließen eine imaginäre Kugel ... Die Schulter unten lassen, Anette, nicht den Nacken so stauchen ...»

Anette Ahlmann zuckte zusammen, zog rasch die Schultern nach unten und reckte ihren Hals ein wenig nach vorne, was an eine Schildkröte erinnerte, die neugierig den Kopf aus ihrem Panzer steckte.

«Na, na ... der Kopf bleibt unten, ganz entspannt», ermahnte die sanfte Stimme sie erneut.

Anette ließ den Kopf sinken, was ihr sehr entgegenkam. So konnte wenigstens niemand sehen, dass sie knallrot geworden war. Verdammte Axt! Heute wollte es einfach nicht klappen!

«Wir kommen jetzt wieder in den Schneidersitz, nehmt gerne euer Kissen oder euren Yogaklotz zur Stabilisierung hinzu, der Rücken ist gerade, der Blick nach vorn ... Anette, auch hier sind die Schultern unten ...» Yogatrainer Manuel war wie aus dem Nichts hinter Anette erschienen und drückte ihre Schultern sachte Richtung Boden. Sie spürte, dass die Blicke der anderen Teilnehmenden auf ihr lagen. Nicht beachten, Anette, nicht beachten, wiederholte sie mantraartig in ihrem Kopf, richtete den Blick starr nach vorne und heftete ihn fest an die weiße Wand des Kursraumes. Manuel lief geräuschlos wieder nach vorn zu seiner eigenen Matte und begann eine Dehnübung für den Schulter- und Nackenbereich vorzuführen, die sie bisher noch nie gemacht hatten. Jetzt, da die Aufmerksamkeit der anderen wieder auf ihren Trainer gerichtet war, traute sich Anette, den Blick vorsichtig durch den Raum schweifen zu lassen.

Von weiter vorne warf ihre beste Freundin Biggi ihr einen fragenden Blick zu. Anette zuckte ratlos die Schultern, ließ sie dann aber schnell wieder sinken. Nicht dass Manuel dachte, sie hätte das mit der Schulterposition immer noch nicht verstanden.

Wie jeden Dienstagabend gab sich Anette auch heute große Mühe, seinen Anweisungen zu folgen, doch es fiel ihr viel schwerer als sonst. Ständig rauschten ihre Gedanken in alle Richtungen davon, und sie bekam sie einfach nicht wieder eingefangen.

Zugegeben, sie ahnte schon, warum heute ein bisschen der Wurm drin war. Schließlich war sie in aller Eile nach Feierabend direkt zur Volkshochschule aufgebrochen und hatte den grauen Altbau nur wenige Minuten vor Beginn der Stunde erreicht. Da war keine Zeit gewesen, mal kurz durchzuschnaufen. Normalerweise achtete sie darauf, nicht völlig abgehetzt beim Yoga anzukommen, das merkte Manuel nämlich sofort und erinnerte alle stets mit sanft-mahnender Stimme an die Bedeutung freier Energiekanäle. Heute war es aber nun mal nicht anders gegangen! Morgen stand Anettes erste große Bewährungsprobe im Rathaus an, und die musste bis ins kleinste Detail ausgearbeitet sein, damit sie am Ende nicht doof dastand. Der Wiedenmaier und die Baumgärtner aus der Opposition würden sich ordentlich ins Fäustchen lachen, wenn sie gleich zu Beginn scheiterte. Das durfte sie auf keinen Fall zulassen!

Erst vor wenigen Wochen hatte Anette ihr Amt als Bürgermeisterin von Hildenberg angetreten und sich nach einer ersten Orientierungsphase sofort in die Arbeit gestürzt. Es gab einiges zu tun! Doch darüber sprechen wollte sie erst, wenn morgen alles glattgegangen war. Bisher hatte sie Biggis Fragen glücklicherweise gut ausweichen können, denn die wollte – als ehemaliges Mitglied von Anettes Wahlkampfteam und Unterstützerin der ersten Stunde – natürlich ganz genau wissen, was gerade Thema im Rathaus war.

Ganz bewusst hatte Anette sich zu Beginn der Yogastunde einen Platz am hintersten Ende des Raums gesucht, da sie wusste, dass es Biggi immer in den vorderen Bereich zog. Und so war es auch gekommen. Kaum hatte Biggi in Begleitung von Yogatrainer Manuel den Kursraum betreten, ließ sie ihre Matte in der ersten Reihe, nur wenige Zentimeter von Manuels Unterlage entfernt, sinken. Anschließend sah sie sich im Raum um und erspähte Anette. «Ist das okay, wenn ich hier vorn liege?», fragte sie ihre Freundin im Flüsterton, aber mit überdeutlichen Lippenbewegungen.

Anette hatte mit den Händen gewedelt und tonlos ein «Jaja, wir reden später» geformt.

Der Kurs, den Anette und Biggi bei Manuel besuchten, war für «Fortgeschrittene». Seit fast acht Jahren machten die beiden jetzt schon gemeinsam Yoga, und eigentlich hatte Anette auch bei den dynamischeren Übungen mittlerweile einen guten Atem- und Bewegungsrhythmus entwickelt. Manchmal zeigte Manuel ihnen nur so zum Spaß anspruchsvollere

Übungen mit Kopfstand, Handstand und allem möglichen Pipapo. Da winkte Anette dann aber meistens doch direkt ab. Das sollten die jungen Hüpfer ruhig allein machen. Biggi, die auf ihrer Poleposition natürlich vor Manuel glänzen wollte, probierte auch die noch so ausgefallenste Übung aus, während alle anderen schon aufgegeben hatten. So kam es, dass sie sich vor ein paar Monaten ganz böse die Schulter geprellt hatte, als sie aus dem Kopfstand abgerutscht war.

Natürlich tat Biggi Anette leid, als sie schwankend, von Manuel gestützt, hinaus auf den Parkplatz geführt wurde, wo bereits ihr Göttergatte Jörg wartete, um sie in die Notaufnahme zu fahren. Dennoch ... Wenn Biggi nicht immer so übertreiben würde, wär ja nichts passiert!

«Klar tut Biggi mir leid. Jetzt muss sie die Schulter ein paar Wochen schonen und kann kaum was machen, aber sie ist auch ein bisschen selbst schuld. Man muss ja mit fünfzig Jahren keinen Kopfstand mehr machen ...», hatte Anette damals beim Abendbrot zu Achim gesagt und entrüstet den Kopf geschüttelt.

Mittlerweile war Biggis Schulter jedoch verheilt und ihr Enthusiasmus ungebrochen. So bewegte sie sich auch heute voller Elan durch die Übungen, ganz im Gegensatz zu Anette, der jetzt beim Wechsel vom «herabschauenden Hund» in den «heraufschauenden Hund» der Atemrhythmus vollkommen durcheinandergeriet, sodass sie sich im Schneidersitz auf ihre Matte setzen musste, um den aufkommenden Schwindel zu vertreiben.

Anette musste zugeben, dass Biggi wirklich was hermachte, wie sie da in ihren lachsfarbenen, dreiviertellangen Yogapants und dem grau melierten Tanktop nahezu mühelos aus der vorherigen Position in die Kobra wechselte. Da konnten sich manche der Jüngeren tatsächlich noch eine Scheibe von abschneiden. Sie beobachtete Biggi eine Weile von ihrer Ruheposition aus, bis der Schwindel verflogen war, legte sich dann wie die anderen auf den Rücken und stieg wieder ein.

«Und jetzt mit ein bisschen Schwung nach oben kommen mit den Beinen, sehr schön, nehmt die Hände zur Unterstützung, die Ellenbogen drücken fest in den Boden, und so kommen wir in den Schulterstand», hallte Manuels Stimme sanft durch den Raum.

«Bei uns hieß das früher Kerze», brummelte Babsi, die neben Anette lag.

Anette schob ihre Beine langsam nach oben, merkte aber, dass diese bedrohlich schwankten und sie heute keinen guten Stand mit den Ellenbogen fand.

Da rumste es neben ihr.

Babsi war aus dem Schulterstand gepurzelt und lag verknotet neben ihrer Matte.

«Na gut», meinte sie, «dann heute eben keine Kerze, dann bleib ich einfach in der Teelicht-Position!»

Anette gluckste, und auch um sie herum ertönte gedämpftes Gelächter.

«Im Teelicht ... herrlich», kicherte Petra zu Babsis anderer Seite.

Anette spähte an ihren Beinen vorbei und sah, dass Biggi als Einzige nicht lachte.

Stattdessen war ihr Gesicht vor Anstrengung verzerrt. Ihre Kette war ihr unter die Ohren gerutscht, und der zugehörige matt silberne Anhänger in Elefantenform, den Jörg ihr zum letzten Hochzeitstag geschenkt hatte, baumelte über ihrer

Nase. Mein lieber Schwan, dachte Anette im Stillen, man kann's auch übertreiben, 'n bisschen Spaß sollte es doch wohl auch noch machen.

Als Manuel endlich die Abschluss-Entspannung einläutete, war Anette heilfroh. Zwar war sie in der letzten Viertelstunde doch einigermaßen gut mitgekommen, aber so richtig in den Flow kam sie heute trotzdem einfach nicht. Außerdem knurrte ihr Magen alle fünf Minuten bedrohlich, da sie mittags nur schnell ein paar trockene Cracker aus ihrer eisernen Bürosnack-Reserve gefuttert hatte.

«Dann kommt jetzt alle langsam wieder in diesem Raum an, öffnet die Augen, wenn ihr so weit seid ... Streckt die Arme aus oder bewegt die Zehen, spürt mal in euch rein, welche Bewegung euer Körper gerade ausführen möchte ... Und dann kommt ganz allmählich ins Sitzen ...», sagte Manuel kurze Zeit später und setzte sich in den Schneidersitz. Er führte die Arme vor der Brust zusammen und machte eine kleine Verbeugung im Sitzen, Anette und die anderen taten es ihm nach.

Geschafft! Anette stand langsam auf, zog ihre Socken wieder an, rollte ihre Matte zusammen und machte sich auf den Weg zur Umkleidekabine. Biggi stand vorne bei Manuel und unterhielt sich angeregt mit ihm. Während sie mit dem jungen, muskulösen Mann sprach, drehte sie betont lässig eine Strähne ihrer blond gelockten Kurzhaarfrisur zwischen den Fingern. Anette verdrehte innerlich die Augen, sagte aber nichts.

Fünf Minuten später betrat auch Biggi die Umkleide.

«Na, was gab's noch Wichtiges zu besprechen?», fragte Anette und bemühte sich um einen gelassenen Tonfall.

«Ach, du, ich hab immer das Gefühl, dass ich mein Powerhouse beim Schulterstand nicht richtig aktiviert kriege.

Aber Manu meinte, dass das bei mir doch klasse ausgesehen hätte ...», schwatzte Biggi sofort drauflos.

«Hmmmhhh», antwortete Anette nur. Wie hatte ihre Tochter Annika das letztens noch genannt? Wenn Leute sich selbst kritisierten, aber eigentlich nur hören wollten, dass sie es super gemacht hatten? Compliments fischen oder so.

Das war einfach wieder typisch Biggi. Diese ständige Einschmeichelei bei ihrem Trainer war in den vergangenen Monaten sogar noch schlimmer geworden. Seit am Wahlsonntag im vergangenen September zufällig herausgekommen war, dass Manuel eine Liaison mit der vierzehn Jahre älteren Friseurin Ulrike hatte, schien es, als hätte Biggi ihre Bemühungen, ihn zu bezirzen, noch verstärkt. Ganz so als glaubte sie, die Beziehung belege, dass ihr Trainer grundsätzlich nicht die Finger von älteren Frauen lassen könnte. So ein Unfug! Es musste irgendwas anderes sein, das Manuel und Ulrike verband. Anette hatte sich zwar auch sehr über diese Verbindung gewundert, aber wenn die zwei glücklich waren, meine Güte! Dann sollte es eben so sein. Leben und leben lassen! Was Biggi mit ihrer ständigen Flirterei bezweckte, war ihr wirklich schleierhaft. Vor allem war sie doch seit Ewigkeiten mit Jörg verheiratet und machte – wenn sie nicht gerade beim Yogakurs war – auch immer einen auf verliebtes Täubchen. Jörg hier und Jörg da. Das hatte Anettes Göttergatte Achim ja schon seit Längerem angeprangert. Später, wenn sie nach Hause kam, würde sie Achim direkt erzählen, wie Biggi sich heute wieder aufgeführt hatte. Unmöglich!

«Babsi, wo warste denn letzte Woche? Nicht dass hier der Schlendrian einkehrt», rief Biggi gerade quer durch die Umkleide.

«Du, der Dirk und ich waren doch ’n paar Tage in der Sächsischen Schweiz!», antwortete Babsi.

«Ach, das soll ja herrlich sein», klinkte sich Petra ein.

«Ich sag es euch, wun-der-schön! Glaubt man gar nicht, was wir für ’ne sagenhafte Natur hier in Deutschland haben, da muss man nicht immer wer weiß wohin fliegen. Und die Luuuuft erst!», meinte Babsi, während sie ihre Yogamatte schulterte. «Also dann, ihr Lieben, bis nächste Woche!»

Die ganze Umkleide flötete im Chor «Bis nächste Woche, Babsi!» und wandte sich dann wieder den jeweiligen Sporttaschen und -beuteln zu.

«Du, Anette, was ich dich mal fragen wollte, wie heißt eigentlich das Hotel, in das ihr immer am Gardasee fahrt? Hatte den Achim letztens schon beim Bäcker danach gefragt, aber da isses ihm nicht eingefallen. Der Thomas und ich wollten dieses Frühjahr so gerne mal wieder an den Lago!», ertönte plötzlich Petras Stimme direkt neben Anette, die sich gerade ihre neuen, gefütterten Outdoorstiefel zuschnürte und Petra nicht hatte kommen sehen.

«Äh … äh … Du, wo du mich so fragst, ich weiß es gerade auch nicht … ist so ’n ungewöhnlicher Name, weißt du», erwiderte Anette stockend und lachte nervös.

«Du, kein Problem, wenn du dran denkst, kannste ja zu Hause mal nachschauen, und dann sagste es mir einfach nächste Woche!», entgegnete Petra und verließ mit einem «Alsooo, tschüsschen, ihr Lieben!» die Umkleide.

Anette und Biggi tauschten einen Blick und grinsten.

«Die Petra ist ja wirklich ’ne Nette, aber im Urlaub muss ich die nicht auch noch um mich haben», raunte Anette Biggi zu.

«Nee, das muss wirklich nicht sein. Wenn sich das erst mal rumspricht, hocken da dann plötzlich nicht nur Petra und Thomas, sondern Hinz und Kunz aus ganz Hildenberg», flüsterte Biggi zurück.

«Eben! Das isses ja!», meinte Anette und war froh, dass Achim das tolle Balkonzimmer im Hotel Renata für diesen Sommer bereits gebucht hatte. Das würde ihnen keiner wegschnappen!

«Aber jetzt sag mal», Biggis Stimme war nun lauter, da auch die übrigen Kursteilnehmerinnen die Umkleide verlassen hatten, «was war denn vorhin mit dir los? Warst ja ganz durch'n Wind!»

Anette nestelte ein wenig an ihrem Sportbeutel herum, um nicht sofort antworten zu müssen. Dann atmete sie einen kurzen Moment tief durch, straffte die Schultern und schlüpfte gedanklich in ihr Bürgermeisterinnenkostüm.

«Es ist momentan im Rathaus einiges los, Birgit, so viel kann ich sagen, allerdings ist es mir aktuell noch nicht möglich, mit Außenstehenden über Details zu sprechen.» Anette bemühte sich, ihrer Stimme einen professionellen Ton zu geben, fügte dann allerdings noch ein freundschaftliches «Ich hoffe, du verstehst das» hinzu.

Biggi sah enttäuscht aus. «Oh ... ja, natürlich», sagte sie mit leiser, belegter Stimme, die so gar nicht nach der sonst immer fröhlichen Biggi klang. Anettes Magen zog sich schmerzhaft zusammen.

Schweigend verstauten die beiden ihre restlichen Sachen in den Sportbeuteln, schulterten ihre Matten und verließen die Volkshochschule.

Anette ärgerte sich. Vielleicht hätte sie Biggi einfach erzählen sollen, welchen großen, politischen Coup sie derzeit plante. Bald würde sowieso ganz Hildenberg davon erfahren, was machten da schon ein paar Tage früher oder später aus? ‹Hildenberg wird nur davon erfahren, wenn der Stadtrat das Projekt durchwinkt›, sagte eine mahnende Stimme in ihrem Kopf. Richtig. Sie musste sich jetzt einfach professionell verhalten und konnte nicht nach Lust und Laune über Interna aus dem Rathaus plaudern.

«An der Spitze kann es manchmal ganz schön einsam werden», hatte der ehemalige Bürgermeister Rudolf Kolloczek kurz nach Anettes Wahlsieg zu ihr gesagt. Ja, sieht ganz so aus, dachte sie jetzt mit einem Anflug von Bitterkeit.

Die Freundinnen traten hinaus auf den Parkplatz vor der Volkshochschule, und Anette blickte sich auf dem Parkplatz um. «Wo ist denn dein Wagen?», fragte sie betont lässig in der Hoffnung, dass sich Biggi schon wieder gefangen hatte.

«Jörg hat mich vorhin abgesetzt», meinte Biggi. «Na ja, ist ja nicht so weit, ich dachte, ich kann auch zurücklaufen ... Bewegung tut ja gut, was?» Sie kicherte nervös.

«Biggi, jetzt mach dich nicht lächerlich, wir wohnen direkt nebeneinander. Natürlich nehme ich dich mit!», sagte Anette energisch und deutete auf ihr Auto, das sie einige Meter entfernt abgestellt hatte. Ein Chevrolet Spark, in einem schicken Kiwigrün, den Anette sich zu Beginn ihrer Amtszeit nach langem Überlegen zugelegt hatte.

Eigentlich war sie immer der Auffassung gewesen, dass ein Auto ausreiche und Achim und sie sich den Zafira ohne Probleme teilen konnten. Klar, manchmal hatte das ein paar logistische Überlegungen mehr erfordert, aber im Großen und Ganzen hatte es geklappt. Außerdem hielt sie ein Auto sowieso mehr für einen nützlichen Gebrauchsgegenstand als für ein Statussymbol und war sich sicher, dass Achim – im Gegensatz zu seinem Bruder Ralf, der alle paar Monate mit einem neuen Leasing-Wagen um die Ecke kam – genauso dachte. Als sie jedoch ihre neue Stelle im Rathaus angetreten hatte, war es schwierig geworden mit dem innerfamiliären Carsharing. Anette hatte häufig Außentermine, musste oft auch am Wochenende noch mal auf eine Gartencenter-Eröffnung oder ein Schulfest, und Achim beschwerte sich zunehmend, dass er zu gar nix käme, da er ständig Anette durch die Gegend fahren müsste, um anschließend das Auto mal für zwei Stunden für sich zu haben.

Natürlich hätte es die Möglichkeit gegeben, den alten Dienstwagen des Rathauses zu nutzen, den bereits ihr Vorgänger Rudolf Kolloczek gefahren war. Aber der alte Prius stank wie ein Aschenbecher, und Anette hatte jedes Mal, wenn sie aus dem Wagen ausgestiegen war, das Gefühl gehabt, nach Kneipe zu riechen, was für wichtige Businesstermine ihrer Meinung nach nicht gerade förderlich war. Außerdem hatte die alte Rostlaube so viele Kilometer weg, dass Anette Sorge hatte, das Ding würde bei der leichtesten Bewegung auseinanderfallen. Als sie den Stand des Kilometerzählers mal nebenbei in einem Gespräch mit Biggi erwähnte, hatte diese nur wissend genickt.

«Die Meier hat den Kolloczek doch vor zig Jahren mal mit dem Dienstwagen auf der Autostrada in Italien gleich hinterm Brenner gesehen! Urlaub mit der ganzen Familie auf Spritkosten des Steuerzahlers! Weißt du das nicht mehr? Das war doch *der* Skandal in Hildenberg!»

Bei Biggis Worten hatte sich irgendwas im Hinterstübchen von Anettes Bewusstsein geregt, und ihr war eingefallen, wie sich der Kolloczek auf einer extra einberufenen Pressekonferenz gegen die Vorwürfe gewehrt und erklärt hatte, dass er den Wagen ausschließlich dienstlich nutze und bei kleineren Umwegen das Spritgeld aus eigener Tasche zahle. Das sei alles transparent und vorschriftsgemäß im Fahrtenbuch eingetragen, hatte er hoch und heilig geschworen.

«Spritgeld für kleinere Umwege … bei 'nem Hybrid, verarschen kann ich mich selber!», hatte die Meier noch Tage später gewettert und jedem, der es hören wollte, lang und breit erzählt, wo genau sie die Kolloczeks gesehen hatte und dass der Rudolf trotz der Kinder auf der Rückbank 'ne Fluppe auf'm Zahn gehabt hätte. «Das muss man sich mal vorstellen!»

Anette hatte damals nichts auf die Geschichte gegeben – wusste doch jeder, dass die Meier für einen guten Skandal ihr letztes Hemd geben würde. Doch später, da sie die 200 000 Kilometer auf dem Zähler gesehen und das Quietschen der Bremsen gehört hatte, war sie sich plötzlich nicht mehr so sicher gewesen. Klar gewesen war allerdings, dass sie mit Kolloczeks Räucherkammer keinen Meter mehr fahren würde.

Als die logistischen Probleme schließlich zu einer Reihe kleinerer Streitigkeiten zwischen Achim und ihr führten, hatte Anette sich ein Herz gefasst und vorgeschlagen, einen Zweitwagen anzuschaffen. Nach Anettes Vorstoß hatte Achim fast eine ganze Minute lang geschwiegen und dann gemeint: «Dann müssen wir uns wohl mal schlaumachen!»

Anette vermutete, dass Achim an das viele Geld dachte, das sie für einen neuen Wagen lockermachen müssten. Erst vergangenen Herbst hatten sie sich neue Steinplatten für den Weg zwischen Terrasse und Geräteschuppen gegönnt, eine weitere große Anschaffung innerhalb weniger Monate konnte einem schon mal ordentlich die Laune verhageln. Doch dann fiel ihr ein, dass Achims Bruder Ralf schon mehrfach großspurig erzählt hatte, dass er dem Huber vom Autohaus einen saftigen Leasing-Rabatt von zwanzig Prozent abgequatscht und das Auto «quasi geschenkt bekommen» hatte. Warum es also nicht mal beim Autohaus Huber im Gewerbegebiet Sarlhöhe versuchen?

Sie hatte Achim damals nichts von ihrem Vorhaben erzählt und sich stattdessen eines Mittags in der Pause von Biggi zum Autohaus kutschieren lassen. Beim Anblick der schicken, bunten Neuwagen im Autohaus packte Anette dann plötzlich die Kauflust. Abgesehen von den Garten-Steinplatten hatte sie sich seit Jahren nichts so Teures mehr gegönnt. Ja nicht einmal daran gedacht! Und Herr Huber war äußerst zuvorkommend. Mit jeweils einer dampfenden Tasse Kaffee ausgerüstet, auf der in blauer Schrift dick das Firmenlogo prangte, ging er Anettes Wünsche sehr ausführlich mit ihr im Katalog durch. Zwischendurch füllte ein junger Azubi regelmäßig den Teller mit Keksen auf, die Biggi in Rekordtempo verspeiste, während sie unbeteiligt auf ihrem Smartphone herumtippte.

Um die Sache perfekt zu machen, erzählte ihr der Huber dann noch von seiner aktuellen Frühjahrsaktion, bei der es «unglaubliche zwanzig Prozent auf Neuwagen!» gab. Obwohl Anette bei der Aussicht auf zwanzig Prozent bereits innerlich jubelte, blieb sie äußerlich ruhig, gab nur ein vages «Hmmh» von sich und blätterte noch einmal, vermeintlich unentschlossen, durch den Katalog.

Als so ein paar stille Sekunden verstrichen waren, beugte der Huber sich zu Anette vor, öffnete den Mund, um etwas zu sagen, doch bevor sie erfahren konnte, was er wollte, kam der Azubi vorbei und schenkte ihnen Kaffee nach. Herr Huber lehnte sich mit einem Lächeln wieder zurück und wartete ab, bis der junge Mann außer Hörweite war, um dann zu flüstern: «Für unsere Bürgermeisterin gibt es natürlich auch noch einen Satz brandneue Sommerreifen gratis dazu!»

«Aber … aber das kann ich doch nicht annehmen, das ist doch …», Anette senkte ebenfalls die Stimme, «Amtsmissbrauch!»

«Quatsch!», riefen Herr Huber und Biggi wie aus einem Munde. Und so knickte Anette schließlich ein, ließ Herrn Huber die Formulare aufsetzen und lehnte sich mit klopfendem Herzen auf dem leicht wippenden Lederstuhl zurück.

Zwischendurch kamen ihr dann doch wieder Zweifel, ob sie eine so große Entscheidung wirklich ohne Achim treffen sollte, aber Biggi winkte ab. «Mach dir keinen Kopf!», meinte sie nur und wedelte dabei leicht mit der Hand, als wären Anettes Bedenken eine nervige Fliege, die um sie herumschwirrte. «Der wird froh sein, wenn du dich allein um die Sache kümmerst. Der ist doch sonst auch immer von allen Kleinigkeiten so gestresst! Das hier ist ein typischer Fall von ‹Selbst ist die Frau!›. Wenn du das nicht in die Hand nimmst, Netti, wird sich das noch ewig hinziehen. Glaub mir, der Achim wird be-geis-tert sein!»

Achim blickte von der Fernsehzeitschrift auf, die er gerade mit auf der Nasenspitze sitzender Lesebrille eingehend studiert hatte, als er Motorengeräusche in der Einfahrt hörte.

Mit einem Brummen erhob er sich vom Sofa und schlurfte träge in die Küche. Er blickte durchs Küchenfenster und sah Anettes kiwifarbenes Auto die Einfahrt hinaufkriechen. Einige Meter hinter seinem Zafira, der im Carport stand, kam der Chevrolet Spark zum Stehen.

«Fahr doch dichter ran, da passen doch noch zwei LKWs dazwischen», knurrte Achim und zog sich in den Schatten der dunklen Küche zurück, als er sah, dass Anette und Nachbarin Biggi mit geschulterten Yogamatten ausstiegen und noch ein paar Sätze wechselten.

Achim warf einen letzten Blick auf die Szenerie in seiner Einfahrt und ging zurück ins Wohnzimmer.

Wie er den Anblick dieser quietschgrünen Nuckelpinne hasste. Er konnte es auch jetzt – Wochen später – immer noch nicht fassen, dass Anette sich das Teil einfach gekauft hatte, ohne sich mit ihm abzustimmen.

Seit Jahren musste er mitansehen, wie sein Bruder Ralf alle zwölf Monate mit einem neuen schicken Auto durch die Gegend heizte. Es kostete ihn jedes Mal seine komplette Willenskraft, nicht nachzufragen, ob er mal eine Runde mit dem SUV, Cabriolet oder Sportwagen drehen durfte. Diesen Triumph wollte er seinem Bruder einfach nicht gönnen. Bei jedem kleinen Mätzchen, das der Zafira machte, keimte in ihm die Hoffnung auf, dass er jetzt endlich einen triftigen Grund hätte, sich nach einem schickeren, eindrucksvollen Modell umzusehen. Aber Pustekuchen! Die alte, anthrazitfarbene Rostlaube berappelte sich jedes Mal wieder und fuhr und fuhr. Achim konnte sich nicht dazu durchringen, den Wagen abzugeben oder verschrotten zu lassen, solange er ihm noch gute Dienste erwies.

Als sich dann Anfang des Jahres abgezeichnet hatte, dass Anette und er mit ihrem bisherigen Ein-Auto-Konzept logistisch nicht mehr hinkamen und Anette ihm vom Zustand des Dienstwagens berichtete, hatte Achim das als Geschenk des Himmels angesehen. Das war die perfekte Win-win-Situation. Anette konnte den Zafira weiterfahren und er sich endlich ... Ja, was denn eigentlich? Die Auswahl war ja riesig! Mit vor Aufregung schwitzigen Fingern und der nach vorne geschobenen Lesebrille hatte er Abend für Abend vor einem daumendicken Haufen Ausdrucke gesessen, die ihm sein Azubi zusammengestellt hatte.

Seinen Azubi Thorben hatte Achim nämlich gleich am nächsten Tag mit einem Pfiff und einer wedelnden Handbewegung in sein Büro beordert. Es kam ihm gelegen, dass der Bursche schon eine abgebrochene Kfz-Lehre hinter sich hatte und sich somit einerseits mit Autos auskannte und andererseits aufgrund des kleinen Knicks im Lebenslauf immer einen guten Eindruck bei seinem Chef, Herrn Ahlmann höchstpersönlich, machen wollte. So war er von Achim sofort in den Autoauswahlprozess eingespannt worden. Als der junge Mann ihm dann auf dem Firmen-PC eine große Vorauswahl an Autos zeigte, die infrage kamen, wurde Achim fast schwindelig.

«Kann man das auch irgendwie ausdrucken, damit ich mir das mal in Ruhe ansehen kann?», fragte er grummelig und schaute in ein entgeistertes Gesicht. Doch am nächsten Tag lag auf seinem Schreibtisch ein fein säuberlich gestapelter Stoß Papier. Bedruckt. Fast 70 Seiten mit Autos, die Achims Kriterien erfüllten und bei Vergleichsportalen, lokalen Händlern oder sonstigen Plattformen zu finden waren. Sein Azubi hatte ganze Arbeit geleistet.

Ab diesem Zeitpunkt verbrachte Achim jede freie Minute im Keller damit, verschiedene Modelle in verschiedener Ausführung zu verschiedenen Preisen zu vergleichen. Dabei markierte er mit einem Textmarker in Neongelb, was in die engere Auswahl kam, und in Neonorange die Wagen, die er ausschließen konnte. Als er mit der Vorauswahl durch war, ging er noch mal mit einem grünen Marker durch die Liste und markierte seine Top-Favoriten.

Und dann stand eines Abends einfach diese grüne Frechheit von Auto in seiner Einfahrt – daneben Anette und Biggi mit jeweils einem Glas Prosecco in der Hand.

«Überraschung!», brüllte Anette, als er aus seinem Zafira stieg. Die Proseccoflasche, die an ihrem Gartenzaun lehnte, war bereits zur Hälfte geleert.

«Schiffe weiht man doch auch mit einer Flasche Schampus ein, warum nicht auch ein neues Auto?», fragte Biggi keck und bot ihm ebenfalls ein Glas an, das Achim schnaubend ablehnte.

«Die zerschlagen die Flasche aber am Bug des Schiffs und kippen den Stoff nicht in sich rein», fauchte er und stürmte ins Haus.

Einige Minuten lang saß Achim reglos auf dem Sofa, so von den Socken war er. Schließlich – nach einigen tiefen Seufzern und einem großen Schluck Obstler – fing er sich wieder einigermaßen und stiefelte nach draußen.

«Musste mir erst mal die Hände waschen», brummte er in Richtung Anette und Biggi, die immer noch mit den Proseccogläsern dastanden. Mittlerweile war auch Jörg dazugekommen und besah sich das Soundsystem des Wagens.

Bevor Achim irgendwelche Fragen stellen konnte, plapperte Anette drauflos und erzählte von den zwanzig Prozent Rabatt und dem gratis Satz Sommerreifen, führte ihm die Vorteile auf und endete schließlich mit einem verzückten: «Ist er nicht süß?»

«Sieht irgendwie aus wie 'ne Kiwi», sagte Achim nur und klopfte mit vermeintlicher Kennermiene gegen die Reifen.

«Ja, cool, oder?», antwortete Biggi und strich liebevoll über die Motorhaube, als wäre es ihr Auto.

Für Achim war das kein Auto, das war eine Frechheit auf vier viel zu kleinen Reifen! Aber er hielt den Mund.

Seine Disziplin war einige Tage später erneut auf die Probe gestellt worden. Denn da hatte plötzlich sein Bruder Ralf vor der Tür gestanden – mit einem Grinsen, das von Hildenberg bis an den Ballermann reichte.

«Mir ist zu Ohren gekommen, ihr habt ein neues Auto, das wollte ich mir ansehen, aber ich sehe da draußen nur dieses Bobbycar!»

Wenn er nur daran dachte, wurde Achim fast so wütend wie damals, als Sebastian Vettel beim Großen Preis von Japan durch den Niederländer Verstappen von der Strecke abgedrängt worden war und diese Hohlköpfe von TV-Experten doch tatsächlich dem deutschen Rennfahrer selbst die Schuld für sein Ausscheiden zugesprochen hatten.

Fast zwei Stunden hatte sich Ralf über das neue Auto, Achims Versagen in der Angelegenheit und die traurige Entwicklung, die Männer angeblich durchmachten, wenn sie bei ihren Frauen «unterm Pantoffel standen», ausgelassen. Achim hätte sich in den Hintern beißen können. Hätte er Ralf in den Wochen zuvor doch bloß nicht erzählt, dass er sich einen schicken SUV kaufen wollte und bereits mit einem Profi auf Autosuche war! Dass es sich bei dem «Profi» um seinen Azubi handelte, hatte er in weiser Voraussicht immerhin ausgespart.

Neben Ralfs Spott musste er nun zu allem Überdruss täglich an dieser hässlichen, kleinen Kiwi, die grün glänzend und aus seiner Sicht höchst provokant in der Einfahrt stand, vorbei zu seinem in die Jahre gekommenen Zafira laufen. Das durfte einfach alles nicht wahr sein!

Das Drehen des Haustürschlüssels riss Achim aus seinen trüben Gedanken. Schnell eilte er zurück ins Wohnzimmer und ließ sich aufs Sofa fallen. Anette sollte natürlich nicht wissen, dass er sie durchs Fenster beobachtet hatte.

«Hallo, ich bin's! Meine Güte, bin ich platt, das sag ich dir aber», hallte Anettes Stimme vom Flur ins Wohnzimmer. «Biggi war heute wieder drauf, das hättest du mal sehen sollen. Wie die sich wieder an Manuel rangeschmissen hat, und dann war se auch noch beleidigt, weil ich ihr nix ausm Rathaus erzählen wollte!»

Kurz darauf saßen Achim und Anette zusammen am Küchentisch und aßen zu Abend. Wobei Achim nicht aß, sondern mit zusammengepressten Lippen und skeptischem Blick seinen Teller inspizierte.

«Was ist das denn?», fragte er und drückte mit der Gabel auf einer kleinen dunkelgrünen Tasche herum.

«Das ist ein gefülltes Weinblatt», antwortete Anette knapp und schnitt ihr eigenes Weinblatt mit Messer und Gabel in mundgerechte Stücke.

«Aha», machte Achim, «und seit wann essen wir so 'n Zeug?»

Anette ließ genervt Messer und Gabel sinken.

Als Biggi vorhin nach dem Yogakurs zu ihr ins Auto gestiegen war, hatte sie erzählt, dass sie unbedingt noch beim Feinkost Schulze vorbeimüsse, um ihren Olivenvorrat aufzustocken. Sie sei einfach «süchtig nach den Dingern», hatte Biggi betont und Anette die gesamte Autofahrt über von Herrn Schulzes köstlichen Antipasti-Leckereien vorgeschwärmt. Anette, erleichtert und froh, dass Biggi nach der bürgermeisterlichen Ansage so schnell wieder zu alter Stärke zurückgefunden hatte, ließ ihre Freundin nicht nur ausschweifend reden, sondern begleitete sie sogar in den Feinkostladen, den sie bisher nur zweimal in ihrem Leben betreten hatte. Das erste Mal war sie vergangenen Sommer beim Stadtfest «Hildenberger Tage» in Herrn Schulzes Laden gewesen, um ein von ihrem ehemaligen Konkurrenten Sebastian Wotzke konstruiertes Debakel zu verhindern, und beim zweiten Mal hatte sie dort einen Fresskorb für Heinz Kaltmeier zusammenstellen lassen, den ihm die Belegschaft als Dankeschön auf der letztjährigen Weihnachtsfeier überreichte. Noch nie war sie auf die Idee gekommen, im Feinkostladen etwas für sich selbst zu kaufen. War ja schließlich schweineteuer, das Zeug!

Doch als sie gemeinsam mit Biggi durch den Laden schlenderte und ihre Freundin ständig stehen blieb, auf verschiedene Produkte zeigte und sagte: «Das ist köstlich, das musst du mal testen!», ließ Anette sich mitreißen. Außerdem ahnte sie, dass der Kühlschrank zu Hause fast leer war, denn Achim hatte sich sicher wieder vorm Wocheneinkauf gedrückt.

«Wir essen *so was*, weil wir doch auch mal was Neues ausprobieren können, der Kühlschrank leer ist, *du* nicht einkaufen warst und ich eh zufällig mit Biggi beim Schulze war», sagte sie daher jetzt zu Achim und hörte selbst den gereizten Unterton in ihrer Stimme mitschwingen.

«Beim Schulze? In dem teuren Laden? Ist jetzt hier der Wohlstand ausgebrochen, oder was?», polterte Achim los.

«Soooo teuer ist es da gar nicht, und wie gesagt, sonst hätte es gar nix zum Abendbrot gegeben», erwiderte Anette spitz.

«Ich hab dir gesagt, wie ich das hasse, nach Feierabend einkaufen zu gehen», brummte Achim und beäugte das Innere des Weinblatts. «Um die Zeit sind da immer die Jugendlichen und kaufen Energydrinks! Und dann lungern die da auf'm Parkplatz rum, da kann ich den Wagen ja gar nicht guten Gewissens stehen lassen!»

«Die sind doch unter der Woche da gar nicht!»

«Oh doch, und wie die da sind! Hat die Frau Meier letztens auch noch erzählt, der ganze Parkplatz sei mittlerweile voll mit Zigarettenstummeln, und als sie ausm Laden kam, hätte die Bande um ihren Hund rumgestanden. Wer weiß, was passiert wär, wenn sie nur 'ne Minute später rausgekommen wär!»

«Seit wann scherst du dich denn um das Geplapper der Meier, geschweige denn um ihren ollen Kläffer?», fragte Anette und schnitt sich ein Stück Ziegenkäse ab.

«In dem Fall hat die Meier nun mal recht!»

«Jaja, du weißt doch, dass ich an der Problematik dran bin, Achim.» Sie warf ihrem Göttergatten einen vielsagenden Blick zu.

«Das wird auch Zeit!», meinte Achim, ohne sich zu erkundigen, wie Anette mit ihren Plänen vorankam.

«Morgen fällt die Entscheidung, ob es klappt», sagte sie und wartete auf eine Reaktion ihres Mannes.

«Na, da bin ich ja mal gespannt», brummte dieser nur und bestrich das Crostini in seiner Hand sparsam mit Pistazien-Kürbis-Paste.

«Hoffen wir mal, dass die das durchwinken», sagte Anette, während Achim abbiss und das Gesicht verzog.

«Die wären schön blöd, wenn nicht!»

«Hmmmh», antwortete Anette. Sie war aufgestanden und hatte ihre Nase erneut in den Kühlschrank gesteckt. Sie wollte es vor Achim nicht zugeben, aber so richtig schmeckte ihr der Kram vom Schulze auch nicht. Diese Crostinis mit Dip waren ja im Prinzip auch nur die teure Variante der Cracker, die sie heute Mittag im Büro schon gesnackt hatte, und die Weinblätter schmeckten furchtbar sauer! Sie beäugte den Inhalt des Kühlschranks, konnte aber, abgesehen von einem Rest Schnittkäse und ein paar Früchten, nichts Essbares finden.

«Na, wie sieht's dadrinnen aus? Die kalte Luft ist jetzt wahrscheinlich schon im ganzen Haus. Grüß mal schön, wenn du dadrinnen unsere teure Stromrechnung findest», kommentierte Achim mit stichelndem Unterton.

Anette klappte entnervt die Kühlschranktür zu. «Wir hätten noch zwei Kiwis, die könnten wir zum Nachtisch essen!», rief sie Achim zu.

Doch der brummte nur: «Bleib mir bloß weg mit Kiwis …»

KAPITEL 2

Anettes großer Coup

«Was das wieder alles kosten wird …», maulte Volker und blätterte theatralisch durch den dicken Ordnerstapel, der vor ihm auf dem Konferenztisch lag. «Nicht dass wir am Ende den Zwegat holen müssen, damit der Hildenberg aus der Schuldenfalle holt!»

«Die Investitions- und Finanzierungspläne wurden sorgsam erstellt und vom Finanzausschuss bereits geprüft. Der langfristige Nutzen überwiegt ganz eindeutig die Investitionskosten», antwortete Anette eindringlich und versuchte, die Blicke der anderen Ratsmitglieder einzufangen.

Die Uhr im kleinen Sitzungssaal des Hildenberger Rathauses zeigte mittlerweile halb sieben am Abend an, und die meisten Mitglieder des Stadtrates saßen eingesunken auf den mit rauem Stoff überzogenen Stühlen, die zu beiden Seiten eines länglichen, gläsernen Konferenztischs positioniert waren. Einige der Anwesenden sahen auf ihre Handys, und der alte Kolloczek, der Anette in ihren ersten Wochen im Amt nach eigener Aussage «noch etwas unter die Arme greifen» wollte, war in seinem Stuhl eingenickt. Eine Frau mit grauem Kurzhaarschnitt griff unschlüssig nach einer der kleinen Glasflaschen, die in den Geschmacksrichtungen Apfel, Multivitamin und Orange in der Mitte des Tisches standen. Sie drehte die Flasche in der Hand, sah, dass es Orange war, stellte sie zurück und streckte ihre Hand dann nach einer anderen Flasche aus, auf der *Multivitamin* stand. Sie nahm sich den silbernen Flaschenöffner vom Tisch, öffnete mit einem gut vernehmlichen «Plöpp» die Flasche und goss deren wässrig-süßen Inhalt in ihr bereits zur Hälfte mit Sprudel gefülltes Glas. Es war so offensichtlich, dass sie nur aus Langeweile trank, dass Anettes Blick zwei lange Sekunden missbilligend auf ihr ruhte. Sie wartete darauf, dass die Frau ihre stumme Rüge bemerkte, doch die starrte nur mit leerem Blick auf ihr Glas.

Schließlich räusperte Anette sich: «Hrrmmrr, ich würde dann jetzt um Handzeichen zur Bewilligung des Projektes bitten, anschließend können wir hier Feierabend machen!»

Plötzlich kam Bewegung in die Runde. Stühle wurden gerückt, Handys weggelegt, und die Blicke wandten sich wieder Anette und ihrer Präsentation zu – sogar der alte Kolloczek schlug beim Wort «Feierabend» die Augen auf und hob begierig den Kopf. Die Frau mit dem Multivitaminsaft sah aufgeschreckt aus und nahm einen großen Schluck von ihrer Saftschorle, als hätte sie Angst, dass Anette sie nachsitzen ließe, wenn ihr Glas am Ende der Besprechung noch gefüllt war.

«Bringen wir's hinter uns», murmelte Volker verächtlich, woraufhin Anette ihm einen scharfen Blick zuwarf.

Anette wusste: Jetzt ging's ums Ganze. Die Wahl zur Bürgermeisterin zu gewinnen, war eine Sache gewesen. Sich in der Lokalpolitik durchzusetzen und nicht unter die Räder der festgefahrenen Strukturen zu geraten, eine ganz andere. Wenn dieses Projekt scheiterte, würde sie es die nächsten Jahre ganz schön schwer haben. Das war ihre erste Bewährungsprobe und ein Gradmesser für ihren Einfluss im Rathaus. Sie atmete tief durch und fragte mit fester Stimme:

«Wer ist für die Bewilligung des Projektes ‹Generationenübergreifend in die Zukunft›?»

Nach und nach erhoben sich träge die Hände im Sitzungssaal, und Anettes Laune hob sich, während sie stumm mitzählte. 8 … 10 … 12 … 14 … 16! Sie jubilierte innerlich. Da war sie! Da war die Mehrheit für ihr erstes Megaprojekt als neue Bürgermeisterin. Der Weg war geebnet, um Hildenberg in eine goldene Zukunft zu führen!

Sie fragte noch die Gegenstimmen und Enthaltungen ab, während Stadtratsmitglied Volker, den Anette heute als Protokollanten bestimmt hatte, murmelnd eintrug: «16 Jastimmen, eine dagegen und zwei Enthaltungen …»

«Sehr schön, dann hätten wir's! Ich wünsche allen einen entspannten Dienstagabend und bedanke mich für das Vertrauen.» Anette strich ihren lindgrünen Blazer glatt und ließ sich in ihren Stuhl fallen. Das wäre geschafft!

Erleichtert räumte sie ihren praktischen Taschenkalender mit dem angesagten Mandala-Design sowie die Mappe mit den nötigen Formularen in ihre große Handtasche aus schwarzem Leder, die sie sich vor zig Jahren mal von Biggi und der Verkäuferin bei Lederwaren Pöhlke hatte aufschwatzen lassen. Die Tasche hatte sie in den letzten Jahren vielleicht drei-, viermal getragen – wenn's hoch kam! Jedes Mal hatte sie in den zahlreichen, tiefen Fächern der Tasche nach ihrem Haustürschlüssel suchen müssen und ihn immer erst nach einem ordentlichen Schreckmoment ganz unten ertastet. Fürs Rathaus war die Tasche jedoch perfekt und bot ausreichend Platz für die vielen Mappen und Formulare, die Anette nun ständig mit sich herumtrug. Zum Glück hatte sie das Teil jahrelang ganz hinten im Kleiderschrank aufbewahrt und nicht in die Altkleidertonne geworfen! Da sah man's mal wieder: «Jedes Teil hat seine Zeit.» Das hatte schon ihre Mutter immer gesagt.

Als Anette den Blick wieder von ihrer Tasche hob, sah sie, dass die meisten Stadtratsmitglieder den Sitzungssaal bereits verlassen hatten und Matteo dabei war, die kleinen Glasflaschen einzusammeln.

«Ach, Matteo, lassen Sie doch. Machen Sie auch ruhig Feierabend, das hat doch Zeit bis morgen!», rief sie ihm zu.

«Ich schlafe ruhiger, wenn ich weiß, dass hier alles ordentlich ist, Frau Bürgermeisterin», antwortete ihr Sekretär in geschäftigem Ton und trug die Glasflaschen zu einem Getränkekasten, der neben der Tür stand.

Matteo Zanetti war das Verantwortungsbewusstsein in Person. Gleich zu Beginn ihrer Amtszeit hatte Anette die Sekretariatsstelle neu ausschreiben müssen, da Kolloczeks Sekretärin Frau Schwettmann ihrem Chef in Alter und Behäbigkeit in nichts nachstand und sich zeitgleich mit ihm in den Ruhestand verabschieden wollte. So hatte Anette gemeinsam mit Frau Schwettmann, Herrn Kolloczek und zwei Mitarbeiterinnen aus der Personalverwaltung einen Bewerbungstag veranstaltet. Anette hatte sich gegen den Vorschlag der etwas jüngeren Mitarbeiterin entschieden, das Ganze ‹Assessment Center› zu nennen.

«Immer diese neumodischen Begrifflichkeiten, weiß doch keiner, was dahintersteckt», meinte sie. Frau Schwettmann hatte zustimmend genickt und die schmalen Lippen dabei missbilligend zusammengepresst. Diese englischen Begriffe ständig und überall empfand die ältere Dame als Zumutung, wie Anette wusste. Rudolf Kolloczek hatte den Begriff nicht einmal aussprechen können, und so hatte Anette mit der Umbenennung wohl allen Beteiligten ein paar unangenehme Augenblicke erspart.

Matteo Zanetti war der einzige Mann, der sich auf die Stelle «Büroleitung» – auch diese neue Bezeichnung war auf Anettes Mist gewachsen – beworben hatte. Auch wenn Matteo Zanetti sich am Bewerbungstag mit Abstand als fähigster Kandidat präsentiert hatte, war Anette zunächst skeptisch gewesen.

«Meint ihr nicht, dass das irgendwie komisch wird, wenn ich einem Mann Befehle erteile?», hatte sie am Abend nach dem Bewerbungstag in die Runde gefragt, als sie mit Achim, Biggi und Jörg im Gasthaus *Zur vollen Kelle* etwas zu Abend aß.

«Wieso komisch? Machste doch bei deinem GöGa auch», hatte Biggi gerufen und Achim augenzwinkernd angestoßen.

Während Biggi und Jörg Anette versicherten, dass daran absolut nichts komisch sei, hatte Achim nur finster sein Jägerschnitzel mit Pommes betrachtet und schließlich angemerkt: «Also, bei den jungen Leuten ist ja heutzutage eh alles anders. Ich hätte als junger Typ nicht den Papierkram für irgendwen machen wollen, egal, ob Mann oder Frau, ich wollte anpacken. Aber wahrscheinlich ist das so 'n Kerl im T-Shirt-Kleidchen wie der Fatzke von unserer Tochter …»

«Also, erstens heißt Annikas sogenannter ‹Fatzke› Jonas, und zweitens trug Herr Zanetti Hose und Hemd», erwiderte Anette spitz. Diese altbackenen Ansichten von Achim immer, meine Güte … In erster Linie um Achim das Gegenteil zu beweisen, hatte Anette Matteo Zanetti am nächsten Tag sofort persönlich angerufen und ihm die Stelle angeboten. Bisher hatte sie diese Entscheidung keine Sekunde bereut.

Matteo Zanetti brachte mit seinen dreißig Lebensjahren frischen Wind in die angestaubte Rathausatmosphäre, und das gefiel Anette besonders gut. In enger Absprache mit Anette peppte Matteo die Deko im Vorzimmer und in den Sitzungssälen etwas auf. Statt der langweiligen, schon halb vergilbten Stillleben hingen nun bunte, moderne Kunstdrucke an den Wänden; die Ficusse im Vorzimmer waren von Matteo abgestaubt und wieder aufgepäppelt worden und hatten außerdem Gesellschaft von einigen prächtigen Drachenbäumen erhalten. Das Beste aber war die neue Getränkeauswahl! Matteo hatte vorgeschlagen, zusätzlich zu den kleinen Apfel-, Multi- und Orangensaftfläschchen bei einem Start-up aus der Umgebung, das sich ‹Saftig!› nannte, Saftschorlen in ausgefallenen Geschmacksrichtungen zu kaufen. Um Anette zu überzeugen, hatte er eine Probierbox bestellt, und gemeinsam mit Biggi – die sich überschwänglich angeboten hatte, das «Schorlen-Tasting» zu unterstützen, als Anette ihr davon erzählte – hatten sie sich durch die Sorten Rhabarber-Melone, Gurke-Thymian, spritzige Minz-Stachelbeere und Feige-Rosmarin probiert. Anette und Biggi waren völlig aus dem Häuschen gewesen.

«Also, das ist ja mal was anderes! Lecker! Und die Flaschen sehen auch so cool aus», hatte Anette gerufen und Matteo sofort mit einer Großbestellung beauftragt.

Als sie kurz darauf ihrer Tochter Annika ganz aufgeregt am Telefon von diesen ‹Saftig!›-Schorlen erzählte, meinte die nur: «Ach, die gibt's doch schon ewig, Mama! Bestimmt schon 'n halbes Jahr, das kennt doch jeder!»

Verflixt … Anette hasste es, wenn sie das Gefühl bekam, sie hinke hinterher. Aber meine Güte, so lang war ein halbes

Jahr ja nun auch nicht. Oder doch? War der Schorlen-Trend schon wieder vorbei? Da kam man ja wirklich nicht mehr mit!

Am Ende wollte jedoch jeder Saftschorle, ob sie nun von ‹Saftig!› waren oder man sie selbst mit Granini-Saft und Sprudel zusammengemixt hatte. Schorle hin oder her, Matteo hatte sich jedenfalls sehr schnell als absoluter Volltreffer entpuppt, und bereits nach den ersten Wochen waren sie ein eingespieltes Team. Beim örtlichen Metzger fragte man bereits nach, wenn einer der beiden dort ausnahmsweise ohne den anderen zu Mittag aß. Zu Anettes Überraschung hatte auch Achim die Vorteile dieser Stellenbesetzung mittlerweile erkannt. Denn wie sich kurz nach Matteos Einstellung herausgestellt hatte, war er der Sohn von Giovanni, dem Eigentümer der einzigen Pizzeria in Hildenberg. Seit Matteo zur Büroleitung ernannt worden war, erhielten Anette und Achim auf ihre Pizza-Bestellungen in der Regel ordentlich Rabatt und bekamen häufig noch ein Tiramisu oder eine Panna cotta gratis dazu.

«Arbeitet mein Junge auch ordentlich? Sind Sie zufrieden mit ihm?», rief Giovanni jedes Mal, wenn Anette und Achim sein Restaurant betraten. Häufig antwortete Achim dann, als wäre er Bürgermeister und nicht Anette: «Alles picobello, Giovanni.» Wobei er mit Daumen und Zeigefinger einen Ring formte, um die Top-Qualität von Matteos Arbeit zu unterstreichen.

Ihr Pizza-Konsum war seitdem ordentlich angestiegen, sodass Anette das Ganze schließlich wieder etwas begrenzen musste, nachdem die Hosenanzüge, die sie sich zur Amtseinführung gekauft hatte, am Bauch ordentlich zu drücken begonnen hatten. Für Achim aber war das eine der angenehmsten Veränderungen seit Anettes Bürgermeisterwerdung – vielleicht sogar die einzig wirklich angenehme Veränderung. Er ließ kaum eine Gelegenheit aus, um zu betonen, dass Giovanni und er ja «so» – dabei verschränkte er Zeige- und Mittelfinger – miteinander seien, und tat Anettes Sorge, dass es ungesund wäre, so oft in der Woche Pizza zu essen, mit einer abwehrenden Handbewegung ab.

Neben Achim hatte natürlich auch Tochter Annika ihren Senf zur Besetzung der Stelle «Büroleitung» dazugegeben: «Der Matteo arbeitet jetzt für dich? Oh mein Gott, dass muss ich direkt Steffi und Leila erzählen!»

«Wieso das denn?», hatte Anette erschrocken gefragt und schon befürchtet, dass nun pikante Details über Matteo ans Tageslicht kommen würden.

«Der war doch am Gymi eins über uns, und alle Mädchen standen auf den! Hab ich noch nie verstanden, so ein Schönling! Ich steh ja eher auf so lässige Typen ... so wie Jonas eben!»

Anette hatte nichts weiter dazu gesagt, denn Achim und sie hofften schon seit letztem Frühjahr, als sie bei einem Besuch in Frankfurt zufällig auf Annikas Freund Jonas gestoßen waren, dass ihre Tochter diesem gepiercten Barkeeper endlich den Laufpass geben würde. Doch so wie es schien, war ein Ende dieser Liaison nicht in Sicht. Anette hätte es vorgezogen, wenn ihre Tochter sich für gewissenhafte und gepflegte Jungs interessieren würde, wie zum Beispiel Felix Hohmann von der Freiwilligen Feuerwehr oder ihretwegen sogar Matteo Zanetti, auch wenn man Berufliches und Privates natürlich nicht miteinander vermengen sollte.

«Das war doch eine erfolgreiche Abstimmung für Sie, Frau Bürgermeisterin», sagte Matteo jetzt, als er hinter Anette die schwere Holztür des Sitzungssaals abschloss.

«Ja, ich bin auch ganz erleichtert, dann kann's jetzt losgehen, das wird eine Menge Arbeit», antwortete Anette, «aber die zwei Enthaltungen und die Gegenstimme … na ja, ob das mal so sein musste!»

«Man kann es nicht jedem recht machen, Frau Ahlmann, und – verzeihen Sie mir die Wortwahl – die Frau Baumgärtner schießt ja gerne mal gegen Ihre Vorschläge», antwortete Matteo ein wenig altklug und begleitete Anette in die Eingangshalle des Rathauses, die wie ausgestorben wirkte, da alle anderen Mitarbeiter bereits Feierabend gemacht hatten.

«Stimmt auch wieder», meinte Anette. «Also dann, Matteo, bis morgen früh in alter Frische!»

Matteo verabschiedete sich und eilte zurück in die Büroräume in den oberen Stockwerken, um zu kontrollieren, ob noch irgendwo Licht brannte, während Anette durch die große Doppelglastür des Rathauses hinaus auf den Parkplatz ging.

Matteo hatte schon recht, auf die Unterstützung von der Baumgärtner konnte sie doch gut verzichten, dachte Anette, während sie auf ihr Auto zulief. Versteh doch, wer will, was die wieder auszusetzen hatte. Aber sei's drum! Das Projekt war bewilligt, und bald würde Hildenberg in neuem Glanz erstrahlen. Dank ihr, dank Anette Ahlmann!

«Zwei Kaffee Crema und einmal die Quarkschnecke. Ein kurzes Momentchen, die Himbeerschnitte kommt sofort!», krakeelte Frau Meier mit lauter Stimme quer durch die Bäckerei und stellte schwungvoll ein kleines Tablett vor Anette und Biggi ab. Der silberne Stehtisch schwankte leicht unter dem Aufprall des Tabletts, und der Inhalt der bis zum Rand mit Kaffee gefüllten Tassen schwappte leicht über den Rand.

Es war nun zwei Tage her, dass Anette die Abstimmung im Rathaus erfolgreich über die Bühne gebracht hatte. Die zugehörige Pressemitteilung war an diesem Freitag gegen Mittag rausgegangen, und so hatte sie im Anschluss zeitig Feierabend gemacht, um ihre beste Freundin nun endlich bei Kaffee und süßen Teilchen auf den neuesten Stand zu bringen. Es war sowieso gang und gäbe im Rathaus, dass die Woche über ein wenig vorgearbeitet wurde und ganz nach dem Motto «Freitag ab eins macht jeder seins» schon am Nachmittag in den meisten Büros die PCs runtergefahren und die Stühle hochgestellt wurden.

So hatte Anette auch kein schlechtes Gewissen, dass sie nicht noch bis in die Puppen vor ihrem Rechner saß, sondern schon jetzt mit Biggi das Wochenende einläutete.

«Meine Güte, das hättest du mir aber doch erzählen können, Netti! Das sind ja fabelhafte Neuigkeiten!», rief diese jetzt, nachdem Anette ihr vom Projekt ‹Generationenübergreifend in die Zukunft› erzählt hatte. «Und wieder voll nach dem Motto ‹Da ist für jeden was dabei›! Ganz Hildenberg wird begeistert sein, spitze!»

«Ach, die Damen sind schon beim Thema!», mischte sich plötzlich Frau Meier ein, stellte die Himbeerschnitte ab und stützte sich zwischen Anette und Biggi auf den Stehtisch. «Ich weiß es ja unter der Hand schon seit Mittwoch, aber hab natürlich dichtgehalten!»

Anette öffnete den Mund, um nachzufragen, woher Frau

Meier rathausinterne Informationen hatte, aber die ließ sie gar nicht zu Wort kommen: «Ich finde das ganz fan-tastisch, Frau Ahlmann! Und es ist längst überfällig! Wie oft hab ich dem Rudolf gesagt, dass er der Jugend Einhalt gebieten muss. ‹Rudolf!›, hab ich gesagt, ‹das geht so nicht weiter!› Der Schmutz da an diesem … diesem sogenannten Haus der offenen Tür – schlimm! Zigarettenstummel, leere Flaschen! Früher bin ich da gerne mit'm Fipsi spazieren gegangen, ist ja eigentlich 'ne nette Ecke, aber das geht ja schon seit Jahren nicht mehr! Wenn das arme Tier da in eine Scherbe tritt! Nee, um Gottes willen!»

Frau Meier wuselte kurz zurück hinter ihren Verkaufstresen, als eine neue Kundin die Bäckerei betrat. Doch kaum hatte sie die Dame abkassiert, quasselte sie munter weiter: «Die sollen sich ruhig mal 'n bisschen engagieren für die älteren Leute, haben wir ja früher auch gemacht, da war das selbstverständlich, aber die Jugend von heute …»

Sie unterbrach sich, da sich die Tür der Bäckerei, begleitet von einem kurzen, eindringlichen Klingeln, erneut geöffnet hatte. «Herr Kaltmeier! Wie schön! Wie immer die zwei Kirschplunder? Hab ihnen extra schon zwei beiseitegelegt!»

Anette wandte den Kopf und sah, wie ihr ehemaliger Chef Heinz Kaltmeier den Laden betrat. Meine Güte, ist der alt geworden, dachte Anette und musterte den 63-Jährigen von oben bis unten. Heinz Kaltmeier trug eine braune Softshelljacke, deren Kapuze verdreht im Inneren der Jacke feststeckte, und darunter ein helles, kariertes Hemd, das ungefähr auf Brusthöhe einen ausgeblichenen Kaffeefleck hatte. Er sah müde aus, und die Falten zwischen seinen Augenbrauen schienen in den letzten Monaten tiefer geworden zu sein.

Seine Stirnglatze hatte sich wie ein Waldbrand flächenartig ausgebreitet, sodass sich jetzt nur noch ein schmaler, grauer Haarkranz über den Hinterkopf von einem Ohr zum anderen zog.

Als Anettes Blick den ihres ehemaligen Chefs traf, zuckte dieser kurz zusammen. Dann nickte er knapp, als würden Anette und er sich nur flüchtig kennen.

Anette seufzte innerlich. Die langen Arbeitszeiten im Rathaus und die Fülle der diversen Außentermine hatten es ihr unmöglich gemacht, die Arbeit bei Klimaanlagen Kaltmeier weiterzuführen. So hatte sie ihre Stelle dort schweren Herzens Ende letzten Jahres an den Nagel gehängt. Lange hatte sie mit dieser Entscheidung gehadert, sich schließlich aber eingestehen müssen, dass das Amt der Bürgermeisterin langfristig nicht mit einem weiteren Job vereinbar war. Der Spagat wäre früher oder später zu groß geworden. Und doch war es hart gewesen. Schließlich hatte sie erst im vergangenen Sommer vor der Bürgermeisterwahl ihr 25-jähriges Firmenjubiläum gefeiert. 25 Jahre! Die warf man nicht einfach mal so eben weg!

Während Anettes Arbeitskolleginnen und -kollegen mit Verständnis auf ihre Kündigung reagiert und versichert hatten, dass sie sich das schon gedacht hätten, war Anettes Chef, Heinz Kaltmeier, tödlich beleidigt gewesen. In den letzten anderthalb Monaten von Anettes Anstellung – danach konnte sie zum Glück mit Resturlaubstagen aus der Firma flüchten – strafte er sie mit eiskalter Nichtbeachtung. Das war besonders verletzend, da Anette all die Jahre das Herz und die Seele der Firma gewesen war. Neben ihrem Schreibtisch hatte zwar eine grobe Stellenbeschreibung ihrer Tätigkeit an einer riesigen Korkpinnwand gehangen, aber letzten Endes hatte sie sich doch irgendwie um alles gekümmert und häufig unbezahlte Überstunden gemacht. Heinz und sie waren zwar nicht immer einer Meinung gewesen, doch wenn es darauf ankam ein sehr gutes, eingespieltes Team. Wie oft hatte Heinz Kaltmeier gesagt: «Was würde ich nur ohne dich machen, Anette?», wenn sie ihn an einen wichtigen Termin erinnert oder für die Sitzung mit einem großen Kunden noch auf den letzten Drücker eine Platte mit belegten Brötchen organisiert hatte!

Nach Anettes Kündigung kühlte sich die Stimmung zwischen den beiden dann ab wie bei einer Scheidung, und das schlug der gesamten Belegschaft aufs Gemüt. Ihre Kollegin Sibylle aus dem Kundendienst riet Anette mehrmals, mit Heinz zu reden, doch der stellte auf stur. War nicht für Gespräche zu haben, stahl sich aus der Kaffeeküche, wenn sie hereinkam, und ignorierte selbst die gelben Post-it-Nachrichten, die sie ihm morgens auf die ausgedruckten Mails heftete. Alle hatten Anette versichert, dass der Heinz sich schon wieder einkriegen würde, doch bis heute war die Stimmung jedes Mal, wenn sie sich irgendwo begegneten, unangenehm angespannt.

«Herr Kaltmeier? Haben Se schon von den tollen Plänen von unserer Frau Bürgermeisterin gehört?», rief Frau Meier nun fröhlich, während sie die Kirschplunder umständlich auf eine Pappe schob. Von der kalten Atmosphäre hatte sie offenbar nichts mitbekommen.

«Hm», brummte Herr Kaltmeier nur ausweichend und legte das passend abgezählte Kleingeld auf die Münzschale auf dem Tresen. Es war offensichtlich, dass er die Bäckerei so schnell wie möglich wieder verlassen wollte, doch diesen Gefallen tat ihm Frau Meier nicht. Sie blieb einfach vor den halb eingepackten Plunderteilchen stehen und redete weiter.

«Kennen Se das Haus der offenen Tür? Diesen heruntergekommenen Jugendtreff hinten am Wäldchen? 'n knappen Kilometer hinter der Schule, wissen Se? Das war früher mal 'ne ganz nette Spazierstrecke, hab ich eben noch zur Frau Ahlmann gesacht, aber heutzutage traut man sich da ja kaum noch vorbei. Wie es da aussieht! Haben Se das mal gesehen, Herr Kaltmeier?»

Herr Kaltmeier antwortete nicht und sah nur mit verzweifelter Miene auf das Plunderpäckchen in Frau Meiers Händen.

«Jedenfalls», fuhr Frau Meier unbeirrt fort, «den machen se jetzt weg! Wird auch Zeit, oder? Die Frau Ahlmann macht da jetzt ein schickes Mehrfamilienhaus ...»

«Mehrgenerationenwohn- und Freizeitzentrum», verbesserte Anette sie.

«Jaja, mein ich doch. Jedenfalls soll dann da richtig was geboten werden! Stimmt's, Frau Ahlmann? Auch für ältere Leute und Familien!»

«Genau, es wird barrierefreie Wohnungen für Senioren und Seniorinnen geben, Tür an Tür mit jungen Familien, sodass die verschiedenen Parteien sich gegenseitig umeinander kümmern können. Außerdem planen wir mehrere Gemeinschaftsräume, die von allen Hildenbergern genutzt werden können und in denen tolle Spiel- und Kochabende stattfinden können. Auch Tanz- und Bastelangebote soll es geben, alles generationenübergreifend! Für Jung und Alt!», erklärte

Anette gewichtig und rutschte dabei wieder in ihren professionellen Bürgermeisterinnen-Tonfall.

«Da ist für alle was dabei, da kann sich wirklich niemand beschweren!», warf Biggi begeistert ein.

«Ganz genau! Die jungen Leute haben den Ort jetzt lange genug so verkommen lassen, wird Zeit, dass das ein Ende hat. Bisschen Kontakt zu uns alten Leutchen wird denen guttun, da können die noch was lernen.» Frau Meier hatte die Plunderstücke mittlerweile fertig verpackt und auf den Tresen gelegt. «Ist doch schön, dass die Frau Bürgermeisterin sich so um uns alle kümmert, oder, Herr Kaltmeier?»

Herr Kaltmeier nahm seine Kirschplunder vom Tresen, murmelte etwas, das so klang wie: «Im Stich gelassen hat se mich», und erhob dann die Stimme zu einem: «Wiedersehen, schönes Wochenende den Damen!»

Anette riss empört den Mund auf, doch schon ertönte wieder das eindringliche Läuten der Tür, und Herr Kaltmeier war verschwunden.

«Was ist dem denn für 'ne Laus über die Leber gelaufen? Herrgott noch eins», wunderte sich Frau Meier, schüttelte empört ihren herbstrot gefärbten Haarschopf und verschwand hinten in der Backstube.

Anette und Biggi tauschten einen vielsagenden Blick.

«Dass der das immer noch nicht verwunden hat, meine Güte, das ist doch typisch gekränktes Männer-Ego. Haste den Kaffeefleck auf seinem Hemd gesehen? Der lässt sich aber auch wirklich gehen», sagte Biggi, und mit gehässigem Ton in der Stimme fügte sie hinzu: «Dass der sich überhaupt alleine anziehen kann ohne dich! Dass seine Frau da nix sagt! Unfassbar!»

Anette grinste. «Hatte für den ja wirklich immer zwei saubere, frisch gebügelte Hemden in meinem Büroschrank hängen für alle Fälle, darfste auch keinem erzählen», antwortete sie, und die beiden prusteten kichernd in ihre Kaffeetassen.

Anettes Abriss- und Sanierungspläne waren in den darauffolgenden Tagen *das* Gesprächsthema in Hildenberg. Egal, wo Anette hinkam, riefen die Leute ihr lobende Worte zu, sodass ihr die Brust im Laufe des Wochenendes vor Stolz anschwoll. Nachdem schon Anettes ehemalige Arbeitskollegin Karin und Babsi aus dem Yogakurs ihr im Supermarkt überschwänglich zu den Plänen gratuliert und Loblieder auf ihren Tatendrang gesungen hatten, quiekte die alte Frau Feldhaus kurze Zeit später quer über den Parkplatz des Marktes, wann denn die Seniorenwohnungen endlich fertig seien, ob sie schon bald einziehen könne und welche jungen Leute dann für sie einkaufen gehen würden.

«Darf ich mir die dann selbst aussuchen? Möchte nämlich nicht, dass so tätowierte Flegel meine Einkäufe holen. Am Ende sind meine Treuepunkte wieder weg!», krakeelte sie und schüttelte in Erinnerung an Sebastian Wotzke den Kopf.

Der junge Mann hatte im vergangenen Jahr ebenfalls für das Amt des Bürgermeisters kandidiert und Anette das Leben schwer gemacht. Sie hatte ihre Hoffnungen, Bürgermeisterin zu werden, damals schon beinahe begraben, da der junge Typ aus dem Nichts ganz Hildenberg um seinen Finger gewickelt hatte und in kürzester Zeit zum Polit-Shootingstar aufgestiegen war. Doch dann war er dabei erwischt worden, wie er Hildenberger Seniorinnen und Senioren abgezogen und um ihre wohlverdienten Treuepunkte gebracht hatte.

Das war ein Riesenskandal und ein großer Schreck für die älteren Leute in Hildenberg gewesen, die in Sebastian Wotzke den lebendigen Beweis gesehen hatten, dass die Jugend doch noch nicht ganz verloren war. Ein «tätowierter Flegel» war er zwar nicht gewesen, ganz im Gegenteil trug der damals 28-Jährige immer ganz konservativ Anzug und Krawatte, aber Anette verstand, dass Frau Feldhaus seit dieser Aktion den jungen Leuten noch misstrauischer gegenüberstand als sowieso schon.

Aus diesem Grund besänftigte Anette sie dann auch mit ruhiger Stimme und versprach ihr, dass das alles sorgfältig geprüft werde und natürlich nur «ordentliche Leute» ins Mehrgenerationenwohnzentrum einziehen dürften. Was genau unter «ordentliche Leute» zu verstehen war, wusste Anette allerdings selbst nicht so recht.

«Prima, prima, schreiben Se mich schon mal auf die Liste, und wenn Se mehr wissen wegen den jungen Leuten, dann sagen Se Bescheid», erklärte Frau Feldhaus bestimmt und wackelte in Richtung Einkaufswagen-Parkbox davon.

Anette sah ihr hinterher und musste ein Grinsen unterdrücken. Dass es im Mehrgenerationenwohn- und Freizeitzentrum um das Näherbringen verschiedener Generationen ging und das Ganze ein Geben und Nehmen werden sollte, musste sie Frau Feldhaus wohl in einem ruhigen Moment noch mal erklären. Die alte Dame schien zu glauben, sie könne sich ein paar junge Leute aus einem Katalog aussuchen und diese dann nach Belieben ihre Besorgungen erledigen lassen. So war das natürlich nicht gedacht!

Trotzdem hatte Anette gute Laune, als sie ihre Einkäufe in den Kofferraum ihres grünen Kiwi-Autos lud. So ein großes

Interesse an ihrem Projekt und so viele positive Rückmeldungen! Wahnsinn! Das war doch mal ein gelungener Start als neue Bürgermeisterin! Soweit sie sich erinnerte, war noch nie ein politischer Funktionär in Hildenberg mit solch einem Aufschlag ins Amt gestartet. Aber genauso hatte sie sich das vorgestellt. «Anette Ahlmann packt an – mit Ihnen und für Sie!», das war ihr Wahlkampf-Slogan gewesen, und den setzte sie jetzt auch um! Nicht lange faseln, sondern machen! Das kam bei den Hildenbergern offenbar gut an.

Nur über die Jugendlichen, die am Samstagnachmittag am Sarlgeist-Brunnen hockten, an großen Durstlöscher-Trinkpäckchen nuckelten und ihr finstere Blicke zuwarfen, wunderte sich Anette ein wenig. Sie und ihr Göttergatte bummelten gerade auf der Suche nach ein paar neuen, luftdurchlässigen Sneakern fürs Frühjahr durch die Hildenberger Innenstadt, als Anette das Grüppchen bemerkte.

«Haben die was gegen uns? Die schauen so böse», wunderte Anette sich und schaute an sich herunter, als hoffte sie dort etwas zu finden, das den Unmut der Teenager erklärte.

«Ach, die glotzen doch immer so!», wischte Achim ihre Bedenken beiseite. «Hat sicher nix mit dir zu tun! Wahrscheinlich haben die irgendwelche Drogen konsumiert, weiß man ja nie bei der Generation … Und die sollen mal meine Rente bezahlen, dass ich nicht lache!»

«Hast ja recht, ich bild mir schon was ein. Annika und Andi haben, als sie Teenager waren, auch fünf Jahre lang jeden Tag so geschaut», meinte Anette und lachte beim Gedanken daran kurz auf.

«Erinner mich nicht daran!», murrte Achim. «Übrigens kommt unser Herr Sohnemann heute noch vorbei. Irgendein alter Schulfreund feiert Geburtstag, und er muss noch Wäsche waschen!»

«Er muss *was*? Was ist denn mit der Waschmaschine in seiner WG? Das ist doch wohl langsam wirklich 'n Scherz!», rief Anette erzürnt.

«Irgendwas ist verstopft, das Wasser läuft nicht mehr ab!»

«Och, das kann doch nicht wahr sein! Die haben wir ihm doch brandneu letztes Jahr gekauft. Wie die da bei sich in der WG mit Sachen umgehen. Das geht doch wohl wirklich nicht.» Anette war auf hundertachtzig.

«Ja, sag das deinem Sohn und nicht mir», brummte Achim und hob hilflos die Schultern.

«Das mach ich auch, der kriegt später mal 'ne Ansage von mir, da kannste Gift drauf nehmen!»

Kurze Zeit später war Anettes Zorn auf ihren Sohn allerdings schon wieder verraucht, denn Achim und sie bekamen im Schuhgeschäft zehn Prozent Frühjahrsrabatt auf zwei Paar wirklich gute und atmungsaktive Gore-Tex-Schuhe. An der Kasse erließ die Verkäuferin ihnen mit einem Zwinkern noch mal weitere fünf Euro, weil an einem Schuh ein kleiner Faden abstand.

«Find's so toll, dass es hier endlich mal vorangeht», sagte die Verkäuferin, die ungefähr in ihrem Alter war und die gleichen Schuhe trug, die Anette nun auch kaufte. «Wusste gleich, dass Hildenberg jemanden wie Sie braucht, Frau Ahlmann. Sie sind 'ne Anpackerin, das habe ich gleich zu meiner Frau gesagt! Ach, wissen Se was. Das Imprägnierspray hier, das geb ich Ihnen noch gratis dazu!»

Getragen von einem Hochgefühl marschierte Anette zusammen mit Achim und den zwei Schuhkartons, die in einer

Plastiktüte an ihrem Arm baumelten, aus dem Laden. Ganz Hildenberg war auf ihrer Seite! War das ein herrliches Gefühl nach dem anstrengenden Wahlkampf und den stressigen ersten Wochen im Amt! Munter hakte sie sich bei ihrem Göttergatten unter, während sie quer über den Marktplatz zurück zum Auto schlenderten. Hildenberg und ihnen standen gute Zeiten bevor, da war sie sich in diesem Moment sehr sicher.

KAPITEL 3

Unverhofft kommt oft

«Frau Ahlmann, die Larissa Polat vom Jugendtreff hat schon wieder angerufen und wollte Sie sprechen», rief Matteo Zanetti, als Anette am frühen Montagnachmittag nach einem kleinen Termin-Marathon das Vorzimmer ihres Büros betrat. Sie kam gerade ein wenig abgehetzt aus dem Industriegebiet Sarlhöhe zurück, wo sie unter den Augen der Presse eine Urkunde an die Geschäftsführung von *Plümpe – Sanitär und mehr* verliehen hatte. Das mittelständische Unternehmen feierte an diesem Tag sein 40-jähriges Bestehen, da durfte Anette als Bürgermeisterin natürlich nicht fehlen. Doch damit nicht genug! Zuvor hatte sie bereits in aller Herrgottsfrühe die Aufräumarbeiten der Freiwilligen Feuerwehr begutachtet und sich eine Einschätzung des Oberlöschmeisters Willi Poggel zur Lage auf der Ausfahrtsstraße zum Nachbarort geben lassen. Dort war nämlich in der vergangenen Nacht ein maroder Baum auf die Straße gekracht und hatte den Verkehr zwischen Hildenberg und den angrenzenden Orten ins Stocken gebracht. Als Anette am frühen Montagmorgen die Stelle erreichte, war der Baum bereits auf ein angrenzendes Feld gehoben worden, und Herr Poggel hatte ihr lediglich einen erfolgreichen Einsatz vermelden können.

«Freie Fahrt, Frau Bürgermeisterin!», hatte er gerufen und ihr energisch die Hand geschüttelt. Auch wenn sie vor Ort nicht mehr viel tun konnte, war Anette froh, dort gewesen zu sein, schließlich schindete man so bei den Bürgerinnen und Bürgern Eindruck und machte deutlich, dass man im Notfall zur Stelle war und mit anpacken konnte. Die pendelnden Hildenberger, die in ihren Autos auf der Ausfahrtsstraße unterwegs zur Arbeit waren, hatten Anette in ihrer knallroten, regenabweisenden Funktionsjacke sicher nicht übersehen können.

Trotzdem war das ein anstrengender Vormittag gewesen, und in zehn Minuten war sie zu allem Überfluss auch noch mit Heidemarie Bornkemann, der Bürgermeisterin des Nachbarortes, zum Mittagessen verabredet, da passte ihr Larissa Polat, die als pädagogische Fachkraft den Jugendtreff leitete, mal so gar nicht in den Kram!

«Ach, herrje, was will die denn bloß von mir?», fragte Anette. «Wir hatten ihr doch vor Wochen schon ein Schreiben zukommen lassen und sie über die Veränderungen im Haus der offenen Tür informiert, da hat se sich auch nicht gerührt!»

«Sie ließ sich leider nicht abwimmeln, und als ich ihr sagte, dass Sie nicht zu sprechen und in einer wichtigen Angelegenheit unterwegs seien, hat sie sich einen persönlichen Termin für die Sprechstunde heute am späten Nachmittag geben lassen. Ich hoffe, das war in Ihrem Interesse ...» Matteo Zanetti sah mit einem entschuldigenden Blick zu seiner Chefin auf.

«Schon gut, ist ja ihr gutes Recht ... Die Bürgersprechstunde kann jeder nutzen», meinte Anette nur, durchquerte den Vorraum und setzte sich hinter ihren Schreibtisch. Trotzdem seltsam ... Was die jetzt wohl so dringend von ihr wollte? Die Pläne für die Neugestaltung des Jugendtreffs standen doch nicht erst seit gestern im Raum. Na ja, vermutlich wollte sie sich nur erkundigen, ob sich durch die Umstrukturierung Änderungen an ihrer Stelle ergeben würden. Da würde sie sie freundlich an die zuständigen Mitarbeiterinnen im Jugendamt verweisen, und schon wäre die Sache gegessen.

«Delegieren, delegieren, delegieren, Anette», hatte der alte Kolloczek fast jeden Tag in ihrer Einarbeitungsphase zu ihr gesagt. «Musst Sachen abgeben, Mädchen, sonst wirste wahnsinnig!»

Kurz darauf hatte Anette die Angelegenheit wieder vergessen, denn das Mittagessen mit Heidemarie Bornkemann geriet ausgelassener als erwartet.

«Wir müssen doch erst mal auf Sie anstoßen, Frau Ahlmann! Meine Güte, was ein Wahlergebnis Sie da vergangenen September eingefahren haben!», rief Bürgermeisterin Bornkemann, als Anette und sie an einem Zweiertisch im Wirtshaus *Zur vollen Kelle* Platz genommen hatten, und bestellte – bevor Anette protestieren konnte – zwei Gläser Prosecco bei der jungen Bedienung.

«Frau Bornkemann, das geht doch nicht. Ich hab doch nachher die Bürgersprechstunde und auch sonst noch einiges auf dem Zettel!», rief Anette abwehrend und sah sich besorgt im Schankraum des Wirtshauses um. Was würden die Bürgerinnen und Bürger sagen, wenn man sie hier mittags im Wirtshaus Alkohol trinken sah?

«Ach, Kokolores!», dröhnte Frau Bornkemann. «Machen Se sich mal nicht so viele Gedanken. Zur Bürgersprechstunde kommt eh meistens keiner, zumindest ist das bei uns drüben so, die Leute schreiben viel lieber E-Mails, ist bequemer. Und wenn doch mal jemand kommt, erträgt sich das viel leichter mit einem Glas Prosecco intus, das kann ich Ihnen aber versichern!»

Anette schluckte nervös, wehrte sich jedoch nicht weiter. Heidemarie Bornkemann musste es schließlich wissen. Die 58-Jährige mit dem stacheligen, grauen Kurzhaarschnitt, die heute einen dunkelblauen Kurzblazer mit Karomuster und dazu einen leichten Loop-Schal mit gelbem Print trug, regierte immerhin schon seit acht Jahren im Nachbarort, da konnte Anette sich noch eine Menge abgucken.

Und so kam es, dass Anette brav ihren Prosecco trank, während Frau Bornkemann eine Schote nach der anderen erzählte. Als sie gerade schnaufend und prustend eine Anekdote über eine Nachbarschaftsstreitigkeit beendete, die so ausgeartet war, dass sie es bis auf die Tagesordnung der Stadtratssitzung geschafft hatte, kamen endlich Anettes Gulaschsuppe und das Teufelsschnitzel in scharfer Pfefferrahmsoße für ihre Amtskollegin. Das wurde auch Zeit, denn Anette fühlte sich durch den Prosecco und Frau Bornkemanns ausschweifende Geschichten schon völlig berauscht.

«Wir sind ja heute zwei ganz Scharfe», sagte Frau Bornkemann mit einem Blick auf ihre Teller. «Lassen Se's sich schmecken!»

Beide Bürgermeisterinnen aßen mit Appetit, während Frau Bornkemann mit vollem Mund weiterschwatzte und über den alten Kolloczek herzog, der ihrer Meinung nach Hildenberg fast an die Wand gefahren hätte mit seiner Schlaftabletten-Politik.

Als sie sich genug über den ehemaligen Bürgermeister

ausgelassen hatte, bot Heidemarie Bornkemann Anette das Du an und erzählte anschließend ausschweifend von ihrem letzten Urlaub in der Toskana.

«Da isses herrlich ruhig, das sag ich dir. Fahr da jedes Jahr mit der Andrea hin ... meiner guten Freundin. Da is außerdem noch richtig italienisches Flair, nicht wie am Gardasee oder diesen anderen üblichen Touri-Ecken. Wir waren vor zig Jahren mal in Peschiera am Gardasee, nä! Einmal und nie wieder! Alle zwei Meter kommen einem Deutsche entgegen. Da können wa auch direkt zu Hause bleiben, hat die Andrea zu mir gesagt, und recht hat se!»

Anette schürzte die Lippen und murmelte nur: «Ach, gibt überall schöne Ecken ...»

Auf ihren Lago ließ sie nichts kommen! War doch toll, dass sich die örtliche Tourismusbranche so auf die Deutschen eingestellt hatte. Ihr kam es jedenfalls sehr entgegen, wenn sie sich im Urlaub nicht mit Händen und Füßen verständigen oder auf ihr eingerostetes Schulenglisch zurückgreifen musste. Achim und ihr wurden meist schon die deutschen Speisekarten entgegengestreckt, bevor sie überhaupt den Mund aufgemacht hatten. Anette fragte sich zwar, wie die italienischen Bedienungen immer so schnell wussten, dass Achim und sie aus Deutschland kamen, war aber dennoch froh über dieses zuvorkommende Verhalten. Sollte die Bornkemann doch ruhig weiter mit ihrer «guten Freundin» in die Toskana fahren.

Dass Heidemarie Bornkemann die Andrea, mit der sie nicht nur jedes Jahr in den Urlaub fuhr, sondern auch seit zig Jahren eine gemeinsame Wohnung teilte, immer noch als «gute Freundin» bezeichnete, war ja wohl auch die absolute Härte! Wusste doch jeder, dass die zwei ein Pärchen waren, mein lieber Schwan! Konnte man doch einfach sagen, das war doch heute wirklich nichts Besonderes mehr, fand Anette. Gut, Achim hatte schon ab und an mal ein paar stichelnde Bemerkungen über die Bornkemann fallen lassen, und bei ihrem Schwager Ralf oder Frau Feldhaus war Anette sich auch nicht ganz sicher, wie sie so eine Information aufnehmen würden … Aber trotzdem, das so geheim zu halten, war doch auch albern.

Währenddessen war Heidemarie Bornkemann Anettes Unmut bezüglich ihrer Gardasee-Verunglimpfungen gar nicht aufgefallen. Sie erging sich weiter über die tollen Olivenbäume und den herrlichen Wein in der Toskana, bestellte noch zwei Absacker – «Die sind gut für die Verdauung!» – und schien sich rundum wohlzufühlen.

Plötzlich fiel Anettes Blick auf die Wanduhr hinter dem Tresen. Ach du heiliges Kanonenrohr! Wie lange hatte sie denn mit der Bornkemann hier gesessen? Es war bereits später Nachmittag, sie musste dringend zurück ins Rathaus. Sie würgte den Redeschwall ihrer Amtskollegin einigermaßen höflich ab, griff nach ihrer Handtasche und eilte zum Tresen, um zu bezahlen.

Zehn Minuten später stürmte Anette ins Vorzimmer ihres Büros und krachte beinahe in eine junge Frau, die dort – mit verschränkten Armen und wippendem Fuß – mitten im Raum stand.

«Oh, hoppala!», rief sie und bremste gerade noch rechtzeitig ab.

Matteo Zanetti räusperte sich lautstark und verkündete,

als beide Frauen ihn ansahen: «Da sind Sie ja, Frau Bürgermeisterin. Sehen Sie, Frau Polat, unsere Frau Bürgermeisterin vergisst nie einen Termin der Bürgersprechstunde und schon gar nicht, wenn es um die Neugestaltung des Jugendtreffs geht.»

Ach, du Schande! Die Bürgersprechstunde, die hatte sie ja völlig verschwitzt. Es war, wie Heidemarie ganz richtig gesagt hatte: In die Sprechstunde kam sonst nie jemand! In all den Wochen von Anettes bisheriger Amtszeit war nicht ein einziges Mal jemand erschienen. Und trotzdem, Matteo hatte sie doch vorhin erst an den Termin erinnert. Verdammte Bornkemann! Die hatte sie völlig rausgebracht mit ihren tausend Anekdoten. Jetzt bloß nichts anmerken lassen, Anette, mahnte sie sich selbst in Gedanken und sagte laut und, wie sie hoffte, mit souveräner Stimme: «Richtig, ganz richtig!» Anette schüttelte der Besucherin die Hand. «Frau Polat, wie schön, Sie zu sehen. Entschuldigen Sie die kleine Verspätung, aber hier jagt ein Termin den nächsten. Gehen Sie doch vor in mein Büro!»

Anette wies mit der Hand in Richtung der offen stehenden Bürotür. Frau Polat deutete ein Nicken an und setzte sich in Bewegung. Hinter ihrem Rücken warf Anette Matteo einen dankbaren Blick zu. Ohne sein verstecktes Briefing hätte sie gar nicht gewusst, wer da vor ihr stand. Das war ja noch mal einigermaßen gut gegangen, zumindest bis jetzt …

Als Anette nun ebenfalls das Büro betrat, musterte sie Frau Polat unauffällig, die bereits auf dem dunkelblauen Besucherstuhl vor Anettes Schreibtisch Platz genommen hatte. Larissa Polat war eine kleine, recht stämmige Frau mit entschlossenem Gesichtsausdruck. Anette schätzte sie auf Mitte dreißig. Sie trug eine dunkle Jeans, dazu schwarz-weiße abgerissene Sneaker und ein helles Halbarm-Shirt mit dem Aufdruck «Equality». Anette vermutete, dass dies der Name einer Musikband war, die sie nicht kannte. Ihren olivgrünen Parka hielt Larissa Polat fest in einer Hand. Sie hatte ihre dunklen Haare im Nacken zu einem kurzen Zopf zusammengebunden, sodass Anette freie Sicht auf ihre Ohren hatte, in denen auf jeder Seite mindestens drei Ohrringe steckten. Anette wollte Frau Polat nicht so lange anstarren, deswegen konnte sie die genaue Anzahl der Ohrringe nur schätzen. Stattdessen fiel ihr Blick, als sie sich nun hinter ihren Schreibtisch setzte, auf die freien Unterarme ihres Gastes.

«Ach, Sie haben aber interessante Tattoos», rutschte es Anette heraus.

Auf Frau Polats Unterarmen waren mehrere kleine Tattoos zu sehen, die eher wie krakelige Skizzen wirkten. Eines davon sah aus wie eine schiefe Katze, aber vielleicht war es auch ein Baum. Die restlichen Motive konnte Anette nicht deuten.

«Oh ja», sagte Larissa Polat und betrachtete mit einem Lächeln ihre Arme, «die hat meine Tochter entworfen!»

«Ah … hübsch», erwiderte Anette und merkte selbst, dass ihre Stimme nicht ganz aufrichtig klang.

Dies schien auch Larissa Polat aufzufallen, sie grinste und fügte hinzu: «Meine Tochter ist fünf!»

«Ach sooo, aaah, was für eine lustige Idee», sagte Anette und zwang sich zu einem Lächeln. Das erklärte natürlich die krakelige Optik. Trotzdem fragte sie sich, was das für eine neumodische Marotte war, sich solchen Quatsch auf den Körper stechen zu lassen. Das blieb doch ein Leben lang! Je länger sie darüber nachdachte, umso mehr hielt sie das Ganze für eine – auf Deutsch gesagt – absolut bekloppte Idee. Wenn sie an die Bilder dachte, die Annika und Andi damals aus dem Kindergarten mitgebracht hatten. Mein lieber Herr Gesangsverein … Die Bilder von Annika mit unförmigen, bunten Pferdchen und Blumen waren ja in der Regel noch recht niedlich gewesen, wobei sie auch davon Unmengen hatte entsorgen müssen, weil ihre Tochter jeden Tag mit mindestens sechs Bildern nach Hause gekommen war, die meist ein ähnliches Motiv zeigten. Andi hatte zum Glück seltener Bilder aus Kindergarten und Schule mitgebracht, denn wenn, waren es fast immer Ausmalbilder mit Fußballmotiv, die Andi offenbar in Eile und ohne sich groß um die vorgegebenen Ausmalflächen zu scheren, vollgekritzelt hatte.

Anette wandte ihre Aufmerksamkeit nur mit Mühe von Larissa Polats Armen ab und setzte wieder ihr souveränes Politikerinnen-Lächeln auf. «Also, Frau Polat, wie schön, dass wir uns endlich kennenlernen. Was kann ich für Sie tun? Ich vermute, es geht um unser tolles Projekt ‹Generationenübergreifend in die Zukunft›?»

Während Anette ihr professionelles Lächeln aufgesetzt hatte, tat sich in Frau Polats Mimik Gegenteiliges. Das Lächeln verschwand, und stattdessen kehrte die entschlossene Miene zurück, die Anette bereits im Vorzimmer aufgefallen war.

«Ja, richtig. Frau Ahlmann, ich weiß gar nicht, wo ich anfangen soll, und hoffe immer noch, dass das Ganze ein großes Missverständnis ist. Aber … das kann doch alles nicht Ihr Ernst sein? Der Jugendtreff soll aufgelöst werden, und stattdessen sollen meine Kids mit Omis und Opis ‹Mensch ärger dich nicht› spielen? Oder wie muss ich das verstehen? Und wieso wird so was nicht besprochen? Ich bin völlig baff!», sprudelte es aus Larissa Polat heraus, und ihre Augen weiteten sich mit jedem Satz ein wenig mehr.

«Na, jetzt aber mal langsam mit den jungen Pferden, Frau Polat. Zunächst einmal geht es ja hier um weitaus mehr als um ein bisschen ‹Mensch ärger dich nicht› spielen. Durch dieses Projekt sollen sich Jung und Alt wieder näherkommen. Es ist ein Versuch, die Kluft, die nicht nur in Hildenberg, sondern bundesweit zwischen den Generationen entstanden ist, wieder zu schließen, und zwar mit einer niedrigschwelligen Angebotspalette aus Bildungs…», versuchte Anette zu erklären, doch weiter kam sie nicht.

«Bildungs-, Wohn- und Kreativbausteinen, ja, Frau Ahlmann, ich habe das Paper gelesen, das Ihr Büro rausgegeben hat. Ich kenne die Inhalte genau wie Sie Wort für Wort, und doch bleibt es am Ende dabei, dass den Jugendlichen der einzige Raum ohne Erwachsene genommen wird. Ist ja nicht so, als hätte Hildenberg den Kids sonst großartig irgendwas zu bieten», unterbrach Larissa Polat sie energisch.

Anette wurde rot. Aus zweierlei Gründen. Zum einen war diese Frau Polat ja wirklich die Unverschämtheit in Person. Sie einfach so zu unterbrechen und die Thematik so falsch und verdreht herunterzubrechen … Was waren denn das für Umgangsformen? Zum anderen musste Anette sich leider eingestehen, dass die Polat tatsächlich wortwörtlich das Paper wiedergegeben hatte. Und dass sie so durchschaut worden war, passte Anette gar nicht.

In ihr brodelte es. Trotzdem war ihre Stimme sanft und professionell, als sie wieder das Wort ergriff. «Den Jugendlichen soll aber doch nichts genommen werden. Vielmehr geben wir als Stadt noch etwas hinzu. Die bisherigen Räumlichkeiten werden zunächst zurückgebaut und in einem weiteren Schritt modernisiert und deutlich erweitert. Wer weiß, vielleicht gibt es sogar den neuen Tischkicker, den Sie sich ja schon seit einigen Jahren für das Jugendzentrum wünschen!» Während dieser Worte nickte Anette wohlwollend und fühlte sich für einen Moment wie Angela Merkel, die Donald Trump die Stirn bot.

Doch Larissa Polat schluckte den Köder nicht, stattdessen ging sie zu Anettes Überraschung zum Angriff über: «Frau Ahlmann, es geht hier nicht um einen Kicker. Das ist ja noch mal ein eigener Skandal für sich, dass eine Stadt wie Hildenberg es zwei Jahre lang nicht schafft, unseren kaputten Tischkicker reparieren zu lassen.» Frau Polat redete sich nun richtig in Rage. «Und was heißt eigentlich ‹zurückbauen›? Das ist doch bloß ein Euphemismus für Abriss. Seit Jahren war die Rede davon, dass unsere Räumlichkeiten renoviert werden. Ihr Vorgänger hat den Jugendlichen, die übrigens nicht nur ab und an im Treff abhängen, sondern diesen mit meiner Unterstützung selbst verwalten, sein Wort gegeben. Dann passiert jahrelang gar nichts, und plötzlich kommen Sie daher und wollen alles plattwalzen! Frischer Wind schön und gut, Frau Ahlmann, doch Ihr Ansatz in diesem Fall ist definitiv der falsche!»

Anette wurde immer wütender. Das war ja die Höhe! Wollte die Polat ihr jetzt erklären, wie sie ihr Amt auszuführen hatte? Na, die wird mich schon noch kennenlernen, dachte Anette und konnte sich gerade noch zurückhalten, etwas Unbedachtes zu sagen.

«Nun ja, wo diese Selbstverwaltung der Jugendlichen hingeführt hat, sehen wir ja. Überall Zigarettenstummel, vollgekritzelte Tischtennisplatten und vollgesprühte Wände, das hat mit Selbstverwaltung wenig zu tun, so etwas nenne ich Verwahrlosung, und davor können wir als Stadt bedauerlicherweise nicht länger die Augen verschließen. Trotzdem habe ich als Bürgermeisterin das gesamte Bild im Blick und gebe Ihrem Treff eine zweite Chance, eingebunden in ein wunderbares Projekt, das die Kluft zwischen Jung und Alt überwinden soll ...»

«Frau Ahlmann, ich bitte Sie. Das geht doch komplett auf Kosten der Kinder und Jugendlichen!», unterbrach Larissa Polat Anette erneut. «Dass im HoT einiges zu tun ist, keine Frage, aber da beiße ich mir ja seit Jahren am Rathaus die Zähne aus. Warum denn nicht das HoT renovieren und das Mehrgenerationenhaus einfach woandershin bauen?», rief die junge Frau mit einem Anflug von Frustration und hob fragend die Arme.

«Sie haben eine interessante Vorstellung davon, wer hier wie was entscheidet, das sind komplexe Prozesse. Da sagt man nicht an einem Tag *hü* und am nächsten *hott*! Ich bin zwar noch nicht lange Bürgermeisterin von Hildenberg, doch weiß ich mit Sicherheit, dass hier wichtige politische Entscheidungen, die im Stadtrat besprochen und genehmigt wurden, nicht mal mir nichts, dir nichts umgeschmissen werden, weil es irgendwem nicht passt!», erwiderte Anette hitzig. Die Dreistigkeit dieser Frau trieb sie zur Weißglut. Larissa Polat schaute sie mit undeutbarer Miene an, stand auf und nahm sich ihren Parka vom Stuhl.

«Wissen Sie, der Stadtrat ist nicht der einzige Ort, an dem

Politik gemacht wird, Frau Ahlmann. So einfach kommen Sie damit nicht durch, warten Sie nur ab. Danke für Ihre Zeit», sagte sie schneidend und ging zur Tür.

«Drohen Sie mir etwa?», rief Anette, und ihre Stimme klang jetzt schrill.

Frau Polat, die den Türknauf bereits in der Hand hatte, drehte sich noch einmal um und hob die Augenbrauen. Dann verließ sie ohne ein weiteres Wort Anettes Büro. Anette sank sprachlos in ihren ausladenden Bürostuhl aus schwarzem, gepolstertem Leder zurück, der ein lautes Schnaufgeräusch von sich gab. Ja, genauso fühle ich mich auch, murmelte sie ihrem Stuhl mit schwacher Stimme zu. So etwas hatte sie in ihrem ganzen Leben noch nicht erlebt. Da ging man Probleme an, handelte nach bestem Wissen und Gewissen und dann so was! «Warten Sie nur ab», hatte die Polat gesagt, das war ja wirklich das Allerletzte … Aber die würde schon noch sehen, wer in Hildenberg am längeren Hebel saß.

Eine Stunde später schloss Anette in der Siedlung am Rosengarten die Haustür auf, zog sich mit einem erschöpften Seufzen die Schuhe an der kleinen Garderobe im Flur aus und stellte ihre Handtasche auf die Kommode. Ihre Jacke hing sie ordentlich an einen der bunt lackierten Holzbügel an der Garderobe und legte ihren Schal mit dem Karomuster einmal um den Kopf des Bügels herum. Ihren Haustürschlüssel hängte sie wie üblich an das hübsche aus Holz gefertigte Schlüsselbrett in Form eines Hauses, das sie letzten Herbst in *Gisela's Lädchen* gekauft hatte. Die Küche lag im Dunkeln, und Anette spürte, wie sich in ihrer Magengegend bereits etwas Unmut regte. Wäre ja mal schön gewesen, wenn Achim zur Abwechslung schon was vorbereitet hätte, dachte sie und machte sich auf den Weg ins Wohnzimmer.

Achim saß auf dem Sofa und blätterte in der Fernsehzeitschrift. Vor ihm auf dem gläsernen Wohnzimmertisch lag ein zerknülltes Müsliriegel-Papier, in seiner Hand hielt er eines von Anettes teuren Leonardo-Gläsern, aus dem er gedankenverloren Salzstangen fischte und sich in den Mund schob.

«Hallo», sagte Anette schlicht und blieb in der Wohnzimmertür stehen.

Achim hob den Kopf. «Mein lieber Scholli, da biste ja endlich. Musste mir hier schon was aus der eisernen Reserve nehmen, damit ich nicht verhungere ...», brummte er und hob das Glas mit den Salzstangen unnötigerweise noch etwas höher, als könnte Anette es ansonsten nicht sehen.

«Hast also extra gewartet, dass ich jetzt wieder was koche, oder wie muss ich das verstehen?», fragte Anette spitz und lehnte sich in den Türrahmen.

Achims Kinnlade fiel in Zeitlupe nach unten, während er das Salzstangenglas noch immer in die Höhe hielt. Anette konnte in seinen Augen ablesen, wie es dahinter ordentlich ratterte.

Schließlich räusperte Achim sich und sagte: «Du, ich war vorhin gerade dabei ... das Brot anzuschneiden, da dacht ich, warum bestellen wir nicht mal wieder was bei *Giovanni's*? Haben wir ewig nicht gemacht ... ne? Wegen hier ... deiner Palolo-Diät. Und ja ... da musste ich ja erst mal warten, bis du nach Hause kommst, weiß ja gar nicht, welche Pizza du willst!»

Anette durchschaute sofort, dass das eine dicke Lüge war und Achim sehr wohl auf dem Sofa gesessen und gewartet hatte, bis sie nach Hause kam und sich wieder um alles kümmerte. Er wusste außerdem ganz genau, dass sie die Paleo-Diät schon vor zwei Wochen wieder aufgegeben hatte, brachte ja eh alles nix, dieser ganze Mumpitz, am Ende war man bloß frustriert und hungrig, da konnte man es auch einfach ganz bleiben lassen!

Seit sie ihre neue Stelle als Bürgermeisterin angetreten hatte, war es immer wieder zu ähnlichen Situationen mit Achim gekommen. Er war es einfach gewohnt, dass Anette am frühen Nachmittag von ihrem Halbtagsjob bei Klimaanlagen Kaltmeier nach Hause kam, den Haushalt schmiss und sich ums Abendbrot kümmerte, sodass er sich abends nach seinem Job als Lagerleiter an den gedeckten Tisch setzen konnte. Nur dienstags, wenn Anette mit Biggi im Yogakurs war, sowie jeden ersten und dritten Donnerstag im Monat, wenn die Treffen des Frauenvereins stattfanden, hatte er sich bisher selbst versorgen müssen. Da lief es für ihn dann meistens auf belegte Brote oder zwei dicke Leberkäse-Brötchen mit Kraut vom örtlichen Metzger hinaus.

Achim tat sich noch schwer damit, dass der bisherige Alltag durch Anettes neues Amt auf den Kopf gestellt worden war. Häufig kam sie nun später als er nach Hause, musste oft am Abend oder am Wochenende noch mal los zu Empfängen und Veranstaltungen und hatte weniger als früher im Blick, was im Haushalt so anstand. Achim hatte sich immer darauf verlassen können, dass ausreichend zu essen im Kühlschrank war, seine Hemden gewaschen und gebügelt im Schrank hingen und die aktuelle Fernsehzeitung auf dem Wohnzimmertisch lag. Doch erst kürzlich hatte er sich an einem Samstagabend voller Vorfreude aufs Sofa plumpsen lassen, in der Annahme, dass er nun eine Spielshow mit Kai Pflaume und weiteren prominenten Gesichtern zu sehen bekäme, als stattdessen eine skandinavische Buchverfilmung startete. Als Achim empört die Fernsehzeitschrift zur Hand nahm, musste er feststellen, dass er die Ausgabe aus der letzten Woche vor sich hatte. Wutentbrannt hatte er Anette das Datum vor die Nase gehalten, doch die hatte bloß mit den Schultern gezuckt. «Die Zeitschrift bringe ich immer vom Einkaufen mit, aber du warst ja diese Woche einkaufen. Die Fernsehzeitschrift fällt nicht vom Himmel, Achim», hatte sie nüchtern erklärt und sich wieder in ihren Sylt-Krimi vertieft.

Ein anderes Mal hatte Achim seiner Frau Vorhaltungen gemacht, weil er bei einer wichtigen Besprechung mit einem Zulieferer ein uraltes Hemd hatte anziehen müssen, lag doch der Rest zerknittert im Bügelkorb. Wieder hatte Anette nur mit den Schultern gezuckt und gesagt: «Du weißt doch selbst, wo das Bügeleisen steht!»

In seiner Verzweiflung hatte Achim sogar versucht, Tochter Annika mit Geld zu bestechen, damit diese ihm seine Hemden bügelte. Doch die Aktion war ordentlich nach hinten losgegangen. Annika hatte zwar versprochen, sich um die Hemden zu kümmern, allerdings verschwiegen, dass sie selbst noch nie ein Hemd gebügelt hatte. So kam es, dass es eines Nachmittags im Hause Ahlmann plötzlich sehr unangenehm nach versenktem Stoff roch und Achims bestes Camp-David-Hemd ein dickes Brandloch aufwies. Das Hemden-Dilemma hatte zu einem Riesenstreit zwischen Vater und Tochter geführt, in dessen Verlauf Annika ihrem Vater beichten musste, dass sie im Leben noch nie ein Hemd gebügelt und sich nur auf den Deal eingelassen hatte, da sie unbedingt ein bisschen zusätzliches Geld für ihren Mädels-Urlaub auf Kreta auftreiben wollte.

«Wie? Du hast noch nie 'n Hemd gebügelt? Wie kann das denn sein?», hatte Achim geknurrt und wütend mit dem zerlöcherten Hemd vor Annikas Nase herumgewedelt.

«Ja, wann denn? Warum denn? Du doch anscheinend auch nicht!», fauchte Annika zurück, nicht minder aufgebracht als ihr Vater.

So war es eine Weile hin- und hergegangen, bis Achim schließlich abgezogen war, sich den Telefonhörer gegriffen und seinen Bruder Ralf um Rat gefragt hatte, der die Textilpflege Peters am Marktplatz empfahl. «Da bring ich meine Hemden seit der Scheidung hin, günstige Preise, Top-Qualität, kannste nich meckern!», hatte Ralf mit lauter Stimme erklärt und Achim gleich noch unaufgefordert ein paar eheliche Tipps mit auf den Weg gegeben.

Anette lehnte immer noch im Türrahmen, während Achim keinerlei Anstalten machte, bei *Giovanni's* anzurufen, und sich wieder der Fernsehzeitschrift widmete. Der weiß doch ganz genau, dass ich entweder die Vier Jahreszeiten oder die Hawaii nehme!, dachte sie, aber der wartet jetzt allen Ernstes darauf, dass ich das wieder in die Hand nehme. Aber so nicht, nicht heute! Es sollte ihr doch wohl auch mal vergönnt sein, nach einem stressigen Arbeitstag, an dem sie sich in ihrem eigenen Büro so hatte angehen lassen müssen, einfach mal die Füße hochzulegen!

«Ja, gute Idee mit der Pizza!», verkündete Anette betont lässig. «Dann nehme ich die Hawaii, die Vier Jahreszeiten hatte ich jetzt oft genug! Danke, dass du dich kümmerst, ich geh mal unter die Dusche ...»

«Äh ... ach so ... ja ...», stotterte Achim, überrumpelt davon, dass die Pizza-Beschaffung nun tatsächlich zur Gänze in seiner Hand liegen sollte. «Ja, ruf ich wohl mal an und frag, wann ich sie abholen kann!»

«Prima!», antwortete Anette knapp und ging in den Flur. Nach außen hin gab sie sich abgeklärt, aber in ihrem Inneren tobte ein Kampf. Sie sah durch die Wohnzimmertür, wie Achim sich langsam vom Sofa erhob und in die Küche ging. Dort hob er den Zeitungsstapel an, der auf dem Küchentisch lag, und sah sich suchend um.

«Am Kühlschrank!», schrie alles in Anette, und fast hätte sie den Mund aufgemacht, um ihrer inneren Stimme einen akustischen Raum zu geben, aber sie presste sich die Hand auf den Mund. Schließlich sah sie, wie Achims Blick auf den Kühlschrank fiel und er mit einem «Ha!» losstapfte. Er hob den Kühlschrankmagnet in Kamelform an, den Biggi ihnen vor Ewigkeiten aus dem Lanzarote-Urlaub mitgebracht hatte, und nahm den Flyer von *Pizzeria Giovanni's* ab. Dann schlurfte er Richtung Flur. Anette wandte sich eilig um und hastete die Treppe hinauf. Achim sollte natürlich nicht wissen, dass sie ihn beobachtet hatte.

Mehrere Pieptöne hintereinander, die vom Fuß der Treppe zur ihr hinaufdrangen, verrieten ihr, dass Achim den Festnetzhörer abgenommen hatte und die Pizza-Bestellung angelaufen war.

«Mein lieber Schwan, was soll ich eigentlich noch alles machen?», murrte Achim leise vor sich hin, als er in seinen

Zafira stieg und rückwärts aus dem Carport fuhr. Sie hätte ihm ja zumindest mal sagen können, dass die Nummer von Giovanni am Kühlschrank hing. Stattdessen ließ sie ihn da suchen wie einen Schatzräuber, und zu allem Überfluss würde er bei *Giovanni's* jetzt wahrscheinlich nicht mal Rabatt kriegen, wenn Anette nicht dabei war. Da war um die Zeit ja immer die Hölle los. Wer weiß, ob die Bedienungen ihn in der Hektik erkennen würden und wussten, dass er dicke mit dem Chef war? Warum konnte Anette nicht wie alle anderen Frauen einfach einen normalen Job haben? Oder seinetwegen einfach Hausfrau sein wie Ralfs erste Frau. Geldtechnisch ließe sich das schon irgendwie deichseln. Lieber etwas mehr aufs Geld gucken, als ständig so einen Stress am Hals zu haben.

Genervt pulte Achim mit einer Hand ein Müsliriegelkorn zwischen seinen Zähnen hervor, während er mit der anderen das Lenkrad hielt und den Wagen aus der Siedlung am Rosengarten hinausmanövrierte. Er lebte ja wie ein Junggeselle. Dafür hatte er nicht geheiratet! Mit einem tiefen Seufzer schaltete er seinen Lieblingsradiosender ein, auf dem gerade die besten Rock Classics der 70er liefen. Zu Aerosmiths «Dream on» entspann sich in seinem Kopf ein Tagtraum, in dem Anette aus dem Rathaus nach Hause kam und verkündete, dass sie den Job als Bürgermeisterin an den Nagel gehängt hatte, weil sie sich ab jetzt nur noch um ihn kümmern wollte. Herrlich! Wobei ... das war vielleicht ein bisschen zu viel des Guten, er brauchte schließlich noch seinen Freiraum. Es sollte einfach alles wieder so sein wie früher. Sie halbtags beim Kaltmeier und samstags beim Einkaufen – perfekt!

Die Autofahrt, gepaart mit den 70er-Hits entspannte

Achim ein wenig, doch viel zu schnell war er an der Pizzeria angekommen. Er parkte am Straßenrand vor dem kleinen Restaurant, über dessen Eingang in verschnörkelter Schrift «Giovanni's» stand, und ging an der kindergroßen Figur eines italienischen Pizzabäckers vorbei, der ein Tablett mit darauf platzierten, kleinen Speisekarten trug, hinein ins Lokal. Zu seinem Schrecken war Giovanni gar nicht da, sondern nur eine junge, weibliche Bedienung, die er noch nie im Leben gesehen hatte. Was würde heute noch alles schiefgehen?

«Zwei Pizzen für Ahlmann, ich hatte angerufen», brummte Achim grußlos. Warum freundlich sein, wenn man eh keinen Rabatt bekommt?, dachte er und ließ sich missmutig an dem kleinen Tisch direkt vor der Theke nieder.

«Ach, Herr Ahlmann, Ihre Pizzen sind schon fertig. Einmal die Hawaii und dann noch die Tonno mit extra Zwiebeln!», rief die Bedienung freundlich, kam um die Theke herum und stellte die Kartons vor ihm auf den Tisch. Darauf lagen zwei kleine Plastikpackungen mit Tiramisu.

«Das macht dann 11 Euro insgesamt», sagte die junge Frau und legte einen kleinen Kassenbon auf die Pizzakartons.

«Die ham wa nicht bestellt!», bemerkte Achim genervt und deutete auf die Tiramisu-Packungen, «und die werd ich auch nicht bezahlen!»

«Die gehen selbstverständlich aufs Haus, Herr Ahlmann, grüßen Sie Ihre Frau ganz lieb», entgegnete die Bedienung immer noch freundlich lächelnd. Perplex brachte Achim nur ein kurzes «Oh» hervor, da betrat bereits der nächste Gast das Lokal, und die Frau wandte sich ab.

Wie peinlich … Hoffentlich würde Anette nie etwas davon erfahren. Aber konnte ja keiner ahnen, dass man heutzutage noch irgendwo was umsonst bekam! Hätte die Frau ihm ja auch einfach direkt sagen können. Genau! Wenn die besser kommuniziert hätte, dann wär er gar nicht so blöd ins offene Messer gerannt. Also selbst schuld. Hastig verließ Achim das Lokal, stieg wieder in seinen Zafira, setzte den Blinker und brauste nach Hause.

Das Abendessen im Hause Ahlmann verlief dann doch harmonischer als erwartet. Giovannis Pizza war wie immer großartig, und Anettes Stimmung hatte sich dank ihres Anti-Stress-Aroma-Duschgels mächtig gebessert. Eine heiße Dusche nach einem langen, anstrengenden Tag war doch immer noch das Beste! Auch Achims Laune hatte ein paar Prozentpunkte zugelegt, hatte er doch zu Hause die Speisekarte von *Giovanni's* mit dem Kassenbon abgeglichen und festgestellt, dass sie nicht nur das Tiramisu umsonst bekommen, sondern auch noch jeweils zwei Euro weniger für ihre Pizzen gezahlt hatten.

Anette nutzte das gemeinsame Abendessen, um ordentlich über Larissa Polat herzuziehen. Normalerweise beschwerte Achim sich, wenn sie zu ausschweifend von den Rathaus-Interna berichtete, und erbat sich zumindest in den eigenen vier Wänden ein wenig politikfreien Raum, aber jetzt, da es um den alten Jugendtreff ging, war er ganz vorne mit dabei. «Da kann die sich auf'n Kopp stellen, die Polat! Endlich hat dieser schmuddelige Jugendtreff ausgedient!», donnerte er. «Das Elend kann sich ja keiner mehr mit angucken. Was will die schon dagegen unternehmen? Wie das da aussieht! Würd mich wundern, wenn ihr da mit'm Teilabriss überhaupt hinkommt!»

«Das wird man sehen. Aber woher weißt *du* das denn eigentlich? Warst du da überhaupt mal in den letzten fünf Jahren?», fragte Anette überrascht und legte zuerst Achim, dann sich noch ein Stück Pizza auf den Teller.

«Nä, zum Glück nicht, aber was man so hört, reicht ja. Annika hab ich damals 'n paar Mal da abgeholt, und heidewitzka! Sei froh, dass du das nicht gesehen hast, mit was für Gestalten unser Töchterchen sich da abgegeben hat ...» Achim schüttelte den Kopf, als wollte er die Erinnerung schnell wieder aus seinen Gedanken vertreiben.

Doch seine Worte reichten aus, um Anettes Vorstellungskraft anzukurbeln, und sie sah vor ihrem inneren Auge heruntergekommene Jugendliche mit zerrissenen Hosen und bunten Haaren vor sich, die auf der Tischtennisplatte vorm Haus der offenen Tür herumlungerten und einer jüngeren Version ihrer Tochter Annika eine Haschischzigarette anboten. Furchtbar!

«Andi war da ja auch manchmal. Aber zum Glück nicht so oft», legte Achim nach. Das Thema Jugendhaus hatte ihn sofort gepackt. Er und seine Kumpanen vom Herren-Stammtisch waren sich schon seit Jahren einig, dass dieser Ort sicher für zahlreiche Drogenkarrieren verantwortlich war und längst abgerissen gehörte. Auch Anette schüttelte es jetzt bei dem Gedanken daran, dass ihre Kinder vor zehn Jahren dort herumgehangen hatten. Da konnte sie wirklich froh sein, dass keiner der beiden in die Drogenkriminalität abgerutscht war. Achim hatte recht. Zum Glück würde diesem Treiben bald Einhalt geboten.

«Andi war ja glücklicherweise die meiste Zeit im Fußballklubheim», nahm Anette kauend das Gespräch wieder auf.

«Hmmmh, besser so! Also, wenn es nach mir ginge, hätte man diesen Treff schon vor zehn Jahren zubetoniert und einen Parkplatz draus gemacht, diese bescheuerte Abkürzung auch. HoT! Da hat so was mal einen gescheiten Namen, und dann wird das wieder mit irgendwelchen Abkürzungen vermurkst», ereiferte sich Achim, fingerte hungrig das nächste Stück Pizza aus dem Karton und schnitt es auf seinem Teller in kleine Stücke.

«Ach, der Name stört mich noch am wenigsten. Aber so, wie wir's jetzt machen wollen, ist es doch besser als 'n Parkplatz, oder nicht?»

«Ja ja, ich sag ja nix gegen dein Projekt. Können sich ruhig mal 'n bisschen einbringen, die Jugendlichen. Vielleicht hören sie dann auch auf, überall ihre Flaschen stehen zu lassen, und lungern nicht mehr den ganzen Tach vorm Supermarkt rum!»

«Eben! Das denke ich doch auch. Übrigens, die Baumgärtner hat gegen das Projekt gestimmt, hab ich dir noch gar nicht erzählt, oder? Und der Volker hat sich enthalten», sagte Anette und griff nach ihrem Tiramisu.

«Was? Warum denn das?»

«Der ist halt ein Erbsenzähler vor dem Herrn und hat ständig Angst, dass Hildenberg verarmt, meint, das wär alles viel zu aufwendig und teuer. Dass der Kolloczek das Geld ständig mit beiden Händen für irgendwelchen Murks rausgeworfen hat, davon ist natürlich keine Rede mehr!»

«Hm», erwiderte Achim nur. So langsam hatte er genug von den Rathausproblemchen, und Anette, die die harmonische Stimmung nicht zerstören wollte, ließ von dem Thema ab.

Trotzdem hatten ihr Achims Unterstützung und das gemeinsame Pizzaessen gutgetan. Sie wusste schon gar nicht mehr, warum das Gespräch mit der Polat sie so aus dem Konzept gebracht hatte. Achim hatte recht, was sollte die schon machen? Sie, Anette Ahlmann, war schließlich Bürgermeisterin und hatte außerdem den Stadtrat hinter sich, da konnte so eine dahergelaufene Göre mit Krakel-Tätowierungen wer weiß was für ein Theater veranstalten und noch so groß daherschwätzen, aber am Ende wurde im Rathaus Politik gemacht und sonst nirgendwo.

KAPITEL 4

Die Schmiererei

«Na, so früh schon auf den Beinen?», empfing Achim seine Frau, als diese am Samstagmorgen noch ein wenig schläfrig um Viertel vor neun die Küche betrat. Ein überlegenes Lächeln lag auf seinen Lippen. Achim war – aus für Anette unerfindlichen Gründen – besonders stolz darauf, auch am Wochenende immer als Erster wach zu sein. Die offizielle Version lautete, dass er «schön in Ruhe und ganz gemütlich» seine Zeitung lesen wollte, ohne gestört zu werden. Doch seitdem die Kinder aus dem Haus waren, ergab diese Begründung eigentlich keinen Sinn mehr.

«Ist das nicht normal bei euch alten Leutchen?», hatte Annika gemeint, als Anette ihr am Telefon davon erzählte. «Euch treibt's doch mit zunehmendem Alter immer früher aus den Federn!»

Aufgrund der Wortwahl «alte Leutchen» war Anette zwar kurz beleidigt gewesen, doch vermutlich hatte Annika recht, und es steckte wirklich nicht mehr dahinter als eine gewisse Altersrastlosigkeit.

Damit lag sie allerdings falsch. Denn Achim hatte tatsächlich einen ganz bestimmten Grund für sein frühes Aufstehen. Den Entschluss hatte er vor einiger Zeit nach einer gemeinsamen Wanderung mit Biggi und Jörg gefasst. Sie hatten einen Tagesausflug zum Rothaarsteig unternommen und dafür in aller Herrgottsfrühe aufbrechen müssen. Die gesamte Anfahrt über hatte Jörg Achim erzählt, dass es für ihn ja absolut kein Problem darstelle, so früh aufzustehen, und sich auch nicht von seinem Monolog abbringen lassen, als Achim mit verkniffenem Gesichtsausdruck seine Zucchero-CD lauter drehte. Jörg hatte irgendwas von natürlichem Biorhythmus, Leicht- und Tiefschlafphasen, erhöhtem Depressionsrisiko für Spätaufsteher und besserer Produktivität von Frühaufstehern gefaselt. Er wache mittlerweile auch ohne Wecker immer um 6 Uhr auf. Selbst wenn er am Morgen mal eine Freistunde hatte und Biggi neben ihm noch tief und fest schlummerte, schliefe er nicht aus, sondern löste ein Sudoku oder genösse einfach die morgendliche Stille.

Für Achim, der bei Biorhythmus zuerst an Abfallwirtschaft gedacht hatte, war sofort klar, dass Jörg ihm mit diesen Erzählungen den Fehdehandschuh hingeworfen hatte. Seither war er immer um 5:45 Uhr aufgestanden. Was dieser Hirni konnte, das konnte er ja wohl schon lange! Quasi mit dem Klingeln des Weckers ging er nun jeden Morgen als Allererstes ans Zeitungsfach, das gut sichtbar am Eingang des Vorgartens über dem Briefkasten angebracht war, und fischte im Morgenmantel die Zeitung heraus. Jedes Mal durchfuhr ihn ein leichtes Gefühl des Triumphes, wenn er mit der Zeitung unterm Arm zurück ins Haus schlurfte. Vor seinem inneren Auge tauchte dann Jörg auf, der sicherlich kurze Zeit später ebenfalls aus dem Haus gestiefelt käme, um seinerseits die Zeitung hineinzuholen. In Achims Vorstellung sah Jörg dann nach rechts und stellte fest, dass er, Achim Ahlmann, ihm zuvorgekommen war. Was für eine Genugtuung! Seit Wochen schon trieb dieser wunderbare Gedanke ihn jeden Morgen aus den Federn. Jörg hatte es ja nicht anders gewollt ... Pech gehabt!

So kam es, dass Achim, als Anette an diesem Morgen in die Küche schlurfte, bereits seit drei Stunden auf den Beinen war.

«Ach ja, du, die Woche war ja wieder einiges los, da dachte ich, ich kann ruhig mal bis halb neun liegen bleiben», meinte Anette und befühlte die Kaffeekanne, die noch neben der Maschine stand. Kalt. Sie seufzte, goss den kalten Rest der braunen Brühe ins Spülbecken, nahm den nassen Filter aus der Maschine und machte sich daran, frischen Kaffee zu kochen.

«Eigentlich war ausgemacht, dass wir früh aufstehen, um ins Gartencenter zu fahren, und nicht bis in die Puppen ausschlafen, Frau Ahlmann», sagte Achim und versuchte, seine Aussage scherzhaft klingen zu lassen.

Doch Anette hörte heraus, dass er ein wenig verärgert war. Schließlich kannte sie ihren Mann seit über dreißig Jahren. Sie merkte ihm an, dass er Hummeln im Hintern hatte.

«Ja, keine Sorge, wir kommen schon noch ins Gartencenter.» Sie nahm sich ein Kümmelbrötchen aus der Bäckertüte, die Achim auf den Küchentisch gelegt hatte. «Ich frühstücke ganz fix, und dann können wir los!»

«Um neun machen die auf …», brummte Achim und sah hinauf zur Retro-Wanduhr mit den römischen Zahlen und der schwungvoll gezeichneten Cappuccino-Tasse, die das Zifferblatt verzierte. Es war zehn vor neun.

«Dann haben die ja auch um zwanzig nach neun noch geöffnet», entgegnete Anette trocken und bestrich ihre Brötchenhälften mit Frischkäse und der Erdbeer-Prosecco-Marmelade aus *Gisela's Lädchen*. Achim brummte nur.

«Wollen wir mit meinem Auto fahren, das steht noch vorne an der Straße …», begann Anette mit vollem Mund, doch Achim unterbrach sie.

«Auf keinen Fall!», entfuhr es ihm, und beim Anblick von Anettes hochgezogenen Augenbrauen fügte er hinzu: «Da passt ja nix in den Kofferraum …»

Eine Viertelstunde später saßen die beiden im Zafira auf dem Weg zum Gartencenter *Fockinger*. Achim fuhr zügig durch die Straßen Hildenbergs und hoffte, dass trotz der späten Stunde noch ein Parkplatz in der ersten Reihe frei sein würde. Die Hälfte der ersten Parkreihe vorm Gartencenter hatten sie nämlich im vergangenen Frühjahr in Behindertenparkplätze umgewandelt, was Achim ein «Man kann's auch übertreiben» entlockt und ihm anschließend einen bösen Blick von Anette eingebracht hatte.

Sie fuhren am *Komm Hair* vorbei, und Anette entfuhr ein erstaunter Laut, als sie Manuels Vespa vorm Laden stehen sah. Friseurin Ulrike und der deutlich jüngere Yogatrainer waren also immer noch ein Paar. Wer hätte das gedacht? Das musste sie später unbedingt Biggi erzählen. Die würde Augen machen! Schließlich war sich ihre beste Freundin sicher gewesen, dass das mit Ulrike und Manuel auf keinen Fall von Dauer sein konnte, und sie hatte Anette erst vor zwei Tagen ganz aufgeregt am Gartenzaun erzählt, dass sie Ulrike am Sonntag zuvor alleine im Café habe sitzen sehen.

«Aus und vorbei! Wollen wir wetten?!», hatte sie mit einem triumphierenden Unterton in der Stimme gerufen.

Anette verrenkte sich den Hals, um zu schauen, ob sie das Liebespaar vielleicht durch die Scheibe des Salons sehen konnte, doch schon bog Achim um die Ecke. Anette wollte sich gerade wieder in ihren Sitz zurücksinken lassen, als ihr etwas anderes ins Auge fiel. Ruckartig drehte sie sich auf dem Sitz um und blickte durch eines der hinteren Wagenfenster.

«Stopp … warte, Achim, halt! Halt an … Ich meine, fahr rechts ran!», rief sie, Kopf, Hals und Oberkörper immer noch nach hinten verrenkt.

«Was? Wieso?», polterte Achim erschrocken und nahm lediglich den Fuß etwas vom Gas.

«Fahr rechts ran!», wiederholte Anette nun in schärferem Tonfall.

Achim setzte den Blinker, obwohl weit und breit kein anderes Auto zu sehen war, und manövrierte den Zafira auf den Parkstreifen zu seiner Rechten.

Anette löste hastig ihren Gurt und öffnete die Beifahrertür. «Komm mit», sagte sie zu ihrem Mann, als sie ausstieg.

«Hä? Warte mal, wohin? Hier braucht man ’n Ticket, Anette», antwortete Achim bestürzt und sah sich nach einem Parkscheinautomaten um.

«Das ist jetzt nicht so wichtig!», rief Anette ihm zu, die die Straße bereits halb überquert hatte.

«Mein lieber Herr Gesangsverein … mit der macht man mittlerweile was mit …», murrte Achim, stieg aber ebenfalls aus dem Wagen.

Er folgte seiner Frau über die Straße, die schnurstracks auf *Gisela's Lädchen* zulief. Der kleine Geschenkeladen lag in einer Seitenstraße zwischen Ulrikes *Komm Hair* und dem Marktplatz. Hier gab es allerlei Kleinigkeiten wie Bürobedarf, Schlüsselanhänger, Duftkerzen und nette Dekoartikel zu kaufen. Gisela, die Besitzerin, war im vergangenen Jahr Teil von Anettes Wahlkampfteam gewesen und hatte sie tatkräftig unterstützt. Was Anette allerdings jetzt bei ihr wollte, war Achim schleierhaft. Wenn sie bloß ein neues Glas der Erdbeer-Prosecco-Marmelade ergattern wollte, dann konnte sie sich aber auf was gefasst machen! Wegen so eines blöden Fruchtaufstrichs konnte man doch nicht so ein Theater machen. Doch als Achim sich *Gisela's Lädchen* näherte, sah er, was seine Frau so aus dem Konzept gebracht hatte.

«Hildenberg asozial lol», las Anette laut, die, mit den Händen in die Hüften gestemmt, vor Giselas Schaufenster stehen geblieben war.

Die drei Worte waren in schwarzer Farbe quer über die Scheibe gesprüht worden und verdeckten Passanten den Blick auf Giselas liebevoll dekoriertes Schaufenster.

«Was soll das denn bedeuten?», brummte Achim, der jetzt neben Anette getreten war und kopfschüttelnd die Misere betrachtete.

«Keine Ahnung …», hauchte Anette schockiert.

«Hier geht doch langsam alles den Bach runter, man ist nur noch von Vandalen umgeben.» Achim verschränkte die Arme über seinem Bauch. «Die sollte man mal zu fassen kriegen, genau wie diese Jugendlichen, die ihre Zigarettenstummel überall hinschmeißen. Kannste alle in einen Sack packen und draufschlagen, triffste immer den Richtigen!»

«Achim, bitte. Also wirklich! Aber wer weiß … Das können ja nur Jugendliche gewesen sein, vielleicht sogar die aus dem HoT», überlegte Anette und lief jetzt zur Ladentür. Energisch klopfte sie gegen die Glastür, sodass das kleine Holzschild, das innen an der Tür hing, leicht schaukelte. Auf dem Schild waren in verschnörkelter Schrift die Öffnungszeiten von *Gisela's Lädchen* vermerkt. In der vorletzten Zeile stand: «Samstags: 10–15 Uhr».

«Zehn bis fünfzehn Uhr», brummte Achim. «So wie die arbeitet, möchte ich mal Urlaub machen.»

Anette beachtete ihn nicht und hämmerte weiter gegen die Ladentür. Schließlich ertönten Schritte im Inneren.

Gisela erschien auf dem Treppenabsatz weiter hinten im Laden. Die 64-jährige, recht füllige Dame, die normalerweise weite Blusen und luftige Hosenröcke mit ausgefallenen Mustern trug, war an diesem Samstagmorgen in einen grünen Morgenmantel mit aufgedruckten Zitronen gehüllt, der gut zu ihren weißgrauen, auftoupierten Haaren passte. Sie sah noch recht verschlafen aus, dennoch war sie bereits mit mehreren bunten Statement-Ketten und zahlreichen klimpernden Armreifen behangen. Als sie Anette und Achim vor der Ladentür stehen sah, hob sie überrascht die Augenbrauen und eilte auf sie zu. Sie entriegelte mehrere Schlösser an der Innenseite und riss dann die Tür auf.

«Na, holla, die Waldfee, die Frau Bürgermeisterin und Gatte so früh! Anette, Mensch, was kann ich für euch tun?», rief sie ziemlich theatralisch und blinzelte angesichts der Sonnenstrahlen, die jetzt auf ihr Gesicht fielen.

«Morgen … Komm mal schnell mit raus, Gisela … Oder weißt du's schon?», sagte Anette tonlos vor Aufregung und fasste Gisela am Arm, die sich mit verwirrtem Gesichtsausdruck auf den Gehweg und weiter vor ihr Schaufenster ziehen ließ. Dort angekommen, schnappte sie nach Luft und schlug sich entsetzt die Hände vor den Mund.

«Mein Fenster … nein … um Gottes willen», japste sie und begann vor Entrüstung zu zittern.

«Na, Himmelherrgott, was habt ihr denn hier veranstaltet?», ertönte plötzlich eine träge Stimme hinter ihnen, und alle drei wirbelten herum.

Rudolf Kolloczek kam über die Straße zu ihnen herübermarschiert und deutete mit seinem Finger, den er schlaff in die Höhe hielt, in Richtung Schaufenster.

«Wir haben hier gar nichts veranstaltet, Rudolf», antwortete Anette energisch. «Giselas Schaufenster wurde offenbar vergangene Nacht von Unbekannten mit diesem … diesem Kokolores beschmiert! Aber wir rufen jetzt die Polizei, zum Glück war ich in der Nähe, und die Situation ist unter Kontrolle.»

Dass der Kolloczek auch ausgerechnet jetzt hier auftauchen musste, dachte Anette entnervt. Was trieb der überhaupt hier? Der wohnte doch mit seiner Frau ganz am anderen Ende Hildenbergs in der Nähe der Schule. Anettes Blick fiel auf das hell erleuchtete Lotto-Schild, das zum Kiosk einige Meter weiter die Straße hinunter gehörte. Ach, daher wehte der Wind. Dann stimmten die Gerüchte also, die sie letztens in der Bäckerei Meier aufgeschnappt hatte.

Frau Meier – mal wieder vollkommen in ihrem Element – hatte quer durch die Bäckerei krakeelt, ob sich Frau Feldhaus denn nun für ein süßes Teilchen entschieden hätte oder ob sie noch darauf warte, vorher im Lotto zu gewinnen. Die verdutzten, fragenden Mienen aller Kunden bereits einkalkuliert, hatte sie sofort nachgelegt: «Na, wie der Kolloczek! Der rennt jetzt jedes Wochenende zu den Scheinen, hat mir die Carola aus der Lotto-Annahmestelle erzählt. Weiß wohl nix mit sich anzufangen … Was seine Frau dazu sagt, das möcht ich ja mal gerne wissen!»

Anette hatte das Ganze für dummes Geschwätz gehalten, aber als sie den Kolloczek jetzt hier sah, schwante ihr, dass an Frau Meiers Tratsch doch ab und an ein Fünkchen Wahrheit war.

«Na, das sieht aber nicht so aus, als hättest du alles im Griff, Anette. Seit ich nicht mehr im Amt bin, scheint in Hildenberg ja die Anarchie ausgebrochen zu sein. Na, Donnerlüttchen, dem musste ’n Riegel vorschieben, junges Fräulein, sonst tanzen dir bald alle auf’m Kopf rum …», brummte Rudolf Kolloczek in belehrendem Tonfall und sah Anette stirnrunzelnd an.

Von Anettes Magen bis hoch unters Kinn züngelten Wutflämmchen. Unwillkürlich ballte sie ihre Hände zu Fäusten, versteckte sie aber hastig hinterm Rücken, als es ihr auffiel. «Junges Fräulein» … Der Kolloczek hatte ja wohl den Schuss nicht gehört. Sie als gestandene Frau und als Funktionärin eines hohen politischen Amtes vor allen Leuten als «junges Fräulein» zu bezeichnen, das war ja wohl die absolute Höhe und eine Respektlosigkeit sondergleichen. Am liebsten hätte sie ihn hier auf der Straße zusammengeschrien, so wütend war sie. Aber sie wusste genau, was dann die nächste große Geschichte wäre, die von der Meier breitgetreten würde: «Haben Se das von der Ahlmann gehört? Rumgeschrien hat die! Auf offener Straße … richtig hysterisch … und das als Stadtoberhaupt, das muss man sich mal vorstellen!»

Also atmete Anette einmal tief durch und sagte dann in ruhigem, aber bestimmtem Ton: «Rudolf. Wie bereits gesagt, habe ich hier alles im Griff, und ich bin dir sehr dankbar, dass dir Hildenberg weiterhin am Herzen liegt, aber man muss auch loslassen können. Hab ein wenig Vertrauen, es wird sich sicher bald alles aufklären!»

Sie wandte sich von ihm ab und fasste Gisela, die noch immer in Schockstarre vor ihrem Schaufenster stand, an der Schulter: «Wir gehen jetzt erst mal rein, und du kriegst einen ordentlichen Kaffee mit Schuss auf den Schreck!» Anette führte Gisela zurück zur Tür und rief noch ein schnelles «Also, mach's gut, Rudolf!» über die Schulter.

Rudolf Kolloczek stand wie vom Donner gerührt da, ein zutiefst beleidigter Ausdruck war auf sein Gesicht getreten. «Da will man nur helfen ... und dann so was», brummelte er, machte kehrt und marschierte immer noch leise vor sich hin zeternd in Richtung Lottoladen davon.

Sehr gut, den hab ich jetzt erst mal aus der Räumstraße, dachte Anette und bugsierte Gisela auf den kleinen Schemel hinter ihrem Verkaufstresen. «So, wir werden jetzt als Erstes die Polizei verständigen, damit die hier Spuren sichern können», sagte sie bestimmt, «und danach verrätst du mir mal, wo du deinen Eierlikör-Vorrat versteckt hast!»

Anette zog ihr Smartphone aus der Tasche und öffnete die Klapphülle mit den Mandala-Applikationen. Da räusperte sich jemand hinter ihr.

«Du, Anette, brauchst du mich hier noch, oder kann ich dann doch weiter ins Gartencenter?», fragte Achim, der ebenfalls den Laden betreten hatte und unruhig von einem aufs andere Bein trat.

«Ach so, nein, mach du ruhig. Ist das okay, wenn du allein fährst? Ich muss das jetzt hier regeln», antwortete sie und tippte bereits den Notruf ein.

«Jaja, fahr ich eben allein», sagte Achim und wandte sich sofort zum Gehen.

Er verließ den Laden, überquerte die Straße und ließ sich schließlich mit einem erleichterten Seufzer auf den Fahrersitz seines Zafiras sinken. Da war er ja zum Glück noch mal davongekommen. Nicht auszudenken, wenn Anette nach seiner Unterstützung verlangt und er jetzt den gesamten Samstag mit einer kopflosen Gisela und der Polizei hätte verbringen müssen. Er wollte gerade den Motor starten, da fiel sein Blick auf die Windschutzscheibe des Zafiras.

Unter seinen Scheibenwischern flatterte ein kleiner Zettel im Wind vor sich hin. Das konnte ja wohl nicht wahr sein! Er war doch bloß zwei Minuten weg gewesen! Er blickte in den Rückspiegel und dann wieder nach vorne durch die Windschutzscheibe. Weit und breit war niemand zu sehen. Verdammte Axt! Diese Irrsinns-Aktion von Anette würde ihn jetzt sicher fünfzehn Euro kosten, oder wie teuer waren Knöllchen mittlerweile? Er hatte lange keins mehr bekommen. Leise vor sich hin fluchend stieg er wieder aus dem Wagen und nahm den Zettel von der Windschutzscheibe. Ein Blick sagte ihm, dass dies kein offizielles Knöllchen war. Kein Stempel, keine offiziellen Zeichen, nix. Nur ein zerknitterter Zettel, auf dem in krakeliger Schrift «Auch Familie Bürgermeister braucht hier ein Parkticket» stand. Achim schnaubte. Er sah sich noch einmal um, dann zerknüllte er den Zettel und ließ ihn einfach auf den Boden fallen, bevor er mit hochrotem Kopf in Richtung Gartencenter davonbrauste.

Während Anette mit der Polizei telefonierte und den Sachverhalt schilderte, ging Gisela in den vorderen Teil ihres Ladens, schaltete die Lichter aus und wischte die Schiefertafel, auf der die Öffnungszeiten standen, mit einem Lappen ab. Anschließend zückte sie ein kleines Stück Kreide und schrieb «Heute außerplanmäßig geschlossen» auf das Schildchen, bevor sie es wieder an die Eingangstür hängte. Sie zuckte zusammen.

Von der anderen Seite der Glastür starrten sie plötzlich zwei Augenpaare an. Bertram und seine Frau Claudia, beide mit Walking-Stöcken in den Händen und Partner-Sport-Outfits am Leib, standen vor dem Laden. Das Gelb ihrer Jacken war so grell, man hätte sie nicht übersehen können, selbst wenn man die Augen geschlossen hielte. Die beiden gestikulierten wild und zeigten auf Giselas Schaufenster, während diese die Tür öffnete und theatralisch «Ich weiß, ich weiß» hauchte.

«Was isn hier los?», fragte Bertram, der den Kopf durch die halb geöffnete Tür streckte und Anette zuwinkte, die noch immer hinter dem Verkaufstresen stand, einen Finger auf das linke Ohr gepresst und das andere ans Handy. Auch Bertram war im vergangenen Jahr Teil von Anettes Wahlkampfteam gewesen, wobei sie sich sicher war, dass er von seiner Frau, die Anette aus dem Frauenverein kannte, dazu überredet worden war. Die war sicher auch froh gewesen, ihren Göttergatten mal ab und an für ein paar Stunden aus der Räumstraße zu haben.

«Na, das wüsste ich auch gerne!», zischte Anette etwas steif und schüttelte ihr Smartphone in seine Richtung, sodass er den Bildschirm sehen konnte. Darauf prangten gut lesbar die Zahlen *110*.

«So weit isses gekommen. In Hildenberg wird am Samstagmorgen die Polizei gerufen», stellte Claudia fest und lehnte wie selbstverständlich die Walking-Stöcke ans Schaufenster. Bertram zwängte sich jetzt zur Tür herein und betrachtete die Schrift am Schaufenster von der Innenseite. Anette war klar: Die beiden würden so schnell nicht gehen. Als sich dann auch noch Claudia in den Laden schob und lauthals über mögliche Verursacher der Schmiererei zu sinnieren begann, wurde es Anette zu bunt. Sie stieg die Treppe zu Giselas Wohnung hinauf, die sich über dem Lädchen befand, um in Ruhe zu telefonieren. Normalerweise hätte sie natürlich zuerst Gisela um Erlaubnis gefragt, schließlich lief man nicht einfach bei fremden Leuten im Haus herum, wie es einem gerade passte. Aber da unten ging es ja zu wie im Taubenschlag, und Gisela war ja sowieso völlig neben der Spur.

Wenige Minuten später stieg Anette die Stufen wieder hinab. Zu ihrem Missfallen hatten sich nun noch mehr Täubchen im Taubenschlag eingefunden. Neben Gisela saß die alte Frau Feldhaus und schenkte der zittrigen Ladenbesitzerin gerade einen Eierlikör ein. Wo die jetzt schon wieder herkommt, möchte ich ja mal wissen, dachte Anette grimmig, grüßte aber mit einem breiten Lächeln.

Doch damit nicht genug. Bertram und Claudia standen jetzt wieder draußen vor dem Schaufenster, und auch sie waren nicht mehr alleine. Anettes frühere Arbeitskollegin Sibylle stand bei ihnen und unterhielt sich angeregt mit Claudia, ihre Familienkutsche hatte sie direkt vor *Gisela's Lädchen* mit zwei Reifen auf dem Bordstein und eingeschaltetem Warnblinker abgestellt.

«Meine Güte, ist das ein Trubel hier», murmelte die alte Frau Feldhaus ganz so, als wäre sie als Einzige direkt an dem Vorfall beteiligt und alle anderen bloß neugierige Gaffer.

Anette verdrehte innerlich die Augen. Wenigstens war sie vor Ort und Stelle und behielt einen klaren Kopf.

«So, die Polizei ist unterwegs. Die meinten aber schon, dass das 'ne Weile dauern wird, weil sie zusätzlich die Spurensicherung brauchen», erklärte sie den beiden Damen in ruhigem Ton. «Wäre also ganz gut, wenn hier nicht ganz

Hildenberg rumhocken und mögliche Indizien zerstören würde …»

«Recht ham Se, Frau Ahlmann. Sagen Se das mal den Leuten da draußen, geht ja nich!», quiekte Frau Feldhaus und schüttelte missbilligend den Kopf.

«Äh ja … also …», begann Anette verzweifelt, doch dann kam ihr eine Idee. «Wissen Se was, Frau Feldhaus, wir müssen die Gisela hier wegschaffen. In zwanzig Minuten wimmelt es hier von Polizei und Schaulustigen, und ich glaub nicht, dass Gisela sich von so einem Trubel jemals erholen würde! Helfen Se mir dabei?»

Frau Feldhaus nickte und sagte energisch: «Richtig, richtig, so viele Leute waren wahrscheinlich noch nie hier im Lädchen. Tja, Frau Bürgermeisterin, dann fahren wa wohl zu Ihnen heim, was?»

Anette riss die Augen auf. Die Frau Feldhaus war manchmal echt 'ne Marke! Aber vielleicht war das gar keine so schlechte Idee. Es würde sie gut dastehen lassen, wenn sie sich als Bürgermeisterin persönlich um die Geschädigte kümmerte und sogar ihre eigenen vier Wände als Zufluchtsort anbot. Bürgernah war das, richtig bürgernah!

Während Gisela nach oben in ihre Wohnung eilte, um sich «etwas präsentabler» herzurichten, ging Anette nach vorne auf die Straße zu Bertram, Claudia und Sibylle.

«Anette, was ist denn hier los? Entsetzlich!», ereiferte sich Sibylle, als sie aus dem Laden trat.

Anette brachte die Truppe in wenigen Worten auf den neuesten Stand und erklärte, dass sich die Einsatzzentrale nun ins Hause Ahlmann verlagern würde.

«Wir nehmen nur noch fix die Polizei in Empfang, und

dann verkrümeln wir uns hier erst mal, kannst du uns vielleicht mitnehmen, Sibylle?», fragte Anette, der gerade eingefallen war, dass sie ja gar keinen fahrbaren Untersatz mehr dabeihatte. Sie verspürte zwar nicht gerade das Bedürfnis, Sibylle auch noch zu sich nach Hause einzuladen, doch schien das die einzige Möglichkeit zu sein, nach Hause zu kommen, ohne Achim aus dem Gartencenter zu zitieren und damit den nächsten großen Streit zu riskieren.

«Aber sicher doch!», rief Sibylle und riss so schwungvoll die Seitentür ihres blauen Siebensitzers auf, als wären sie im Gerätehaus der Feuerwehr, und jede Sekunde würde über Leben und Tod entscheiden.

Während Frau Feldhaus und Gisela aus dem Lädchen marschiert kamen und von Sibylle ins Auto verfrachtet wurden, besah sich Anette noch einmal mit einem Stirnrunzeln das Graffiti. «Hildenberg asozial lol» – was für ein Murks! Und trotzdem ein komischer Zufall, dass, nur wenige Tage nachdem die Polat mit großem Getöse bei ihr im Rathaus aufgeschlagen war, das erste Graffiti seit zehn Jahren in Hildenberg auftauchte.

Damals war die Botschaft sogar noch rätselhafter gewesen. «L. I <3 u! WDNV! F.» hatte plötzlich in riesigen Lettern auf einer Hauswand gestanden. Tagelang hatten die Einwohner Hildenbergs darüber spekuliert, was dieser Code bedeuten könnte. Allen voran Dorfpolizist Hans Kohlmassen. Einige meinten, den chinesischen Familiennamen «Liu» darin auszumachen, und malten sich Schreckensvisionen aus, in denen chinesische Investoren Teile von Hildenberg aufkauften und die Mietpreise ins Unermessliche stiegen. Das Kleiner-Zeichen und die 3 konnte sich jedoch niemand erklären. Und auch die Abkürzung «WDNV» blieb ein Rätsel. Die vierköpfige Familie, die das Haus bewohnte, war außer sich gewesen und hatte sogar überlegt wegzuziehen.

Doch nach und nach war von den Schulhöfen aus eine Information auch in die älteren Schichten Hildenbergs gesickert. Was man für chinesische Codes gehalten hatte, war in Wahrheit die Liebesbekundung eines 15-jährigen Anwaltssohns aus dem Nachbarort gewesen, der auf einem Teenie-Geburtstag zu tief in die V+-Curuba-Flasche geschaut und seiner Liebe auf künstlerischem Wege Ausdruck verliehen hatte: «Lisa, ich liebe dich. Will dich nie verlieren! Flo.»

Dass es sich auch diesmal um eine versteckte Liebesbotschaft handelte, schloss Anette allerdings aus, wie sie auch Hans Kohlmassen von der Polizei Hildenberg mitteilte. Der alte Dorfsheriff, wie ihn halb Hildenberg hinter seinem Rücken nannte, war mittlerweile als Vorhut am Tatort aufgetaucht und betrachtete mit grimmiger Miene Giselas verunstaltetes Schaufenster. Anette schilderte ihm kurz den Sachverhalt und drehte sich dann wieder zu Sibylles Familienkutsche um, die bereits mit laufendem Motor am Straßenrand auf sie wartete. Als sie sich dem Wagen näherte, traute sie ihren Augen kaum. Am Steuer saß Sibylle, eine Reihe dahinter Gisela und Frau Feldhaus. Doch wer hatte wie selbstverständlich auf den beiden zusätzlichen Sitzen hinten im Wagen Platz genommen? Bertram und Claudia! Ich glaub, mein Hamster bohnert, schoss es Anette durch den Kopf. Die zwei waren ja wirklich wie die Kletten!

Schwungvoll bog Achim in die kurze Einfahrt vor dem heimischen Carport ein, setzte zurück, drehte den beladenen

Zafira und fuhr rückwärts in den Carport, bis die Hinterreifen bereits den Rasen berührten. Bei diesem Manöver durchfuhr ihn immer ein wohliges Gefühl von Geborgenheit, wie es nur eine selige Gewohnheit schaffte. Leicht beschwingt stieg er aus dem Auto, ließ den Schlüssel stecken, um weiter Radio hören zu können, und öffnete vorsichtig den Kofferraum. Ursprünglich hatte er ja mit Anette ins Gartencenter fahren wollen, doch eigentlich hatte es ihm ganz gut in den Kram gepasst, dass die Schmiererei dazwischengekommen war. So hatte er freie Hand bei der Auswahl der Frühlingsblumen und der schon lange geplanten Neugestaltung des Gartens. Außerdem blieb ihm so der Zinnober vom letzten Jahr erspart. Damals hatten Anette und er sich darüber gestritten, ob sie nun Pampasgras oder Chinaschilf als Sichtschutz zwischen Carport und Garten pflanzen sollten, und waren am Ende ganz ohne Grünzeug nach Hause gefahren.

Im Radio sang Jon Bon Jovi die letzten Zeilen von «It's my life», als Achim die erste von drei Paletten Tulpen für den Vorgarten aus dem Auto hob und seine Heiterkeit plötzlich durch das schrille Lachen einer älteren Frauenstimme gestört wurde. Wo kam das denn her? Er war so in Musik und Tulpen vertieft gewesen, dass er richtig erschrak. Es waren doch alle ausgeflogen. Klang ganz so, als würde da jemand bei ihnen auf der Terrasse sitzen. Dazu war es eigentlich noch zu kühl, die Märzsonne schien zwar bereits ungewöhnlich warm für diese Jahreszeit, aber sie hatten ja auch die Sitzauflagen noch gar nicht aus dem Keller geholt. Wieder ein Geräusch. War das Geschirrklirren, das er da vernahm? Achims Gefühl tiefer Zufriedenheit wich bereits leichter Genervtheit.

Zuerst das Auto leer machen, dann im Stehen einen Kaffee

in der Sonne und anschließend die Tulpen in die kleine, akkurat mit Granitsteinen begrenzte Beetfläche des Kiesvorgartens setzen, danach die Narzissen in das frische Beet rechts neben der Terrasse pflanzen – so hatte er es geplant. Aber gut. Achim beschloss, sich zuerst einen Kaffee zu machen und dann das Auto zu entladen. Dabei konnte er kurz im Haus nach dem Rechten sehen. Kein Weltuntergang.

Er tauchte gerade mit dem Kopf unter dem Autodach hindurch, um den Schlüssel zu ziehen, als er ein lautes Quietschen vernahm. Das Quietschen erkannte er sofort: Es waren die Bremsen von Annikas Twingo. Er zog den Schlüssel, tauchte mit dem Kopf wieder unter dem Autodach hervor und sah, dass er richtiggelegen hatte. Seine Tochter parkte gerade parallel zur Straße hinter einer blauen Familienkutsche ein, die Achim nicht kannte.

«Hey, Vadder!», rief sie aus dem offenen Fenster, während Achim seinen eigenen Wagen abschloss und sich auf den weißen Twingo zweiter Generation zubewegte. Hinten auf dem Heck klebte ein pinkfarbener Sticker mit einem Mittelfinger zeigenden Einhorn und der Aufschrift «Komm noch näher und es klatscht Glitzer», über den Achim jedes Mal wieder aufs Neue den Kopf schüttelte.

Was machte sein wertes Fräulein Tochter denn hier? Hatte er etwa schon wieder einen angekündigten Besuch verschwitzt? Na, jetzt bloß nix anmerken lassen, sonst bekam er von den Damen des Hauses bloß wieder eins auf den Deckel.

«Na, da staunste, was?», Annika stieg aus dem Auto.

«Ach was, wusste doch, dass du kommst. Als ob ich so was vergessen würde! Ich bin vielleicht alt, aber so alt nun auch wieder nicht!»

«Du wusstest, dass ich komme? Kannst du seit Kurzem hellsehen?» Annika sah ihren Vater stirnrunzelnd an, doch der brummte bloß «Kannste mir direkt mit den Tulpen helfen, hier nimm mal» und drückte ihr eine Palette mit Knollen in die Hand.

«Krass, das mit Gisela und der Schmiererei, oder?», fragte Annika, während Achim ihr eine zweite Palette auf die ausgestreckten Arme stellte und «Festhalten!» sagte.

«Jaja, was da wieder los war, mein lieber Scholli. Und das auf'n Samstagmorgen, glaubste nicht. Die Jugend wird immer schlimmer. Zu unserer Zeit hätte es so was nicht gegeben!»

«Bin ja mal gespannt, was die gleich erzählen, ob es was Neues gibt», meinte Annika und ging hinter ihrem Vater her die Einfahrt hoch. «Direkt in 'n Garten mit den Dingern, oder wohin?»

«Nee, nee, wir stellen die Paletten erst mal rechts neben die Haustür, die Tulpen kommen eh in 'n Vorgarten. Wollte mir zuerst 'n Kaffee machen, willste auch einen?», erkundigte sich Achim über die Schulter, während er mit einer Hand versuchte, den Haustürschlüssel ins Schloss zu manövrieren – was ihm nicht gelang, da er mit der anderen Hand zwei Paletten Narzissen vor sich her balancierte. Da öffnete sich die Tür von alleine, und Biggi stürzte fast in Achim hinein.

«Aufpassen!», entfuhr es Achim.

«Huch! Was machst du denn hier?», rief Biggi.

«Vorsicht!», rief Annika, sprang neben ihren Vater und erwischte gerade noch die obere Palette Narzissen, die von der unteren zu rutschen drohte.

«Was ich hier mache? Das könnte ich ja wohl eher dich fragen, haste dich in der Hausnummer geirrt?», fragte Achim verwirrt, doch Biggi war schon an ihm vorbeigehuscht, flötete ein «Bis gleich!» zu ihnen herüber und war in ihrem eigenen Hauseingang verschwunden.

Mittlerweile war Achim vollends verwirrt. Erst hörte er Stimmen, dann kam die Nachbarin einfach wie selbstverständlich aus seinem Haus gehüpft, und jetzt hatte er auch noch das Gefühl, es röche im Flur recht aufdringlich nach einer Mischung aus Kaffee, Eierlikör und schwerem Alte-Damen-Parfüm.

Er stellte die Paletten ab und schob sich, ohne Jacke und Schuhe auszuziehen, an der Garderobe und den mit reichlich Deko behangenen Wänden vorbei durch den Flur bis vor zur Wohnzimmertür.

Als Achim mit einem Ruck die Tür öffnete, traute er seinen Augen nicht. Das Wohnzimmer war voll. Proppenvoll! Gisela saß in seinem Fernsehsessel, die Füße auf den dazugehörigen Hocker gelegt, ein Glas Eierlikör in der Hand. Die alte Frau Feldhaus, Bertram, Claudia und Sibylle hatten es sich auf dem Sofa gemütlich gemacht, Anette hockte aus Platzgründen mit verschränkten Armen auf der Sofalehne neben Frau Feldhaus. Und als wenn das nicht schon alles genug des Elends gewesen wäre, erspähte er zudem seinen Nachbarn Jörg, der auf einem Küchenstuhl vor der halb geöffneten Terrassentür saß und Achim den Weg zu seinen Blumenbeeten versperrte.

«Achim!», rief Anette vom Sofa und machte Anstalten aufzustehen.

«Hallo miteinander», sagte Achim schwach. «Die Damen»,

setzte er nach und grüßte höflich in Richtung Gisela und Frau Feldhaus. Dann stolperte er wie vom Donner gerührt rückwärts zurück in den Flur und stützte sich schwer atmend an die Wand, während Annika sich an ihm vorbeidrängte und die Gäste begrüßte.

«Bin so schnell gekommen, wie ich konnte! Mama hat mir per WhatsApp geschrieben, hier ist ja was los!», hörte er seine Tochter sagen, und so langsam setzte sich in Achims Kopf alles zusammen, doch glauben wollte er es nicht.

Anette kam zu ihm in den Flur und öffnete den Mund, um etwas zu sagen, doch er unterbrach sie: «Anette! Was machen die ganzen Leute hier? Das kann doch nicht dein Ernst sein!»

«Du glaubst nicht, was da vorhin los war …», begann sie mit leiser Stimme zu erklären, damit die anderen sie nicht hören konnten.

«Was da los war? Du meinst, was los *ist*! Das ganze Wohnzimmer ist voller Menschen, falls dir das nicht aufgefallen ist!»

«Ob du's glaubst oder nicht, aber das war nicht meine Idee, Achim!», zischte Anette, die langsam wütend wurde.

Achim schnaubte nur ungläubig, ließ seine Frau stehen und hob seine Blumenpaletten, die überall im Flur verteilt standen, umständlich hoch. Als er sich Richtung Haustür bewegte, rief Anette ihm nach: «Achim, was machst du denn jetzt?»

«Gehe außenrum, anders komm ich ja nicht hin, wenn dieser Wichtigtuer da rumhockt. Da will man einmal den Garten rechtzeitig machen. Einmal. Und dann das!»

«Den Garten kannst du auch noch morgen machen!», meinte Anette, hielt ihm aber dennoch die Haustür auf.

«Auf'n Sonntach? Ich glaub, jetzt geht's los!», polterte Achim und stiefelte in Richtung Carport davon.

Das war ja wieder ein schöner Mist! Jetzt konnte er den Garten machen, während halb Hildenberg im Wohnzimmer saß und ihm durch die Scheibe dabei zuguckte. Anette hatte doch wohl wirklich den Schuss nicht mehr gehört! Wütend schleppte Achim die Paletten durch den Carport nach hinten in den Garten, ohne dem Fenster zum Wohnzimmer die geringste Beachtung zu schenken. Aus dem kleinen Schuppen hinten im Garten holte er Arbeitshandschuhe, Schaufel und Blumenerde und schimpfte dabei unentwegt leise vor sich hin. Gerade als ihm auffiel, dass er noch mal ans Auto musste und den Wagenschlüssel im Haus hatte liegen lassen, hörte er plötzlich Schritte vom Carport her. Wehe, wenn das Jörg war, der ihm jetzt auch noch schlaue Ratschläge erteilen wollte ...

Doch es war Annika, die einen großen Topf vor sich hertrug, aus dessen Mitte ein ausladendes Bündel schilfartigen Grases ragte. Chinaschilf! Mit einem Anflug von Genugtuung betrachtete er das Gewächs, das Annika nun mit einem Seufzer am Rande des Gartens abstellte. Wenigstens hatte er sich in diesem Jahr über Anettes Wunsch nach Pampasgras, das sie in irgendeiner Wohnzeitschrift gesehen hatte, hinweggesetzt. Pampasgras ... Pff! Allein der Name schon. Chinaschilf dagegen war viel natürlicher als dieses pompöse Quatschgras und zudem auch noch winterfest!

«Ich dachte, ich helf dir mal 'n bisschen, dann geht's schneller», meinte Annika und klopfte ihrem Vater aufmunternd auf die Schulter. «Mach dir keine Sorgen, die gehen bestimmt gleich, Papa!»

«Hm», brummte Achim. «Will doch nur in Ruhe den Garten machen, ist das zu viel verlangt? Auf'n Samstach ... unfassbar! Nur weil deine Mutter sich mit diesen Krawallmachern vom Jugendtreff angelegt hat, herrscht jetzt hier wieder großes Brimborium in der Bude!»

«Wie? Jugendtreff? Was ist mit dem?», fragte Annika verwirrt, während sie zusammen zum Zafira gingen, um die restlichen Pflanzen auszuladen.

«Ach nix, was weiß ich denn, kannste die Ermittlungstruppe im Wohnzimmer fragen», antwortete Achim und wuchtete die nächste Ladung Chinaschilf aus dem Kofferraum. «So, hier, festhalten!»

Anette stand an der Terrassentür und beobachtete mit verkniffenem Gesichtsausdruck, wie Achim und Annika massenweise Chinaschilf in den Garten trugen. Einerseits war sie sauer, weil Achim die Solotour im Gartencenter dafür genutzt hatte, ihr das blöde Chinaschilf unterzujubeln, andererseits war sie froh, dass er jetzt erst mal dort beschäftigt war und sie diesen Alleingang von ihm später vielleicht sogar noch als Argument in dem offenbar nur aufgeschobenen Streit verwenden konnte.

Sie drehte sich von der Scheibe weg und wandte sich wieder ihren Gästen zu, die mit angespannten Mienen auf dem beigen Sofa der Ahlmanns saßen, das mit zahlreichen Decken belegt war, damit der Sofastoff nicht so schnell durchrieb und kaputtging. Durch die Decken würde das Sofa mindestens zehn Jahre länger halten, hatte Achim ihr versichert.

Jörg und Frau Feldhaus bedienten sich gerade an dem kleinen Buffet aus Keksen, Kaffee und Erdnussflips, das Anette spontan zusammengestellt und auf dem ovalen Esstisch am anderen Ende des etwas zu hell beleuchteten Wohnzimmers platziert hatte. Frau Feldhaus goss sich mit zittriger Hand etwas Kaffee aus der Isolierkanne in einen der Becher, die Anette ganz hinten aus dem Schrank hervorgeholt hatte. Das gute Kaffeegeschirr war ihr zu schade gewesen für solch einen Anlass. Ging ja nur kaputt.

Vorne an der Haustür klingelte es, und Anette zuckte zusammen. Mit einem «Ach, das muss der Kohlmassen sein» sprang sie zur Wohnzimmertür und hastete durch den Flur.

Vor der Tür stand Annika mit Biggi im Schlepptau, die von nebenan zwei Flaschen Rotkäppchen-Sekt geholt hatte und diese Anette jetzt so freudestrahlend entgegenstreckte, als würden sie gerade eine Party feiern und nicht Giselas Schaufenster betrauern.

«Hab meinen Schlüssel drinnen liegen lassen», sagte Annika zur Erklärung und folgte ihrer Mutter in die Küche. Biggi war bereits wieder im Wohnzimmer verschwunden. Während Anette eine Sektflasche in den Kühlschrank legte und die andere umständlich öffnete, fühlte Annika ihrer Mutter auf den Zahn: «Sag mal, der Papa hat eben im Garten irgendwas von Jugendtreff gesagt und dass du Stress mit denen hast? Was meint er denn damit, und was hat das mit Gisela zu tun?»

Anette öffnete den Mund, um zu antworten, doch erneut schrillte die Türklingel, und sie hastete zur Tür. Diesmal war es tatsächlich Hans Kohlmassen. Mit einer Miene, als hätte er den Tod eines Familienmitglieds zu verkünden, schritt er andächtig ins Wohnzimmer, an den anderen Gästen vorbei und setzte sich ans Kopfende des Ahlmann'schen Esstischs. Biggi schenkte ihm eilig eine Tasse Kaffee ein, und Anette rückte die

Keksvariation etwas näher in die Reichweite des bald Sechzigjährigen. Kohlmassen räusperte sich vernehmlich, legte seine Polizeimütze vor sich auf den Tisch und sprach mit lauter, tiefer Stimme: «Es tut mir leid, euch mitteilen zu müssen, dass die Untersuchungen ergebnislos verlaufen sind.»

Ein leiser Aufschrei ging durchs Wohnzimmer.

«Nee, das gibt's ja nicht!», rief Biggi und ließ sich theatralisch auf einen Stuhl neben Herrn Kohlmassen sinken. Ihr Mann Jörg, sonst eher der stille Typ, fragte sofort nach, mit was für Gerätschaften die Schmiererei denn untersucht worden war, ob man Farbproben entnommen hätte und derlei Dinge. Bertram und Claudia diskutierten mit Sibylle und stellten im Flüsterton fest, dass die Polizei damals beim «L. I <3 u! WDNV! F.»-Vorfall auch schon völlig überfordert gewesen sei. Von Gisela kam ein leises Schnarchen, sie war mit dem leeren Eierlikör-Glas in der Hand auf Achims Fernsehsessel eingedöst.

«Na, das war ja mal wieder klar, die Polizei, dein Freund und Helfer. Dein Freund und hilflos, sollte es wohl eher heißen», tönte es plötzlich von der offenen Terrassentür herein, wo Achim mit den Händen voller Blumenerde stand und es sich nun offenbar doch nicht nehmen ließ, auch noch seinen Senf beizutragen.

«Nur die Ruhe, meine Damen und Herren!», meldete sich der alte Kohlmassen wieder zu Wort. «Natürlich haben die Kolleginnen und Kollegen eine Farbprobe entnommen, doch es ist unwahrscheinlich, dass die zu einem Ergebnis führen wird, da in den letzten Jahren in Hildenberg keinerlei Schmierereien aufgetaucht sind, mit denen wir sie abgleichen können.»

Sibylle fragte: «Und was ist mit Fingerabdrücken?»

«Fehlanzeige», entgegnete Kohlmassen trocken.

«Na, aber irgendwas muss da doch zu machen sein!», echauffierte sich Biggi. «Sie können doch die Übeltäter nicht einfach ungestraft davonkommen lassen!»

Kohlmassen hob beschwichtigend beide Hände und sagte: «Gnädige Frau, die Kollegen suchen mit Hochdruck nach den Tätern, da können Se sich drauf verlassen, die ganze Nachbarschaft wird befragt, vielleicht hat jemand was gesehen. Zeugenaussagen helfen in solchen Fällen am meisten weiter.»

«Pah, da brauchen se nicht lang suchen. Ich kann Ihnen sagen, wo sie die Schmutzfinken finden!», tönte es erneut brummig von der Terrasse her. Alle wandten sich zu Achim um.

«Na, im HoT, is doch klar!», verkündete der. «Da braucht ihr mich jetzt nicht so entgeistert anschauen. Ihr denkt doch das Gleiche!»

«Da sieht man mal wieder, was passiert, wenn man der Jugend ihren Freiraum lässt. Gut, dass du dem bald ein Ende bereitest, Anette», meldete sich Bertram vom Sofa aus zu Wort.

Betretene Stille und vereinzeltes Nicken.

Annika, die bisher nur schweigend im Türrahmen gelehnt hatte, erwachte plötzlich aus ihrer Starre: «Wie ‹ein Ende bereiten›? Ich dachte, das HoT wird renoviert?»

«Damit das in zwei Jahren wieder so aussieht wie jetzt und der Putz von den Wänden bröckelt? Nee, nee, die Jugendlichen kriegen das ja nicht hin, pfleglich mit den Räumlichkeiten umzugehen! Aus der Renovierung ist jetzt eine komplette Neugestaltung geworden, hab ich dir gar nicht erzählt, aber so ist es besser! Wir bauen das in ein Mehrgenerationenhaus um, da hat ganz Hildenberg was davon, das macht man heutzutage so, und wir Älteren haben ein bisschen ein Auge auf die Bagage!», erklärte Anette und rutschte schon wieder in ihren professionellen Bürgermeisterinnen-Ton ab.

«Mehrgenerationen… was? Klingt voll nach Altersheim!», meinte Annika und runzelte die Stirn.

«Ach, Quatsch, überhaupt nicht. Das Ganze ist für Jung und Alt gleichermaßen, wir machen Hildenberg dadurch zukunftsfähig.» Anette fühlte sich von ihren eigenen Worten bestätigt und blickte gebieterisch in die Runde. Biggi nickte ihr ermutigend zu.

«Äh, okay … Das musst du mir noch mal in Ruhe erklären, aber was hat denn jetzt die Schmiererei bei Gisela damit zu tun?», fragte Annika und blickte verwirrt in die Runde.

«Da am Jugendtreff ist ja auch alles vollgesprüht, und außerdem hat die Polat mir am Montag ganz eindeutig gedroht, das kann ja wohl kein Zufall sein!», erklärte Anette und verschränkte die Arme vor der Brust.

Jörg schüttelte den Kopf: «Was hätten denn die Kids aus dem HoT davon, Giselas Laden zu besprühen? Warum denn ausgerechnet dort?»

«Weil die den ganzen Tag rumhängen und nix zur Gesellschaft beitragen. So einfach isses!», ereiferte sich Achim, der inzwischen auf Socken das Wohnzimmer betreten hatte und seine Schuhe in den schmutzigen Händen hielt. Er konnte nicht fassen, wie naiv Jörg manchmal war! Scheinbar hatten ihn die vielen Jahre als Realschullehrer verweichlicht, aber er, Achim Ahlmann, ließ sich nicht von so ein paar Gören an der Nase herumführen. Als Bertram auf seine Aussage hin zustimmend nickte, kam er sich kurz vor wie ein Tatortkommissar, der nur durch logische Schlüsse den Mörder geschnappt hatte.

«Wer Zigarettenstummel und Flaschen auf der Tischtennisplatte liegen lässt, der beschmiert auch Fenster», meinte Bertram und erntete ein «So nämlich!» von Achim.

Annika schaute unglücklich zu ihrer Mutter. Doch von der war offenbar kein Entgegenkommen zu erwarten.

«Aber das bei Gisela kann doch wirklich jeder gewesen sein!», startete Annika einen neuen Versuch. «Ich war früher auch viel im HoT, und wir durften da immer nur auf bestimmte Flächen am Treff sprühen. Da sind wir auch nicht durch die Stadt gezogen und haben Schaufenster bemalt!»

«Aber auf die Straße vorm HoT gekotzt, das habt ihr damals», warf Kohlmassen ein. «Und wir durften sonntags jemanden suchen, der die Schweinerei sauber macht!»

«Also, ich hab nie vor das HoT gekotzt!», entgegnete Annika entrüstet.

«Aber einer von deinen Chaotenfreunden von damals!», mischte sich Achim ein.

So ging es eine Weile hin und her. Annika unternahm noch ein paar weitere HoT-Verteidigungsversuche mit halbherziger Unterstützung von Realschullehrer Jörg, wurde aber jedes Mal von der Ü50-Runde verbal niedergewalzt. Irgendwann beendete Anette mit einem Schlag auf ihre Oberschenkel und einem lauten «So!» die Misere und erklärte die Krisensitzung für beendet. An der Haustür mahnte sie alle Anwesenden eindringlich zum Stillschweigen: «Wir müssen den offiziellen Bericht der Polizei abwarten, bevor wir irgendetwas sagen. Vor allem bevor wir irgendwen beschuldigen. Das fliegt uns sonst schneller um die Ohren, als jemand Graffiti sagen kann. Wir wollen der Polat keine Munition für ihre Kampagne gegen mich liefern!»

Als endlich alle gegangen waren, ließ sich Anette mit einem Seufzer aufs Sofa fallen. Was für ein Samstag! Wenn das so weiterging, war sie schon nach ein paar Monaten im Amt reif für ein Sabbatjahr. Aber wenigstens konnte sie sich auf die Unterstützung der Hildenberger verlassen. Bertram und Achim hatten schon recht, das konnte man der Polat und diesen Gören wirklich nicht durchgehen lassen. Sie hörte Schritte im Flur und sah gerade noch durch die geöffnete Wohnzimmertür, wie Annika mit einem merkwürdigen Gesichtsausdruck die Stufen ins obere Stockwerk hochstieg. Ihre Tochter, die sie eigentlich als Unterstützung angefordert hatte, war heute Nachmittag von den anderen ordentlich abgekanzelt worden! Aber was hatte sie denn auch das HoT so verteidigen müssen? Schließlich wohnte sie ja gar nicht mehr in Hildenberg und hatte sich noch gar nicht angehört, was Anette alles an tollen Ideen für das Mehrgenerationenhaus in petto hatte. Ach, na ja, die würde sich schon wieder einkriegen …

KAPITEL 5

Schicht im Schacht

«Kommen Sie, Frau Ahlmann, jetzt geben Sie sich doch einen Ruck. Vor so einem wichtigen Termin muss man was Gescheites gegessen haben. Und in der Metzgerei ist doch heute Schnitzeltag.» Matteo stand mit zwei Mitarbeiterinnen des Bürgeramts, das sich in den unteren Stockwerken des Rathauses befand, an der Tür zu Anettes Büro. Seine schwarze Kunstlederjacke mit Polstern an den Ellenbogen hatte er sich unter den Arm geklemmt, die Damen aus dem Bürgeramt trugen bereits ihre leichten Frühlingssteppjacken in knalligen Farben. Auffordernd sahen sie Anette an.

Vor ihr auf dem Schreibtisch lagen die Umbaupläne des HoT. Seit Tagen tat sie eigentlich nichts anderes, als diese Pläne wieder und immer wieder zu studieren. Dabei hatte sie keine Ahnung von so was, schließlich war sie keine Architektin oder Statikerin, doch sie wollte, so gut es ging, auf den Termin vorbereitet sein. Denn heute kam das Bauamt. Zusammen mit den Sachverständigen würde Anette das HoT besichtigen und abschließend klären, wann und in welcher Form der Teilabriss stattfinden würde. Das ließ ihr seit Tagen keine Ruhe. Nicht dass sie Bedenken bezüglich der Pläne hätte, nein, die waren ihrer Meinung nach einwandfrei, und auch der Stadtrat hatte nichts zu beanstanden gehabt. Etwas anderes bereitete ihr Kopfzerbrechen: Beim Besuch des HoT würde sie unweigerlich wieder auf Larissa Polat treffen, und bei der, das wusste Anette ja inzwischen, konnte man unmöglich vorhersagen, was passieren würde. Solche Unberechenbarkeiten hasste Anette wie die Pest! Sie hatte gerne alles im Griff.

«Ich weiß doch, dass heute Schnitzeltag ist. Aber die Bratensoße macht mich immer so träge, und das kann ich heute gar nicht gebrauchen», erwiderte Anette mit leichtem Stress in der Stimme.

«Die haben jetzt auch einen ganz tollen Fitnessteller zum Mittagstisch. Mit Putenstreifen!», sagte eine der beiden Bürgeramtsmitarbeiterinnen, die Matteo angeschleppt hatte.

«Ach, ich weiß nicht, da zahlt man dann doch wieder Unsummen für drei Salatblätter, und nach den Putenstreifen muss man mit der Lupe suchen. Nee, nee, geht mal ohne mich!»

«Der kostet im Mittagstisch nur 7,50 Euro, und es gibt reichlich Brot dazu», versicherte die Frau aus dem Bürgeramt und zog den Reißverschluss ihrer Steppjacke wieder auf.

«Frau Ahlmann, geben Sie sich einen Ruck. Das lenkt sie ein bisschen von dem Termin heute Nachmittag ab!», legte Matteo noch mal nach, und Anettes Widerstand bröckelte.

«Ach, na gut. Was soll's!», sagte sie nach kurzem Zögern und klatschte einmal in die Hände, um zu signalisieren, dass sie aufbruchbereit war.

Fünf Minuten später marschierten die vier die Straße entlang Richtung Metzgerei Schröder, die sich in einer Seitenstraße in unmittelbarer Nähe zum Rathaus befand. Anette war in ihren neuen, dunkelblauen Softshellmantel gehüllt, der sich perfekt für die Übergangszeit eignete. Zwar waren die ersten Strahlen der Frühlingssonne schon recht warm, aber als sie beim Überqueren der Straße kurz an einer Ampel warten mussten, pfiff ihnen doch noch ein unangenehm kühler Wind um die Ohren. Wie sie so darauf warteten, dass die Fußgängerampel auf Grün sprang, musterte Anette gedankenverloren die gelbe Blindenampel auf dem Signalmast. Nein, bitte nicht schon wieder! Ihr Magen verkrampfte sich schmerzhaft. Direkt über dem gelben Kasten klebte ein frischer Sticker. Auf rotem Grund stand dort in fetten, schwarzen Buchstaben «HoT bleibt». Anette schnaufte wütend. Was diese Jugendlichen sich erlaubten! Das nahm so langsam wirklich lächerliche Züge an.

Es war nicht so, dass dies der erste Sticker dieser Art wäre, den Anette zu Gesicht bekam. Überall in der Stadt waren sie in den letzten Wochen wie aus dem Nichts aufgetaucht. Auf Stromkästen, an Laternenpfählen, auf Straßenschildern und Bushaltestellen – überall waren diese Frechheiten zu finden. Und wie die klebten! Anette hat ein paar Mal versucht, die Dinger abzupulen, aber das war gar nicht so einfach. Letztes Jahr, als überall Plakate von ihr gehangen hatten, da hatte sie Biggi im Vertrauen erzählt, dass sich das schon etwas komisch für sie anfühlte. Plötzlich kannte tatsächlich ganz Hildenberg ihr Gesicht. Doch jetzt war es noch viel schlimmer, dank der Sticker hatte sie das Gefühl, dass jeder Laternenpfahl im Ort gegen sie war. An allen Ecken wurde sie an den schwelenden Konflikt mit dem Jugendtreff erinnert. Schrecklich! Neulich klebten sogar auf dem Einkaufswagen im Supermarkt «HoT bleibt»-Sticker. Gleich fünf Stück nebeneinander auf dem Plastikgriff. Anette war direkt noch mal rausgefahren und hatte den Wagen gewechselt. Das war ihr vielleicht unangenehm gewesen, mit einem leeren Wagen an der Kasse vorbei, die argwöhnischen Blicke der Kassiererin im Nacken, der sie auf keinen Fall erklären wollte, warum sie den Wagen zurückbrachte. Danach war Anette mit der Angelegenheit zur Polizei gegangen. Sie hatte gehofft, der Kohlmassen würde helfen können, doch der hob nur die Schultern und meinte, er könnte seine Leute ja nicht an jedem Laternenpfahl positionieren, und für das Abknibbeln der Sticker wäre ohnehin die Straßenreinigung und nicht die Polizei zuständig. Also hatte sich rein gar nichts geändert, stattdessen tauchten immer mehr Variationen der Sticker auf. Waren es anfänglich nur «HoT bleibt»-Aufkleber gewesen, sah Anette bald auch Abwandlungen mit der Botschaft «Aufstand statt Abriss» oder «HoT forever»!

Hilfe war ihr von ganz unerwarteter Seite gekommen: Eines Tages stand Achims Bruder Ralf mit einer kleinen Kiste unterm Arm vor der Tür. Mit reichlich großspurigem Getue stellte er diese auf dem Küchentisch ab und beförderte eine Handvoll Sticker zutage. Auf diesen war jeweils ein Bagger mit einer Abrissbirne abgebildet, und darüber stand in Großbuchstaben: «Das HoT muss weg!» Achim lachte laut und gehässig, als er das sah, und auch in Anette war kurz ein Gefühl der Genugtuung emporgestiegen. Doch das war ebenso schnell wieder verflogen! Denn wenn jemand herausfinden würde, dass die Bürgermeisterin höchstpersönlich mit solch einer Aktion zu tun hatte, die zwar das – ihrer Meinung nach – richtige Ziel verfolgte, aber dennoch die Stadt noch weiter mit unnötigem Zeugs vollkleisterte, dann wäre das ein Skandal, der sich gewaschen hatte. So musste Ralf mit seiner kleinen Kiste unverrichteter Dinge wieder abziehen – ließ es sich jedoch nicht nehmen, ein Exemplar davon auf die Heckklappe seines SUVs zu kleben.

Anette überlegte gerade, ob es nicht vielleicht doch möglich war, zumindest dort, wo die Sticker sich nicht gut abreißen ließen und einen unschönen weißen Papier-Klebstoff-Rest hinterließen, einfach einen von Ralfs Stickern drüberzubappen, da schaltete die Ampel auf Grün, und sie konnte diesen Auswuchs an Frechheit endlich hinter sich lassen. Matteo, der den Sticker ebenfalls entdeckt hatte, warf ihr einen teilnahmsvollen Blick zu und flüsterte ihr an der Tür zur Metzgerei leise zu: «Vergessen Se das schnell wieder, Frau Ahlmann. Jetzt wird erst mal lecker gegessen, und dann sieht die Welt schon wieder ganz anders aus!»

Anette wusste, dass Matteo es gut meinte, aber gleichzeitig war ihr auch klar, dass die Welt nach dem Mittagessen absolut nicht anders aussehen würde. Vielmehr würde sie zum Ursprung allen Übels fahren müssen, ohne genau zu wissen, was sie dort erwartete. Sie schluckte schwer. Vielleicht hatte die Polat irgendeine fiese Aktion vorbereitet. Der und ihrer kleinen Gören-Armee war schließlich alles zuzutrauen. Zu Anettes Erleichterung kam das Gespräch im Verlauf des Mittagessens nur einmal kurz auf das Thema HoT, und dabei versicherten die zwei Mitarbeiterinnen aus dem Bürgeramt, dass sie voll und ganz auf Anettes Seite stünden. Zum Glück! Endlich mal keine Diskussion über diesen vermaledeiten Jugendtreff, wie das in letzter Zeit bei ihr zu Hause viel zu oft der Fall gewesen war.

Denn nicht nur die Sticker, die überall in Hildenberg aufgetaucht waren, auch Annikas und Andis Umgang mit der Situation hatten ihr in den vergangenen Wochen ordentlich die Stimmung verhagelt.

Nach dem Schmiererei-Krisentreffen bei den Ahlmanns

hatte Annika ihre Mutter mehrmals per WhatsApp darum gebeten, die Abrisspläne noch einmal zu überdenken. Sie hatte sogar uralte Fotos aus ihren eigenen HoT-Zeiten herausgesucht und sie für Anette abfotografiert. Auf einem Foto saß Annika in hellblauer Hüftjeans und einem bauchfreien, weißen Top mit aufgedrucktem pinken Schmetterling umringt von weiteren Teenagern auf der Treppe des HoT herum. Anette hatte ihre Tochter, die auf dem Foto einen dicken schwarzen Kajalstrich, gepaart mit silbernem Lidschatten, trug und fröhlich in die Kamera grinste, im ersten Moment gar nicht wiedererkannt. Das hatte sie ihr damals erlaubt? Unglaublich. Ein anderes Foto zeigte Annika auf einem abgewetzten Ledersofa im Inneren des Jugendtreffs, neben ihr ein Typ etwa im gleichen Alter, vermutlich so um die fünfzehn, vielleicht sechzehn, zu Stacheln gegelte Haare, Baggyhose, Piercing in der linken Augenbraue und ein weites T-Shirt über einem weißen Langarmshirt. Auf dem T-Shirt stand in krakeliger Schrift irgendetwas auf Englisch, das Anette nicht entziffern konnte. Der Typ hatte den einen Arm um Annika gelegt und den anderen, der eine Energydrink-Dose hielt, in Richtung Kamera ausgestreckt.

Annika hatte mit den Fotos offenbar ein Umdenken bei ihrer Mutter erwirken wollen, doch genau das Gegenteil ausgelöst. Anette wünschte sich, sie hätte diese Fotos niemals zu Gesicht bekommen. Das war ja zum Fürchten, was da offenkundig jahrelang abgelaufen war! Mit verkniffener Miene hatte sie ihrer Tochter nur ein «Zu spät, alles ist bereits genehmigt» zusammen mit einem Sanduhr-Emoji geschickt, doch die hatte nicht nachgelassen. Ein paar Tage später hatte sie das Thema bei einem Telefonat erneut aufgegriffen und ihre Mutter wieder und wieder beschworen, eine Alternativlösung zu finden.

«Bau doch dieses Altenheim einfach woandershin! Warum muss das denn ausgerechnet dahin? Du machst da was Gutes kaputt! Ich weiß noch, wie geil das damals für uns war, dass wir da unter uns waren … Ach, und übrigens, letztes Jahr vor der Wahl hast du gesagt, du willst auch was für die jungen Leute in Hildenberg tun!», hatte Annika ihre Mutter mit energischer Stimme erinnert.

«Zum fünfhundertsten Mal! Das ist kein Altenheim, sondern ein Mehrgenerationenhaus, und wie der Name schon sagt, da sollen mehrere Generationen rein! Dafür wird es gezielte Angebote geben!», ereiferte sich Anette am Telefon und ignorierte Achims erhobene Augenbrauen angesichts ihrer erbosten Tonlage. «Und außerdem … ja, was für 'ne *geile* Zeit ihr da hattet, das habe ich ja auf den Fotos gesehen!»

«Seit wann bist du eigentlich so 'ne Spießerin?», hatte Annika schließlich gezischt und einfach aufgelegt. Anette war baff gewesen. Als dann auch noch Andi bei einem seiner Wochenendbesuche gefragt hatte: «Was ist jetzt eigentlich Phase mit diesem Jugendtreff, Muttertier? Den willste doch nicht wirklich abreißen lassen, oder?», war Anette endgültig der Kragen geplatzt, und sie hatte die Nudelpakete, die sie Andi eigentlich für seine WG hatte überlassen wollen, wieder in den Schrank gepfeffert und war mit einem «Ach, lasst mich doch alle in Ruhe» die Treppe ins Obergeschoss hinaufgestürmt.

Die familieninternen Reibereien lagen Anette schwer im Magen, als sie jetzt ihren Salat mit Putenstreifen aß und einer

Anekdote von Matteo lauschte. Sie handelte von einem Gast im Restaurant seines Vaters, der in der Regel nur zehn Cent Trinkgeld gab und sich ständig beschwerte, dass zu wenig Käse auf der Pizza wäre, obwohl die Köchin bereits extra Käse drübergestreut hatte. Anette lachte am Ende der Geschichte hölzern mit, da sie nur mit halbem Ohr zugehört hatte, während die Mitarbeiterinnen des Bürgeramts in schallendes Gelächter ausbrachen und «Köstlich!» riefen.

Zwei Stunden später, pünktlich um 15 Uhr, rollte Anette in ihrem kiwigrünen Auto auf den Parkplatz des HoT. Der weiße Passat des Bauamts stand bereits dort. Direkt daneben warteten eine Frau und ein Mann. Er im karierten Kurzarmhemd, darüber eine blau gesteppte Weste, dazu helle Jeans und braune Schuhe. Anette schätzte ihn etwas jünger als Achim, an der Fünfzig kratzend. Unterm Arm trug er eine schwarze Mappe, in der er vermutlich seine Unterlagen transportierte. Neben ihm stand seine Kollegin und Anettes Ansprechpartnerin, Frau Weißwasser. Mitte dreißig, in grauem T-Shirt, darüber ein dunkler, lockerer Blazer mit gerafftem Dreiviertelarm, die braunen Haare zu einem kurzen, akkuraten Bob geschnitten. Ihre dunkelblauen Jeans endeten über den Knöcheln und boten freie Sicht auf die offenbar brandneuen weißen Sneaker. In der einen Hand hielt sie eine kleine Aktentasche aus hochwertigem Leder.

«Frau Ahlmann, ich grüße Sie!», rief der Mann und machte dabei einen Schritt auf sie zu, die Hand weit ausgestreckt. Er schüttelte Anettes Hand und stellte sich vor: «Rodig, Abteilungsleiter Baurecht. Meine Kollegin kennen Sie ja bereits.» Er wies auf Frau Weißwasser, die ebenfalls einen Schritt auf Anette zuging und ihr die Hand schüttelte.

«Wie geht's Ihnen, Frau Ahlmann? Ganz schön was los in Hildenberg, oder?», sagte Frau Weißwasser mit aufgesetzter Ungezwungenheit in der Stimme.

«Das können Sie laut sagen! Tja, man tut, was man kann ...», antwortete Anette und versuchte, dabei so professionell und abgeklärt wie möglich zu wirken, ohne unfreundlich zu sein. Das hier war ein wichtiger Termin. Die beiden waren ihre wichtigsten Verbündeten bei diesem Bauvorhaben, und es durfte absolut nichts schiefgehen. Nicht dass sie die beiden davon hätte überzeugen müssen, das HoT umzubauen. Das Vorhaben war ja schon vor ihrer Zeit genehmigt worden. Doch das Ganze ein wenig zu modifizieren, den Umbau zu einem Teilabriss auszuweiten, mit anschließendem Bau eines Mehrgenerationenhauses, das Vorzeigestatus in der Region haben würde, das erforderte das Lockermachen von mehr Mitteln und Gefälligkeiten, als es Anette aus eigener Kraft schaffen konnte. Sie brauchte Frau Weißwasser und deren Chef, Uwe Rodig.

Mit Biggis Hilfe hatte sie schon einiges über die beiden herausgefunden. Ganze Abende hatten sie damit verbracht, die Sucheinträge mit seinem Namen auf Google zu studieren. Sogar auf seiner Facebookseite waren sie gewesen. So kannte Anette beispielsweise seinen Lieblingsverein (FC Schalke 04) und wusste, dass er für sein Leben gerne Rennrad fuhr, aber vor ein paar Jahren mal schlimm gestürzt war, was ihm noch immer gesundheitliche Probleme bereitete. Von Frau Weißwasser wusste Anette nicht allzu viel. Google gab leider ziemlich wenig über sie preis, doch in den Telefonaten und Gesprächen, die diesem Termin vorausgegangen waren, hatte Frau Weißwasser, die mit Vornamen Melanie hieß, durchblicken lassen, dass sie von Jugendzentren und ihrer autonomen Organisation gar nichts hielt.

«Dann wolln wa mal rein in die gute Stube», übernahm Herr Rodig die Führung. Flankiert von den beiden Frauen, ging er zielstrebig auf den Eingang des HoT zu.

Der erdgeschossige Kastenbau lag an einer der Ausfallstraßen Hildenbergs, angrenzend an ein kleines Waldgebiet. Der Hildenberger Schulkomplex mit Turnhalle, in der die Familie Ahlmann im letzten September ihre Wahlscheine eingeworfen hatte, lag einen knappen Kilometer entfernt, näher zur Ortsmitte hin. Anfang der Neunziger hatte die Stadt Geld lockergemacht und einen Flachdachbau mit wenigen Fenstern, aber viel Platz weit weg von den nächstgelegenen Wohnhäusern bauen lassen. Das *Haus der offenen Tür* sah von Anfang an wenig einladend aus. Die grauen Blechwände schrien förmlich «Einsparungen!». Getreu diesem Motto interessierte sich nach dem Bau niemand aus dem Rathaus mehr für das HoT. Ab und an, wenn Geschichten über exzessives Komasaufen im HoT die Runde machten, erbarmte sich mal jemand aus dem Jugendamt und schrieb eine mahnende Mail an die zuständigen Sozialarbeiter oder Sozialarbeiterinnen, die über die Jahre häufig wechselten.

Die Hildenberger Jugend machte schließlich einfach das Beste aus der Sache. Man lernte mit dem Wenigen umzugehen, was da war, und sah das Positive in der «Aus den Augen, aus dem Sinn»-Taktik der Stadt. Immerhin kamen so nicht ständig irgendwelche biederen Amtsträger oder sonstige Erwachsene vorbeigestiefelt und mischten sich ein. Die grauen Blechwände wurden irgendwann im Rahmen einer «Wir verschönern das HoT»-Aktion mit knalligen Farben und

Mustern bemalt, und auf weiße Platten, die an der Kante des Flachdachs hingen, war in bunter Schrift «Haus der offenen Tür» gesprüht worden, sodass die düstere Tristesse, die der Bau ausstrahlte, zumindest ein wenig gemindert wurde. Jedes Jahr gab es ein mehr oder weniger aufwendiges Sommerprojekt, in dem die Kinder und Jugendlichen mithilfe einiger Eltern und der jeweiligen pädagogischen Fachkraft mal das Dach geflickt, mal einen provisorischen Außenbereich aus Holz geschustert oder eben die Farbe an der Außenfassade neu gestrichen hatten.

Uwe Rodig öffnete die Tür. Im Eingangsflur standen zwei durchgesessene, schwarze Ledersofas, auf denen eine Gruppe Jugendlicher im Alter zwischen zwölf und fünfzehn saß und die drei Eindringlinge missmutig anstarrte. Der graue Fliesenboden des Flurs klebte, und jeder Schritt gab ein leises Schmatzen von sich, als die Truppe um Anette ihn durchschritt. Rechts an der Wand lehnte ein Rennrad.

«Interessant ... Was verdient man denn als Sozialarbeiterin, dass man sich so ein Storck leisten kann?», fragte Rodig im Vorbeigehen und hob die Augenbrauen.

«Storch?», erwiderte Anette verwirrt.

«Storck, das Rad. Sehr gute Marke, bin ich selbst schon gefahren, jetzt aber wieder Cube!», antwortete Rodig. Anette biss sich auf die Lippen. Er meinte das Rad, natürlich. Hätte sie sich doch im Vorfeld noch besser zum Thema Rennrad informiert, dann könnte sie jetzt vor dem Abteilungsleiter mit Fachwissen glänzen. Verdammt!

«Das hier scheint das Büro der Sozialarbeiterin zu sein», sagte Frau Weißwasser, zeigte auf eine Tür links von ihnen und rettete Anette damit unbewusst aus der Situation. Herr

Rodig klopfte an die genannte Tür und öffnete sie, ohne eine Antwort abzuwarten. Mit großen Schritten betrat er das kleine Büro und sah sich um, Anette und Frau Weißwasser dicht hinter ihm.

«Oh, Herr Rodig», sagte Frau Polat ein wenig überrascht angesichts des überfallartigen Erscheinens der Truppe und erhob sich von ihrem Schreibtischstuhl. «Frau Weißwasser, Frau Ahlmann, kommen Sie doch rein. Wollen Sie sich setzen?»

Sie wies auf eine durchgesessene, graue Couch, die sich zu ihrer Linken längs neben dem Schreibtisch befand und aussah, als wäre sie schon mehrmals wieder notdürftig zusammengeflickt worden.

«Danke, nein, wir wollen ja keine Wurzeln schlagen», sagte Herr Rodig und machte dabei ein gleichgültiges Gesicht. Anette hielt sich im Hintergrund. Sie wollte eine Konfrontation mit Larissa Polat unbedingt vermeiden. Nicht vor den Leuten vom Bauamt.

«Na, dann, soll ich Sie herumführen?», bot Frau Polat an und versuchte eine freundliche Miene aufzusetzen. Anette sah, wie schwer ihr das fiel. Schließlich wusste Frau Polat ganz genau, warum die Abordnung hier war. Letzte Inspektion, danach war Schicht im Schacht.

«Wir finden uns schon zurecht, danke, Frau Polat», ergriff nun Melanie Weißwasser das Wort und ging geschäftig zurück in den Flur.

«Ein Kaffee wär trotzdem nett», bemerkte Uwe Rodig.

«Die Kaffeemaschine ist leider im vergangenen Sommer kaputtgegangen, und wir warten noch auf Ersatz. Wobei das ja dann jetzt wohl auch egal ist …», begann Frau Polat mit leicht missmutigem Unterton in der Stimme, unterbrach sich aber und fuhr dann mit betont fröhlicher Stimme fort: «Ich kann Ihnen also nur Tee anbieten!»

Anette war der Seitenhieb nicht entgangen, doch sie riss sich zusammen und erwiderte nichts. Sicher war die Kaffeemaschine bei einer der ausufernden Partys, die hier immerzu stattfanden, zu Bruch gegangen. Also selbst schuld!

«Ich nehme gerne einen Tee, wenn's nichts ausmacht», rief Frau Weißwasser aus dem Flur. Anette und Herr Rodig lehnten ab und folgten ihr hinaus auf den Gang.

«Falls Sie Fragen haben, wissen Sie ja, wo Sie mich finden», sagte Frau Polat, die ebenfalls das Büro verlassen hatte und in die kleine Küche gegenüber ging, um Tee aufzusetzen.

«Himmelherrgott, schauen Sie sich die Decken an. Da kann man wirklich von Glück reden, dass es die letzten Jahre hier nicht richtig geschneit hat. Die fällt ja schon von alleine fast zusammen. Der heutige Termin bestätigt vollends, was wir im Prinzip schon wussten, hier ist nix mehr groß zu retten. Teile vom Fundament können sicher erhalten bleiben, aber der Großteil muss wie geplant zurückgebaut werden», erklärte Uwe Rodig und führte in Richtung Larissa Polat weiter aus: «Die Pläne für den Neubau kennen Sie ja bereits. Wir haben uns sehr bemüht, auch an die jungen Leute zu denken, und es werden sicher einige Elemente dabei sein, die Sie freuen werden, Frau Polat. Ein wunderbares Büro kriegen Sie. Südseite, zweiter Stock. Da sehen Sie bis zur Sarl vor! Von so einem Ausblick kann unsereins nur träumen, oder, Frau Weißwasser? Wir gucken auf den Parkplatz eines Discounters!»

«Mir passt das alte Büro eigentlich auch ganz gut. Und ich frage Sie noch mal: Warum bauen Sie das Mehrgenerationenhaus nicht weiter vorne, wo der Parkplatz ist, und lassen das HoT nebenan stehen?» Frau Polats Augen blitzten zu Anette hinüber.

Es war dann doch so gekommen, wie Anette befürchtet hatte. Nachdem sie einen kurzen Rundgang durch das HoT gemacht hatten und Rodig die wichtigsten Punkte auf seiner Liste abgehakt hatte, war Frau Polat mit dem Rooibostee für Frau Weißwasser gekommen, und sie hatten sich zusammen an die Bar des Partyraums gestellt. Hier hingen mehrere Discokugeln von der Decke, zwei alte, eingestaubte Scheinwerfer strahlten auf Tresen und Tanzfläche, in der Ecke erkannte Anette sogar eine Nebelmaschine. Und links, als Verlängerung zur Bar, stand ein DJ-Pult. Das schien hier ja tatsächlich mehr Disco als Jugendzentrum gewesen zu sein, dachte Anette grimmig. Am hinteren Ende des Raums stand traurig und verlassen ein Tischkicker, dem man schon von einiger Entfernung aus ansah, dass er seine besten Partien längst hinter sich hatte. Der Boden klebte auch hier leicht. Jemand hatte auf der Tanzfläche Zeitungen ausgelegt, darauf lagen mehrere Skateboards, denen allerdings Räder und Achsen fehlten.

«Sind noch vom gestrigen Skateworkshop, ist immer montags», hatte die Polat auf Anettes fragende Blicke geantwortet.

«Sehen Se, Frau Polat. Der Parkplatz liegt auf anderem Grund als das HoT. Das war damals auch der Grund, warum das HoT hier gebaut wurde und nicht näher an der Stadt. Zwischen der Stadt und hier liegt ein Abschnitt, in dem früher ein Moor war. Kein Baugrund, den man haben will», erklärte

Herr Rodig. «Aber ich sag's Ihnen, wie's ist, Frau Polat, wenn wir das HoT jetzt nicht abreißen, dann müssen wir es in den nächsten zwei Jahren sowieso zumachen, weil das Dach einstürzen könnte!»

«Deshalb sollte es ja auch renoviert werden!», entgegnete Frau Polat energisch. «Wissen Sie, ich verstehe, Sie machen hier auch bloß Ihren Job, aber können Sie sich ernsthaft vorstellen, wie Senioren hier gemeinsam mit Jugendlichen Skateboards in Schuss halten oder Hip-Hop tanzen?»

«Na ja, also, nun ja ...», begann Herr Rodig.

«Sehen Sie, ich auch nicht. Aber das ist es, was die Kids interessiert. Skaten! Bandprobe! Tanzen! Sich verlieben, rumknutschen, einfach abhängen eben!»

«Also, Frau Polat, niemand hat hier etwas gegen Tanzen und ... die erste vorsichtige Kontaktaufnahme zum anderen Geschlecht, aber ...», meldete sich Melanie Weißwasser zu Wort, wurde aber von Frau Polat unterbrochen.

«Auch die sogenannte *Kontaktaufnahme* zum gleichen Geschlecht ist hier erlaubt, Frau Weißwasser», sagte Frau Polat mit provozierendem Unterton in der Stimme, und Frau Weißwasser wurde rot.

«Ja, wie auch immer ... also, ja, für all das wird es im neuen Gebäude mehr als reichlich Platz geben», erklärte die Bauamts-Mitarbeiterin in einem Ton, als ob sie das Thema möglichst schnell abschließen wollen würde.

«Ich weiß ja nicht, was Sie früher so in Ihrer Freizeit gemacht haben, Frau Weißwasser, aber wenn ich Tanzen meine, dann spreche ich nicht von Walzer und Foxtrott. Wir haben es hier mit pubertierenden Jugendlichen zu tun. Die hören Hip-Hop, Techno und Punk. Wenn Sie das den Senioren im Mehrgenerationenhaus vorspielen, bekommen die einen Herzinfarkt, das kann ich Ihnen aber garantieren. Und außerdem, wie soll das funktionieren, wenn direkt neben der Tanzfläche alte Menschen und Familien schlafen wollen?»

«Also, Frau Polat, wir sprechen hier ja immer noch von einer pädagogischen Bildungsstätte für Kinder und Jugendliche und nicht von einer Disco», mischte sich Anette nun doch ein. Das konnte ja wohl nicht wahr sein, was die hier für eine Show abzog! Anette hatte das Gefühl, dass die Polat absichtlich alles missverstand und die ganze Faktenlage völlig verdrehte.

«Erklären Sie mir doch bitte nicht, was das hier für ein Ort ist, Frau Ahlmann. Ich bin ausgebildete pädagogische Fachkraft, nicht Sie. Ich komme jeden Tag hierher und muss die Tür mit der Schulter aufstoßen, weil sie seit Jahren klemmt, nicht Sie. Erzählen Sie mir doch nicht, dass Sie vor heute schon mal einen Fuß in dieses Gebäude gesetzt haben! Generationen von Jugendlichen, Ihre Kinder wahrscheinlich eingeschlossen, haben hier einen geschützten Raum zum Ausprobieren und zur Entfaltung einer eigenen Identität vorgefunden, einen Ort, um Erfahrungen fernab vom mahnenden Zeigefinger ihrer Eltern zu machen. Wenn Sie diesen Ort abreißen, dann wird das Ausprobieren anderswo stattfinden. Irgendwo, wo überhaupt niemand nach dem Rechten sehen und bei Herausforderungen unterstützen kann. An einer Bushaltestelle, einer Unterführung oder auf einem alten Grillplatz, was weiß ich. Aber gut, wie Sie meinen. Bauen Sie ruhig Ihre schicke neue Wohn- und Freizeitstätte, aber wundern Sie sich am Ende nicht, wenn Sie die jungen Leute damit nicht erreichen können!»

Frau Polat schaute Herrn Rodig und Frau Weißwasser eindringlich an. Niemand sagte etwas. Anette war in Schockstarre verfallen. Abwesend blickte sie zu einer der Discokugeln an der Decke hoch und musste unwillkürlich an einen Tanzabend mit Achim denken, der, kurz nachdem sie sich kennengelernt hatten und lange bevor die Kinder da waren, stattgefunden hatte. Damals hatten sie beschwingt zu «Er gehört zu mir» getanzt.

Herr Rodig fand als Erster seine Sprache wieder: «Niemand nimmt den Jugendlichen etwas weg, Frau Polat. Da verstehen Sie etwas gründlich falsch!»

«Das sage ich ja auch immer, aber ...», setzte Anette hastig nach, doch Larissa Polat ließ sie nicht ausreden.

«Ich glaube nicht, dass ich etwas falsch verstehe, Herr Rodig. Planen Sie nun das HoT abzureißen oder nicht?», fragte sie hitzig.

«Der Abriss ist beschlossen, das ist korrekt», antwortete Uwe Rodig knapp und ohne eine Miene zu verziehen.

«Aber die Jugend bekommt doch Räume, Frau Polat! Sie tun immer so, als würde ich Ihnen und der Jugend ersatzlos etwas wegnehmen, aber dem ist ja nicht so!» Anette stemmte die Hände in die Hüften und funkelte Frau Polat an.

«Dieser angebliche Ersatz ist aber doch keine gleichwertige Alternative! Wie können Sie das nicht sehen? So etwas wie hier, das wird es im neuen Gebäude nicht geben, allein von der Atmosphäre her, vom Gefühl her nicht. Hätten Sie mit vierzehn Jahren Lust darauf gehabt, mit Senioren zu basteln?»

«Also, ich war als Jugendliche gerne bei den Begegnungsnachmittagen der Kolpingjugend. Ich fand das toll, wenn wir auch mal mit den älteren Leuten in Kontakt kamen, und ich habe einmal im Monat das Seniorenschwimmen des DLRG mitbetreut», erzählte Frau Weißwasser und nahm einen Schluck von ihrem Rooibostee.

Anette nickte ihr dankbar zu, aber Larissa Polat sah aus, als würde sie am liebsten ihren Kopf gegen den Bartresen schlagen. «Warum überrascht mich das jetzt nicht?», murmelte sie resigniert, und die Geringschätzung in ihrer Stimme war nicht zu überhören.

Anette wurde es nun langsam zu bunt. Sie hatte erreicht, was sie wollte: Die beiden vom Bauamt waren ganz offensichtlich auf ihrer Seite, und somit war die Bahn weiterhin frei für das Projekt «Generationenübergreifend in die Zukunft». Zeit, hier rauszukommen! Der Blick auf die Uhr sagte ohnehin «Feierabend», und da heute Yoga angesagt war, käme es ihr sehr gelegen, ausnahmsweise mal zeitig loszukommen.

«Frau Polat, ich denke, wir drehen uns hier im Kreis. Ich bin mir sehr sicher, dass Sie ihre Meinung noch ändern und vollends zufrieden sein werden, wenn Sie erst sehen, was die Herren und Damen von Bauamt Ihnen für tolle Räume hier hinstellen werden.» Anette wandte sich an die Sachverständigen des Bauamts. «Herr Rodig, Frau Weißwasser, Sie haben gesehen, was Sie sehen mussten, oder?»

Die beiden nickten.

«Also dann, empfehle mich, schönen Abend noch», sagte Rodig knapp, packte seine Unterlagen zurück in die Mappe und war offenbar froh, den Jugendtreff endlich verlassen zu können.

«Wunderbar! Ich lasse Ihnen dann zeitnah die genauen

Termine bezüglich des Abrisses zukommen. Wiedersehen!», flötete Anette betont lässig, als handelte es sich bei dem entsprechenden Termin um das Datum eines Kaffeeklatsches.

Melanie Weißwasser murmelte nur ein kurzes «Wiederschaun» und folgte ihrem Chef eilig hinaus. Für Frau Polat hatte sie keinen weiteren Blick übrig.

«Äh, sehr schön, Frau Polat. Danke für Ihre Zeit, auf bald!» Anette, die keine Sekunde länger als nötig mit Larissa Polat allein sein wollte, schnappte sich ihre Handtasche von einem der Barhocker und rauschte ebenfalls hinaus auf den Parkplatz. Gierig sog sie die frische Luft ein, als sie aus dem Haupteingang des Jugendtreffs trat. Das wäre geschafft! Sie hob die Hand, als Frau Weißwasser den weißen Passat an ihr vorbeisteuerte. Herr Rodig saß auf dem Beifahrersitz, war offenbar in seine Unterlagen versunken und bemerkte Anette gar nicht.

Da fiel Anettes Blick auf ihr eigenes Auto. Direkt dahinter, vielleicht zwei knappe Meter, hatten die Jugendlichen, die vorhin noch auf der Couch im Eingangsbereich rumgesessen hatten, ein kleines Hindernis aus Brettern und Dosen aufgebaut, über das sie abwechselnd mit ihren Skateboards sprangen. Aufgrund des Hindernisses würde es Anette unmöglich sein auszuparken. Auch das noch, dachte sie entnervt und steuerte schnellen Schrittes auf ihr Auto zu.

«Würdet ihr euer Dings da wegräumen, ich müsste hier mal ausparken!», sagte sie mit gebieterischer Stimme und stellte sich mit verschränkten Armen neben ihren quietschgrünen Wagen.

Keine Reaktion! Stattdessen rollte eine der Jugendlichen mit Vollgas auf die selbst gebaute Rampe zu, machte einen

Kickflip, landete mit leichtem Überhang wieder auf ihrem Brett und fiel nach hinten weg. Das Board schoss so schnell auf Anette zu, dass sie keinerlei Reaktionszeit hatte. Es verfehlte sie nur knapp und prallte dann mit einem dumpfen Donk gegen den Reifen ihres neuen Autos.

«Ach, du grüne Neune!», entfuhr es Anette, die vor Schreck die Hand vor den Mund gelegt hatte. «Habt ihr sie noch alle beisammen? Das Auto ist niegelnagelneu!»

«Dem Auto is schon nix passiert, ein Reifen hält so was aus!», rief Frau Polat, die von Anette unbemerkt mit verschränkten Armen vorm Eingang des HoT stand und den Vorgang beobachtet hatte.

«Kümmern Sie sich lieber drum, dass die Kinder hier nicht unbeaufsichtigt so einen Murks machen, ist ja lebensgefährlich», entgegnete Anette und setzte noch mal nach: «Wenn mit dem Auto was nicht stimmt, schick ich Ihnen 'ne Rechnung, und jetzt würde ich gerne ausparken!»

Frau Polat sagte nichts, machte aber eine Kopfbewegung in Richtung der Jugendlichen, die sofort ihre Skateboards, Bretter und Dosen zusammenpackten und sich ans andere Ende des Parkplatzes verzogen.

Anette stieg in ihr Auto und atmete hörbar aus. Sie schaltete das Radio ein, und Adeles Stimme hallte durch den Kleinwagen. Anette schloss für einen kurzen Moment die Augen, dann startete sie den Wagen, legte den Rückwärtsgang ein und steuerte das Auto aus der Parkreihe. Nix wie weg hier!

«HÖR! AUF! Das hat die nicht gesagt!», rief Biggi und schlug sich die Hände vor den Mund.

«Und wie die das gesagt hat … Das hättste hören müssen!»,

meinte Anette und musste angesichts von Biggis entrüsteter Miene fast schon ein bisschen schmunzeln.

«Das ist wirklich der Gipfel der Unverschämtheit! Und die Frau vom Bauamt? Hat die nix gesagt? Die hat sich das einfach gefallen lassen?»

«Die wollte sich, glaub ich, einfach nicht auf das Niveau herablassen, aber pikiert war die schon!»

«Wahnsinn! Was du da alles erlebst ...», sagte Biggi kopfschüttelnd.

Anette und ihre beste Freundin verließen gerade wie jeden Dienstagabend gemeinsam die Volkshochschule, in der ihr Yogakurs stattgefunden hatte. Heute war Manuel zu Anettes Erleichterung sehr gnädig gewesen und hatte sie hauptsächlich Basics, Atemübungen und zum Schluss sogar eine Traumreise machen lassen, die Anette so tiefenentspannte, dass Biggi ihr einen kleinen Stupser geben musste, um sie aus dem Reich der Träume zurückzuholen. Laut Manuel war es bei der aktuellen Mondkonstellation sehr bedeutsam, bei den Grundlagen zu bleiben, keine neuen Sachen auszuprobieren und sich vor allem nicht zu überanstrengen!

«Dafür sind Geist und Körper momentan nicht empfänglich», hatte er ihnen eingebläut, und Babsi, die wieder links von Anette lag, gluckste leise: «Mein Körper ist in keiner Mondphase für Anstrengung empfänglich!»

Anette, die vorm Yoga sogar noch Zeit für einen kleinen Abstecher nach Hause gehabt und dort Biggi eingesammelt hatte, hatte ihrer besten Freundin bereits im Auto berichtet, was sich im HoT zugetragen hatte. Beide waren sie der Meinung, dass die Polat sicher etwas Persönliches gegen Anette hatte. Anders konnten sie sich nicht erklären, warum die sonst so einen Aufriss machte und sogar Jugendliche dazu anstachelte, sie mit Skateboards anzugreifen. Und überhaupt der Ton dieser Frau! Ein Unding, da waren die beiden sich einig.

Obwohl die zwei also bereits auf der Hinfahrt ordentlich geschimpft hatten, ließ ihnen das Thema auch nach der Yogasession keine Ruhe.

«Haste sie eigentlich mal wegen der Schmiererei bei Gisela angesprochen?», fragte Biggi, als sie die Stufen zum Parkplatz runterstiegen.

«Ach! Bringt doch eh nix, die würde doch eh alles abstreiten, nee, nee, da lass ich mich gar nicht erst drauf ein», meinte Anette und schüttelte abwehrend den Kopf.

«Ist wahrscheinlich besser so», beendete Biggi das Thema. Nur unterbrochen von einem kurzen Einatmer, plapperte sie stattdessen weiter von ihren Wochenendplänen und erzählte, dass Jörg und sie überlegten, für ein paar Tage mit ihren neuen E-Rädern wegzufahren. Da stieß Anette einen Schreckensschrei aus: «Nein! Nein, nein, nein!»

Biggi blieb so abrupt stehen, dass ihr die Yogamatte aus der Hand fiel. Anette war in wenigen schnellen Schritten am Auto. Auf der Heckscheibe klebte ein handflächengroßer Aufkleber, der da nicht hingehörte. Darauf stand: «Ahlmann muss weg!»

«Oh, Netti!», rief Biggi bestürzt und legte ihrer besten Freundin den Arm um die Schulter. «Das ist die absolute Höhe! Wer macht denn so was?»

«Na, das können wir uns doch denken», hauchte Anette, sie zitterte. Wie erstarrt stand sie da und wusste gar nicht, was sie sagen sollte. Dieser ganze Konflikt ging ihr schon seit Wochen an die Substanz, aber irgendwie hatte sie das Ganze doch immer noch ein Stückchen von sich wegschieben können. So war das nun mal, wenn man ein hohes politisches Amt bekleidete, da musste man auch Gegenmeinungen aushalten und mit Ablehnung umgehen können. Aber das hier war anders. Jetzt hatte das Ganze eine Stufe erreicht, die ihr wirklich Angst machte. Die bisherigen Sticker hatten sie zwar genervt, aber sich immer auf die Vorgänge am HoT bezogen und nicht auf sie persönlich! Und so ein Ampelmast war auch immer noch was anderes als das eigene Auto! Außerdem bedeutete das ... Sie wirbelte herum und sah sich auf dem Parkplatz um. Niemand war zu sehen, und alle anderen Autos waren frei von Stickern, soweit sie das erkennen konnte. Jemand musste wissen, dass ihr Auto dienstags genau um diese Zeit hier stand. Anettes Magen verkrampfte sich. Das war so langsam wirklich nicht mehr lustig!

«Soll ich den Kohlmassen anrufen?», erbot sich Biggi, doch Anette winkte ab.

«So hilflos, wie die Polizei bei der Schmiererei an Giselas Laden war, würden die hier nur ein riesiges Brimborium veranstalten, dann wäre da morgen wieder 'ne Meldung im Anzeiger und ... Nee, lass uns das Teil einfach abreißen und hoffen, dass niemand davon was mitbekommt.»

«Na gut, wie du meinst.» Biggi beugte sich herunter, knibbelte den Sticker an einer Ecke etwas lose und zog ihn dann langsam ab.

«Kriegt man aber besser ab als die anderen Sticker, hat auch 'ne andere Schriftart. Die Polat hat offenbar ihren Stickerlieferanten gewechselt», murmelte sie leise.

Doch Anette hörte gar nicht mehr zu, ihr Blick wanderte immer noch unruhig über den dunklen Parkplatz.

«Guck mal, Netti. Ist fast weg.» Biggi deutete auf Anettes Heckscheibe, an der jetzt nur noch kleine Papierreste hingen. «Das mach ich dir morgen weg! Mit Erdnussbutter und Mayonnaise geht das ganz einfach.»

Anette erwachte aus ihrer Starre. Was wollte Biggi da auf ihr Auto klatschen?

«Erdnussbutter und Mayonnaise? Was?», japste sie und starrte ihre Freundin entgeistert an.

«Ich weiß, klingt ein bisschen komisch, aber den Tipp hab ich ausm Netz, und das hilft wirklich», versprach Biggi. «Du wirst sehen!»

KAPITEL 6

Aufstand statt Abriss

«Zickezacke Zickezacke!» – «HoT, HoT, HoT!»

«Zickezacke Zickezacke!» – «HoT, HoT, HoT!»

«Zickezacke Zickezacke!» – «HoT, HoT, HoT!»

Der Sprechchor, bei den ersten Zeilen noch etwas dünn, schwoll mit jeder Wiederholung an. Dann änderte die Stimme hinter dem Megafon den Ausruf: «Ich sag HoT, ihr sagt bleibt! – HoT!»

«Bleibt!»

«HoT!»

«BLEIBT!»

Mehrere Dutzend selbst gebastelte Schilder, Fahnen und Transparente wurden jedes Mal noch etwas höher in die Luft gereckt, wenn die Menge «Bleibt!» brüllte. Und die Menge war groß. Zumindest für Hildenberger Verhältnisse. Schätzungsweise 150 Jugendliche, in Übergangsjacken und Windbreaker eingepackt, standen vor dem Hildenberger Rathaus. Der Platz war zu klein für die vielen Versammlungsteilnehmenden, sodass sie die vorbeiführende Straße blockierten, wo sich nun hin und wieder ein lautes Hupen den Sprechchören entgegenwarf.

Das vordere Transparent war das größte. Sicher sieben Meter lang und 1,50 Meter hoch, wurde es von einer Reihe Jugendlicher mit entschlossenem Gesichtsausdruck gehalten. Einige waren so jung, dass sie nur mit Mühe über das aus Bettlaken zusammengeschusterte Transparent schauen konnten. Mit schwarzer Acrylfarbe stand dort in fetten Großbuchstaben geschrieben «AUFSTAND STATT ABRISS» und darunter «Wir geben das HoT nicht kampflos auf».

Der Kaffee in Anettes Händen war kalt geworden. Noch eisiger war nur die Stimmung, die in den oberen Stockwerken des Rathauses herrschte. Schon seit einer halben Stunde stand sie fast unbeweglich da und starrte durch die Lamellenvorhänge ihres Büros hinunter auf den Rathausvorplatz.

«Wie konnte es so weit kommen?», sagte sie leise zu sich selbst und lehnte resigniert den Kopf an die Scheibe.

«Sie haben sich gar nichts vorzuwerfen, Frau Ahlmann», sagte Matteo von der Tür aus. Anette zuckte zusammen.

«Das sagen Sie so einfach», erwiderte sie ermattet und riss ihren Blick kurz vom Fenster los.

Es war unmöglich, die Vorgänge auf dem Rathausvorplatz zu ignorieren. Just in diesem Moment wurden die Rufe wieder lauter. Matteo Zanetti stellte eine Tasse mit frischem, dampfendem Kaffee auf Anettes Schreibtisch ab, ging dann zu seiner Chefin ans Fenster, nahm ihr die Tasse mit dem kalten Kaffee aus der Hand und warf kopfschüttelnd einen Blick aus dem Fenster.

«WAS WOLLEN WIR?»

«PLATZ FÜR UNS!!»

«WANN WOLLEN WIR DAS?»

«JETZT!»

Die Stimme aus dem Megafon gehörte einer Teenagerin mit kurzen, knallgelb gefärbten Haaren, die sich das zugehörige Mikro dicht vor den Mund hielt und sich die Seele aus dem Leib brüllte. Anette verzog das Gesicht. Sie kannte das

Mädchen. Zwar fiel ihr in diesem Moment der Name nicht ein, aber sie war sich sicher, dass es sich bei der Demonstrantin um die Tochter von Petra aus ihrem Yogakurs handelte. Unfassbar! Anette hatte Petra und ihren Ableger vor zig Jahren mal beim Einkaufen getroffen, da war die Tochter aber noch jünger gewesen und hatte auf dem Kopf nicht ausgesehen wie Bibo aus der Sesamstraße. Wie schnell es doch bergab gehen konnte, dachte sie kopfschüttelnd.

Neben der Sprecherin stand ein junger Typ, den Anette nicht kannte und der das riesige Megafon für Petras Tochter festhielt. Jedes Mal, wenn die Menge «Jetzt!» rief, riss der Kerl seine Faust nach oben. Anette kniff die Augen zusammen und ließ ihren Blick über die Versammlung schweifen. Die Jugendlichen, die den Skateboard-Angriff auf ihr Auto verübt hatten, hatte sie vorhin schon entdeckt, und zu Anettes Empörung war auch Samira, die Auszubildende von Klimaanlagen Kaltmeier, unter den Demonstrantinnen. Anette hielt das für eine bodenlose Frechheit. Schließlich hatten sie fast ein Jahr lang zusammen in der gleichen Firma gearbeitet, und letztes Jahr, zu Anettes Jubiläum, hatte sich Samira auch an Anettes Kuchenauswahl bedient. Da konnte man doch wohl ein bisschen Loyalität erwarten!

Mit etwas Abstand zur Menge stand eine einzelne Person. Nach ihr hatte Anette schon Ausschau gehalten. Larissa Polat.

«Na, da schau an. War ja klar, dass die dahintersteckt. Drückt sich da am Rand rum, als wär nicht klar, dass sie die Teenies angestiftet hätte», entfuhr es Anette, und ein kurzer Wutschauer kroch ihr den Rücken hoch. Was hatte diese Frau nur gegen sie, dass sie ihr das Leben so zur Hölle machen wollte?

«Gehen Sie runter und reden Sie mit denen! Machen Sie ihnen klar, dass das alles ein großes Missverständnis ist», empfahl Matteo und betrachtete Anette besorgt von der Seite.

«Wie stellen Sie sich denn das vor? Wie soll ich denn gegen die Schreikinder da unten ankommen? Wissen Sie, was ich machen werde? Die Polizei, die hol ich gleich!» Anette spürte, dass sie kurz davor war, die Fassung zu verlieren.

«Sehen Sie mal, die Polizei ist schon im Anmarsch, Frau Ahlmann!», rief Matteo und stupste mit ausgestrecktem Finger gegen die Scheibe.

Tatsächlich. Wie aufs Stichwort schob sich gerade ein silberblauer Passat mit eingeschaltetem Blaulicht im Schritttempo auf den Marktplatz. Zwei Polizisten quälten sich aus den Sitzen, setzten ihre Polizeimützen sowie die obligatorischen, bedeutungsschwangeren Mienen auf und schritten auf die Menge zu.

Hoffentlich konnten die Beamten dieses Theater endlich beenden, das ging ja schließlich schon den gesamten Vormittag so. Anette warf einen Blick auf die schwarze Wanduhr, die hinter ihrem Schreibtisch hing, schon 13:12 Uhr! Sie musste dringend was arbeiten, und das war bei diesem Lärm ja nicht möglich. Außerdem hatte sie noch nichts gegessen, und ihr Magen knurrte bedrohlich! Aber sie konnte ja wohl schlecht einfach an der Demonstration vorbeihuschen und in aller Seelenruhe in der Metzgerei Schröder zu Mittag essen, als ob nichts wäre. Dabei gab es dort heute Backfisch mit selbst gemachtem Kartoffelsalat und Remoulade, wie Anette vom Ausdruck der Wochenkarte, die Matteo im Vorzimmer an die Wand gepinnt hatte, wusste. Ihr lief das Wasser im Mund zusammen. Statt Backfisch steht wohl heute Randale auf dem Speiseplan, dachte sie missmutig und drückte ihre Stirn gegen die Scheibe.

«Na, jetzt sind wir mal gespannt, wie mutig diese Halbstarken sind», sagte Anette. Sie beobachtete gemeinsam mit Matteo, wie Larissa Polat auf die Polizisten zuging, ihnen die Hand schüttelte und ein Gespräch begann. Einer der Polizisten gestikulierte mit beiden Händen, zeigte auf das Rathaus, dann auf die Menge und schwenkte dann wieder rüber zur Straße. Frau Polat schien völlig gelassen zu sein, sie zeigte ebenfalls auf den Vorplatz und sprach dann weiter – offenbar in ruhigem Ton – mit den beiden Polizisten.

«Würd ja mal gern wissen, was die Polat denen da erzählt», sagte Anette zu Matteo.

«Das ist der Kohlmassen, oder?», fragte Matteo und kniff die Augen zusammen wie zuvor schon Anette.

«Jepp, so sicher wie das Amen in der Kirche, Matteo, den erkenn ich aus hundert Meter Entfernung! Und eines kann ich Ihnen sagen – mit Störenfrieden macht der kurzen Prozess.»

Anette kam sich vor wie in dem Politthriller, den sie vor zwei Jahren im Gardasee-Urlaub gelesen hatte. Der hatte im Weißen Haus gespielt und war furchtbar spannend gewesen! Intrigen und fiese Widersacher hatten dort hinter jeder Ecke gelauert und der Hauptfigur, einem Senator, das Leben schwer gemacht. Gut, am Ende war herausgekommen, dass der Senator ein Serienkiller war, der in seiner Freizeit Morde beging, aber abgesehen davon konnte sich Anette gut mit dem Protagonisten identifizieren! Schließlich musste auch sie es nun tagtäglich mit hinterhältigen Gegenspielern aufnehmen.

Apropos! Auf dem Vorplatz schien sich in Sachen Demo-Auflösung nicht viel zu tun. Kohlmassen und seine Kollegin standen mit den Händen in den Hüften neben Frau Polat und blickten über die Menge. Höchste Zeit, dass sie selbst einschritt! Sie hatte zwar absolut gar keine Lust, da rauszugehen, aber so konnte das ja wohl nicht den ganzen Tag weitergehen. Außerdem sollten diese Randalierer nicht denken, dass sie sich im Rathaus versteckte.

Mit einem geschnaubten «Jetzt ist Feierabend» ging Anette zu ihrem Schreibtischstuhl, nahm ihre rote, gesteppte Daunenweste von der Lehne, zog sie über und stürmte aus dem Büro.

Von draußen dröhnten immer noch die Rufe der Demonstrierenden herein, doch Anette hörte sie in diesem Moment nicht mehr. Mit energischem Schritt marschierte sie durch die Gänge des Rathauses und stürmte die grauen Steinstufen im Eingangsbereich hinunter. Als sie aus dem Haupteingang des Rathauses trat, schwoll das Pfeifen und Johlen an, als hätte jemand einen Lautstärkeregler aufgedreht. Einzelne Buhrufe waren zu hören, und der «Zickezacke-Zickezacke-HoT-HoT-HoT!»-Sprechchor legte – angeheizt von der gelbblonden Teenagerin – wieder richtig los.

Anette tat so, als würde sie das alles gar nicht wahrnehmen, und schritt eilig vorbei zu Kohlmassen, seiner Kollegin und Frau Polat, die miteinander diskutierten. Aus den Augenwinkeln warf sie einen Blick auf die Plakate, die in ihre Richtung gestreckt wurden und die sie aufgrund der kleinen Schrift von oben nicht hatte entziffern können.

Auf einem Schild las sie «HoT over Profit!», auf einem anderen stand «Make HoT great again», und etwas weiter entfernt sah sie ein Plakat mit der Aufschrift «Immer Jugend ohne Gott, niemals Jugend ohne HoT». Anette schnaubte leise. Was die sich erlaubten! Sie wandte die Augen wieder nach vorne und stapfte direkt auf Wachtmeister Kohlmassen zu.

«Was ist hier los, Hans?», fragte sie, stemmte dabei beide Arme in die Hüften, streifte Larissa Polat nur mit einem kurzen Blick und wartete die Antwort des alten Polizisten ab, den sie mit Absicht besonders deutlich geduzt hatte.

«Tach, Anette!», brummte der und streckte ihr seine Hand entgegen, die sie dankbar schüttelte. «Joa, da haben wir's wohl mit 'ner Demonstration zu tun … in Hildenberg. Dass ich so was mal noch erlebe, bevor ich in den Ruhestand gehe!»

«Das haben Sie sich ja schön überlegt, Frau Polat. Die Jugendlichen aufstacheln und als Ihre kleine Privatarmee hier auf den Marktplatz führen. Sind Sie jetzt zufrieden?» Anette hatte sich sofort wieder von Kohlmassen abgewandt und giftete nun Larissa Polat an, die angesichts Anettes wütender Miene nur die Augenbrauen hob.

«Ja, da brauchen Sie gar nicht so zu gucken. Ich hab Ihre Spielchen durchschaut. Chaos stiften und so einen Krawall anzetteln auf'n Freitagmittag, das finden Sie gut, was? Und ich sag Ihnen noch was, Sachbeschädigung auf Schaufenstern und fremden Autos, das ist kein Kavaliersdelikt, Sie verwischen Ihre Spuren gut, aber am Ende kommt immer die Wahrheit ans Licht», zischte Anette und reckte siegessicher das Kinn in die Höhe.

«Sachbeschädigung? Wer hat denn hier irgendwas beschädigt? Die Demo ist angemeldet, und zwar von den Jugendlichen selbst, die haben nämlich ihre eigene Meinung, auch wenn Sie sich das nicht vorstellen können», keifte Frau Polat in ähnlich wütendem Ton zurück.

«Die Demo ist tatsächlich ordnungsgemäß angemeldet», brummte Kohlmassen leise dazwischen, und Anette hörte heraus, dass ihm das gar nicht recht war.

Sie ging darüber hinweg: «Es geht nicht nur um diese Demo, das wissen Sie genau. Tun Sie nicht so unschuldig! Und wenn Sie wirklich Anstand hätten, würden Sie diesen Zirkus hier auf der Stelle beenden!»

«Das ist kein Zirkus, das ist Demokratie, sagt Ihnen das was?», entgegnete Frau Polat mit einem Hauch Spott in der Stimme.

Anette öffnete den Mund zu einer wütenden Antwort, doch Kohlmassen ging nun etwas energischer dazwischen.

«Anette, lass uns kurz mal unter vier Augen sprechen», raunte er ihr zu und sagte etwas lauter zu Frau Polat: «Sorgen Sie bitte dafür, dass die Jugendlichen sich an die Vorgaben halten und die Straße nicht blockieren, sonst müssen wir das Ganze hier beenden!»

Larissa Polat verdrehte die Augen, entfernte sich dann aber kommentarlos in Richtung Demonstration.

Kohlmassen wandte sich an Anette: «Anette, beruhig dich! Die Demonstration ist angemeldet worden, wir können da nix machen, und glaub mir, mir passt das auch nicht. Wir schauen, dass die sich an die Vorgaben halten und die Straße wieder freimachen, aber wir haben auch nicht genug Einsatzkräfte, um hier räumen zu lassen. Am besten gehst du einfach wieder rein und wartest, bis es vorbei ist. Denen wird sicher eh bald kalt oder langweilig!»

«Ich soll wieder reingehen und warten, bis es vorbei ist?

Das ist ja ’ne super Strategie!» Anette funkelte ihn wütend an.

«Ich weiß, ich weiß.» Hans Kohlmassen hob entschuldigend die Arme. «Ich hätte auch gerne mehr Leute hier. Aber solange die friedlich sind, kann ich keine Verstärkung aus angrenzenden Orten anfordern ...»

«Das nennst du friedlich?», fragte Anette und deutete auf die im Chor brüllenden Jugendlichen.

«Nun ja, schon ... Und wie gesagt, die haben die Demonstration fristgerecht angemeldet, Anette. Solange die sich an die Auflagen halten, sind mir die Hände gebunden!»

Anette sah ein, dass sie hier auf verlorenem Posten kämpfte.

«Aber wenn die weiterhin die Straße blockieren, dann rufst du Verstärkung, oder?», fragte sie in einem letzten verzweifelten Versuch.

«Jetzt schauen wir erst mal, was die Frau Polat ausrichten kann», meinte Hans Kohlmassen vage.

«Gut, danke dir, Hans. Ich sag dem Matteo, dass er euch ein Käffchen rausbringen soll, ist ja wirklich wieder schweinekalt geworden. Auf die Jahreszeiten kann man sich auch nicht mehr verlassen!»

«Gab schon bessere Tage Ende April, letztes Jahr zu der Zeit war ich mit meiner Frau im Harz, und da saß ich draußen im kurzärmligen Hemd, das weiß ich noch», brummte Wachtmeister Kohlmassen. «Und mach dir wegen dem Kaffee keine Umstände ... Aber wenn’s geht, gerne mit zwei Stück Zucker für mich!»

Fünfzehn Minuten später schob sich Anette erneut an den Demonstrantinnen vorbei, diesmal mit Matteo im Schlepptau, der ein kleines Tablett mit zwei Bechern dampfenden Kaffees, einem kleinen Milchkännchen und mehreren einzeln verpackten Würfelzuckerstückchen trug. Eigentlich war Anette froh gewesen, zurück im sicheren Rathaus zu sein, und hatte Matteo allein mit dem Kaffee rausschicken wollen, aber dann war ihr eingefallen, dass sie Hans Kohlmassen noch nach Ermittlungsfortschritten in Sachen Schaufenster-Schmiererei befragen wollte. Das Ganze war jetzt schon fast einen Monat her, und weder sie noch Gisela hatten seither irgendetwas Neues gehört. Also musste sie sich wohl oder übel noch einmal raus in die Höhle der Löwen wagen. Mit Matteo im Schlepptau lief Anette eilig an der Menge vorbei, die sofort wieder zu buhen und rufen begonnen hatte, als der Feind in roter Steppweste am Haupteingang gesichtet worden war.

Hans Kohlmassen und seine Kollegin lehnten mit verschränkten Armen am Polizeiwagen und ließen ihren Blick wachsam über den Platz gleiten.

Noch immer standen Jugendliche vereinzelt auf der Straße herum, auch wenn sie sich nach einer Lautsprecherdurchsage von Petras Tochter schon dichter ans Rathaus gedrängt hatten, was nun auch nicht unbedingt der Effekt war, den Anette sich gewünscht hatte. In einigen Meter Entfernung sah sie, wie Larissa Polat mit ausgebreiteten Armen ein Grüppchen Jugendliche, das mitten auf der Straße stand, zurück auf den Rathausvorplatz scheuchte. Dabei sah sie ein bisschen aus wie eine Entenmama, die ihre Küken in Sicherheit brachte.

Anette wandte den Blick ab. Davon durfte sie sich nicht täuschen lassen. War ja klar, dass die Polat jetzt hier unter den Augen der Polizei einen auf Mutter Teresa machte und allen ihre Schokoladenseite präsentierte. Aber sie, Anette Ahlmann, sie kannte das wahre Gesicht dieser Frau!

Endlich hatten sie die zwei Beamten erreicht, deren Augen zu leuchten begannen, als sie den dampfenden Kaffee sahen.

«Hmmm», brummte der alte Dorfsheriff und streckte begierig die Hände aus.

Als Matteo Herrn Kohlmassen gerade vorsichtig einen der Kaffeebecher überreichte, brüllte plötzlich jemand aus der Menge «Buuuuh, Stiefellecker!» und erntete johlende Zustimmung der Umstehenden. Hans Kohlmassen schnaubte, stellte den dampfenden Becher auf dem Autodach ab und ging breitbeinig ein paar Schritte auf die Menge zu. Er wedelte drohend mit seinem Zeigefinger und rief: «Ganz vorsichtig, Sportsfreunde, ich komm euch gleich da rüber!»

Es ertönte vereinzelt höhnisches Gelächter aus der Menge, und eine laute Mädchenstimme rief: «Komm doch her, das will ich sehen!»

Kohlmassens Gesicht nahm eine knallrote Farbe an. «Ihr könnt gerne die Nacht in der Zelle verbringen, hab ich kein Problem mit!», donnerte er über den Platz.

Wieder Gelächter als Antwort.

«Lass gut sein, Hans», flüsterte ihm seine Kollegin zu und zog ihn ein Stück von den Protestierenden weg.

«Die bringen einen doch wirklich auf die Palme», brummte er und warf einen hilflosen Blick auf die jungen Leute, während seine Kollegin ihn zurück zum Wagen führte.

Matteo schüttelte empört den Kopf, und Anette klopfte dem alten Dorfpolizisten mitleidig auf die Schulter.

Da brüllte es direkt hinter ihnen plötzlich: «Zickezacke, Zickezacke – HoT, HoT, HoT!» Alle vier zuckten zusammen, Kohlmassen und seine Kollegin hatten die Hand sofort an der Waffe, Anette sah ihr Leben schon an sich vorbeiziehen, und Matteo ließ vor Schreck das Tablett mit dem Milchkännchen fallen.

Anette war sich sicher, dass sie umzingelt worden waren, jetzt war es aus! Kurz überlegte sie, ob sie die Hände nach oben reißen sollte, um zu signalisieren, dass sie unbewaffnet und zur Kapitulation bereit war. Zum Teufel mit dem blöden Mehrgenerationenhaus! Dann würden diese jugendlichen Bestien eben ihren Treff behalten! Sie würde als Bürgermeisterin zurücktreten und mit Achim aus Hildenberg weggehen … Vielleicht gewährte Heidemarie Bornkemann ihnen im Nachbarort Unterschlupf. Oder nein, noch besser: Sie könnten direkt an den Gardasee auswandern! Je weiter weg von diesen gewaltbereiten Teenagern, desto besser! Vielleicht könnten sie ein Restaurant eröffnen, so wie die Leute vom Speckhouse. Gar keine schlechte Idee! Sie könnte dort ihren berühmten Hackbraten anbieten und nachmittags selbst gebackene Käsesahnetorte und Mohn-Eierlikör-Kuchen! Das würden die deutschen Touristen sicher lieben, man konnte ja schließlich nicht jeden Tag Pizza und Pasta essen. Das wäre doch sicher eine Goldgrube! Und das ganze Theater in Hildenberg würden sie hinter sich lassen, sollte ihretwegen doch die Polat das Rathaus übernehmen! Darauf hatte die es doch wahrscheinlich eh abgesehen!

Während Anette sich ihre Kapitulationsrede bereits im

Kopf zurechtlegte, drehte sie sich langsam um. Doch als sie sich Zentimeter für Zentimeter umwandte, kamen keine vermummten und bewaffneten Jugendlichen in ihr Sichtfeld, sondern – einen Bierkasten zwischen sich – Anettes Sohn und sein Kumpel Memo, der zusammen mit Andi Bauingenieurwesen studierte. Memo kam ursprünglich aus Berlin, und Andi brachte ihn ab und an mit nach Hildenberg, um ihm das Dorfleben zu zeigen. Anette hatte ihn letztes Jahr bei den Hildenberger Tagen, dem mehrtägigen und im Ort äußerst beliebten Stadtfest, kennengelernt.

«Jo, Muttertier, was isn hier los? Machste 'ne Party?», rief Andi und grinste seiner Mutter entgegen.

Jetzt war es an Anette, rot zu werden.

«Das sind mein Sohn und sein Kumpel», zischte sie Kohlmassen zu, der noch immer die Hand an der Waffe hatte und Memo von oben bis unten mit misstrauischem Blick musterte. Dann knöpfte sie sich ihren Sohn vor:

«Du hast uns zu Tode erschreckt, Andreas! Kannst dich doch nicht so von hinten anschleichen, Herrgott noch eins! Und was hast du überhaupt an?»

Andi blickte an sich herunter, als müsste er erst einmal nachschauen, was er überhaupt trug. Trotz des Kälteeinbruchs, der Hildenberg in den letzten Apriltagen erreicht hatte, war Andi nicht wie alle anderen in Mantel oder Übergangsjacke gehüllt, sondern trug lediglich Jeans und T-Shirt.

«Was isn damit?», fragte er und sah seine Mutter ratlos an.

«Ja, haste mal aufs Thermometer geguckt? Es sind zehn Grad! Wenn überhaupt …», sagte Anette streng.

«Ach was! Mir ist warm! Memo und ich gehen jetzt rüber zum Angrillen bei Basti, der hat 'ne neue Bude mit Balkon!»

«Welcher Basti?»

«Na, mein Kumpel aus der Grundschule, du weißt schon. Der war doch früher ständig bei uns!»

«Basti? Sagt mir gar nix!» Anette kramte in ihren Erinnerungen, aber an einen Basti konnte sie sich partout nicht erinnern.

«Die haben damals in der Elisabethstraße gewohnt, hinterm Kindergarten!» Andi trat ungeduldig von einem Bein aufs andere. «Da hast du mich auch mal zum Geburtstag hingefahren!»

«Ach, Bastian Wolfhagen, der Kleine von Marlies und Stefan? Sag das doch gleich!» Jetzt kam ihr ein unscharfes Bild von einem kleinen Jungen mit Zahnlücke und schiefem Grinsen ins Gedächtnis. Der hatte sie immer wahnsinnig auf die Palme gebracht. War kaum zu bändigen gewesen und hatte ihren Andi zu allem möglichen Unfug angestiftet. Einmal hatten sie mit einer selbst gebauten Schleuder, die Basti angeschleppt hatte, auf Anettes Kantenhocker-Figuren im Vorgarten geschossen. Dabei war ihr lustiger Tonwichtel, den Biggi ihr ganz zu Beginn ihrer Freundschaft von einem holländischen Töpfermarkt mitgebracht hatte, zu Bruch gegangen.

«Ja, Basti Wolfhagen! Hab ich doch die ganze Zeit gesagt!» Andi verdrehte die Augen. «Also dann, wir müssen los!»

Andi und Memo wandten sich zum Gehen, doch da fiel Andis Blick auf Matteo Zanetti.

«Ach, Matteo! Ey! Dich kenn ich doch auch! Du warst doch auf meiner Schule, bei meiner Schwester im Jahrgang, oder?», rief er ausgelassen und streckte Matteo die Hand entgegen.

«Hallo, nicht ganz, einen Jahrgang drüber ...», sagte Matteo steif und schüttelte Andis Hand.

«Der Herr Zanetti ist mein Angestellter und hat zu meiner großen Freude die Büroleitung übernommen, das hatte ich dir aber auch erzählt», zischte Anette und machte eine ruckelnde Kopfbewegung, die Andi signalisieren sollte, endlich die Biege zu machen.

Doch der übersah Anettes nonverbale Zeichen geflissentlich.

«Du arbeitest für meine Mutter? Ist ja geil! Sag mal, hattest du nicht damals was mit der Laura? Alter, die ganze Schule stand auf die! Hast du noch Kontakt mit der?»

«Richtig, wir waren drei Jahre zusammen ... Und nein, habe schon länger nichts von ihr gehört», antwortete Matteo knapp und schien sich sichtlich unwohl zu fühlen. Sein Blick wanderte sehnsüchtig zum Rathausportal.

«Willste mit zum Angrillen kommen? Ist doch Freitagmittag, da kann meine Mutter die Ketten ja auch mal 'n bisschen früher lockern, oder?» Andi schielte zu seiner Mutter rüber, deren Gesicht eine wächserne Maske geworden war.

«Nein danke. Wir haben hier noch ein bisschen was zu tun, aber sehr nett ... Danke für die Einladung!»

«Ja, bisschen was zu tun, das seh ich.» Andi grinste und wandte sich dann an seinen Kumpel. «Meine Mutter will den Jugendtreff im Ort plattwalzen, und jetzt ist hier richtig der Krieg ausgebrochen!»

«Plattwalzen? Wieso das denn?», fragte Memo und besah sich die Demonstration, die langsam etwas lichter wurde.

Anette riss den Mund auf, doch Andi kam ihr zuvor.

«Erzähl ich dir gleich, Basti schreibt eine Nachricht nach

der anderen und fragt, wo wir bleiben.» Er zeigte Memo den Bildschirm seines Handys. «Mama, wir sehen uns dann später oder wahrscheinlich eher morgen früh. Memo pennt bei uns, viel Spaß noch!»

«Bis später, Frau Ahlmann», sagte Memo, und die beiden zogen von dannen, den klirrenden Bierkasten zwischen sich.

«Ähm … ja, gut, dann gehen wir wohl mal wieder rein, Herr Zanetti», sagte Anette peinlich berührt.

Matteo, ebenfalls mit geröteten Wangen, nahm die leeren Kaffeebecher von Hans Kohlmassen und seiner Kollegin entgegen, die dem Gespräch zwischen Anette und ihrem Sohn mit mäßig interessierten Mienen gelauscht hatten.

«Dank dir für den Kaffee, Anette! Guck mal, scheint sich ja so langsam aufzulösen hier. Ich sag doch, dass die keinen langen Atem haben, manchmal lohnt es sich, so was einfach auszusitzen.» Kohlmassen tippte sich kurz an die Mütze und lehnte sich dann wieder mit verschränkten Armen an seinen Dienstwagen.

Anette und Matteo verabschiedeten sich und stiefelten eilig an dem harten Kern aus noch anwesenden Demonstrantinnen und Demonstranten vorbei ins Rathaus. Vielleicht hatte der Kohlmassen recht, überlegte Anette im Stillen, wahrscheinlich sollte sie das Ganze nicht so überbewerten! Das war jetzt ein letzter, verzweifelter Versuch von Larissa Polat und ihren Anhängern gewesen … Die würden schon merken, dass sie sich an ihr die Zähne ausbissen, und schließlich klein beigeben! Und wenn erst einmal das Mehrgenerationenhaus stand, würde die Polat reumütig bei ihr angekrochen kommen und sie um Verzeihung bitten!

Zurück im Büro stand Anette noch ein paar Minuten am

Fenster und beobachtete, wie die Demonstration sich nach und nach auflöste. In kleinen Grüppchen strömten die Jugendlichen in alle Richtungen davon, einige schlenderten dabei betont langsam und provokant über die Straße neben dem Rathausvorplatz und reckten noch ein letztes Mal ihre Schilder in die Höhe. Der Verkehr, der sich gerade erst wieder einigermaßen normalisiert hatte, geriet erneut ins Stocken, und lautes Hupen ertönte. Besonders eilig hatte es offenbar der Fahrer eines anthrazitfarbenen Zafiras ganz am Ende der Autoschlange, er hupte wie verrückt und gestikulierte wild aus dem geöffneten Fenster.

Hans Kohlmassens positive Prognose sollte sich nicht bewahrheiten. Stattdessen versammelten sich in den folgenden Wochen jeden Freitag Kinder und Jugendliche mit Protestschildern vorm Rathaus, und von Woche zu Woche wuchs die Menge. An normales Arbeiten war freitags ab 11 Uhr nicht mehr zu denken, und ständig standen Abteilungsleiter aus den verschiedensten Stockwerken bei Anette im Büro auf der Matte und beschwerten sich. Außerdem tauchten mittlerweile an allen Ecken und Enden der Stadt «HoT bleibt»-Sticker auf. Egal, an welchem Laternenpfahl oder Stromkasten Anette vorbeilief, alles brüllte ihr Randale entgegen. Und zu allem Überfluss war auch noch ein weiterer dieser besonders fiesen Sticker aufgetaucht!

«Ahlmann, mach die Biege!», prangte eines Tages an ihrem Briefkasten. Achim, der wie jeden Morgen in aller Herrgottsfrühe die Zeitung reinholen wollte, hatte den Sticker entdeckt und mit einem wütenden Schnauben sofort abgeknibbelt. Genau wie der Sticker auf Anettes Auto ließ er sich recht einfach abziehen, hinterließ aber trotzdem einen unschönen Kleberest auf dem ansonsten glänzend polierten Edelstahl-Briefkasten der Ahlmanns.

Auch die Gräben zwischen jungen und alten Hildenbergen wurden tiefer! Petra entschuldigte sich eines Abends nach dem Yogakurs völlig verzweifelt bei Anette für das Verhalten ihrer Tochter Finja, die offenbar eine der Rädelsführerinnen der wöchentlichen Proteste war.

«Ich weiß auch nicht, was in sie gefahren ist, Anette, ich kann mir das nicht erklären! Das muss der schlechte Einfluss da in diesem Treff sein», erklärte sie Anette inbrünstig. «Ich möchte nur, dass du weißt, der Thomas und ich, wir heißen das nicht gut!»

Frau Meier und Frau Feldhaus ergingen sich jedes Mal, wenn sie Anette trafen, in Schimpftiraden über die undankbaren jungen Leute, und Ralf hatte – trotz Anettes Verbot – einige seiner «Das HoT muss weg»-Aufkleber im Bekanntenkreis verteilt, sodass jetzt auch auf Bertrams silbernem Volvo ein Exemplar prangte.

Der einzige Ü40-Hildenberger, der sich nicht umstandslos auf Anettes Seite schlug, war Biggis Ehemann Jörg. Anette hatte sich bei ihm erkundigt, wie das mit den Demonstrationen eigentlich in der Schule gehandhabt wurde. Schließlich schienen die Protestteilnehmerinnen und -teilnehmer ja nun mittlerweile seit mehreren Wochen freitags die Schule zu schwänzen. Jörg arbeitete als Biologie- und Techniklehrer an der Realschule im Nachbarort, und Anette wusste von Petra, dass ihre Tochter Finja dort die zehnte Klasse besuchte.

«Nun ja», hatte Jörg vorsichtig angesetzt, «das ist gerade ein recht heikles Thema bei uns im Lehrerzimmer. Eigentlich haben wir die Anweisung bekommen, Fehlzeiten einzutragen, aber ich und auch einige meiner Kolleginnen drücken da ein Auge zu ...»

«Wieso das denn?», hatte Anette ihn wütend angefahren, woraufhin Jörg mit einem Schulterzucken geantwortet hatte: «Das ist nun mal gelebte Demokratie, Anette. Die Kids stehen für etwas ein, das ihnen wichtig ist, genauso wünsche ich mir das als Pädagoge, und ich möchte den Abschluss der Schülerinnen und Schüler nicht riskieren. So gravierende Fehlzeiten können die Kopf und Kragen kosten ...»

Achim hatte getobt, als Anette ihm später von dem Gespräch mit Jörg erzählte.

«Gelebte Demokratie? Dass ich nicht lache! Ich geh da gleich rüber und zeig dem mal, was gelebte Demokratie ist. Der hat ja wohl nicht mehr alle Latten am Zaun! Und welche Abschlüsse überhaupt? Seit wann braucht man für 'ne Drogenkarriere 'n Abschluss?» Zu Anettes Entsetzen hatte er sogar mit der Faust auf den Wohnzimmertisch gehauen.

Zwischen Anette und ihrer Tochter Annika herrschte währenddessen weiterhin Eiszeit. Telefonierten die beiden sonst mindestens einmal in der Woche, war nun Funkstille angesagt. Annika rief von sich aus nicht mehr an, und wenn Anette bei Annika auf dem Handy anrief, gab diese sich wortkarg und beendete das Gespräch meist nach ein paar Minuten mit fadenscheinigen Ausreden. Der schwelende Konflikt mit Annika war für Anette das Schlimmste an dem ganzen HoT-Drama! Auf die Unterstützung ihrer Tochter hatte sie sich sonst immer verlassen können, und ohne diese fühlte sie sich irgendwie seltsam verloren. Von Achim war wie immer nur wenig Verständnis zu erwarten. Als Anette ihm erzählte, wie sehr die unterkühlte Stimmung zwischen Annika und ihr sie belastete, zuckte der nur mit den Schultern und meinte: «Die kriegt sich schon wieder ein! Sonst wird se enterbt!»

Die Einzige, die Anettes Leid wirklich nachvollziehen konnte, war Biggi. Ihre beste Freundin hörte sich ihr Klagen mit ernstem Gesicht an und tätschelte ihr mitfühlend den Rücken, denn auch sie hatte gerade wenig Kontakt zu ihrer Tochter, da diese mit dem Erasmus-Programm ein halbes Jahr in Bologna studierte.

«Ab und an krieg ich mal ein Foto per WhatsApp, die muss da die Zeit ihres Lebens haben, Netti! Bin ja schon ein bisschen neidisch, vielleicht studier ich auch noch mal was!», erzählte Biggi, und auf ihr Gesicht trat ein träumerischer Ausdruck.

Während Biggi mit glasigen Augen davon plapperte, wie das wohl wäre, wenn sie sich an der Universität einschreiben und das Campusleben genießen würde, hing Anette ihren eigenen Gedanken nach. Dass ihr Amt als Bürgermeisterin und der Abriss des Jugendtreffs so große Auswirkungen auf ihr Privatleben nehmen würden, hätte sie niemals gedacht. Klar, dass Achim grummelig sein würde wegen ihrer unberechenbaren Arbeitszeiten, das hatte sie schon einkalkuliert. Aber dass sie sich für jede politische Entscheidung jetzt auch noch vor der eigenen Familie rechtfertigen musste … Das ging doch wohl wirklich nicht! Ihr wurde ganz unwohl, wenn sie an nächstes Wochenende dachte. Da würde die ganze Familie seit langer Zeit endlich mal wieder zusammenkommen. Hoffentlich gab es da keinen Krach! Das konnte sie wirklich nicht gebrauchen.

«Schluss jetzt!», sagte Biggi energisch, als Anette das Gesprächsthema vorsichtig wieder auf ihre Sorgen lenkte. «Die Annika wird sich nächstes Wochenende schon zusammenreißen, sonst nehm ich sie mal zur Seite, Netti. Mach dir keine Gedanken Wir lassen es so richtig krachen und vergessen alles andere! Hab schon ordentlich was vorbereitet, du wirst Augen machen! Aber ich verrate nix! Das wird 'ne Überraschung!»

KAPITEL 7

Nackte Tatsachen

Schwungvoll ließ Achim den Zafira auf den Parkplatz des Kegelklubheims rollen, sodass aus dem Kofferraum das Rutschen und Rumpeln von Kisten zu hören war.

«Vorsicht, Achim», ermahnte ihn Anette und warf einen besorgten Blick nach hinten, obwohl sie vom Beifahrersitz aus natürlich nicht erkennen konnte, ob es den Klappboxen und Körben sowie deren Inhalt im Kofferraum noch gut ging.

Achim gluckste nur, steuerte den Wagen zielstrebig auf einen Parkplatz direkt vorm Eingang und bremste so sanft wie möglich ab. «So besser?», fragte er und sah zu Anette hinüber.

«Viel besser!», antwortete sie. «Meine Güte, von außen sieht das Klubheim wirklich von Tag zu Tag trostloser aus, was?» Sie blickte durch die Frontscheibe auf das schäbigbraune Gebäude und schüttelte den Kopf.

«Da haste recht», brummte Achim, «aber wie wir wissen, ist ja drinnen noch alles tippi toppi, und das ist ja die Hauptsache!»

Dass drinnen alles tippi toppi war, empfand Anette nun doch als leichte Übertreibung. Der Hildenberger Krug war vor zig Jahren mal eine belebte Kneipe gewesen, in deren Keller sich eine Kegelbahn befand. Doch obwohl der Krug immer recht gut lief, machte er eines Tages dicht. Niemand in Hildenberg wusste so richtig, warum, und so entstanden über die Jahre die wildesten Gerüchte. Mal war der Wirt nach

Argentinien ausgewandert und lebte dort auf einer Rinder-Ranch, dann wieder hieß es, er sei von dubiosen Kriminellen mit Mafia-Verbindungen zur Geschäftsaufgabe gezwungen worden. Biggi meinte, mal gehört zu haben, dass der Inhaber mit hohen Beträgen in der Spielhalle im Nachbarort in der Kreide stand und deswegen abgehauen war. Jedenfalls war der Krug von einem Tag auf den anderen geschlossen worden – und als Wochen später dann auch noch ein Feuer ausbrach, das den Schankraum zerstörte, explodierte die Gerüchteküche Hildenbergs regelrecht. Die meisten davon entpuppten sich natürlich als absolute Hirngespinste. Doch eines hielt sich hartnäckig: Der ehemalige Besitzer war angeblich auf Mallorca gesehen worden. Und damit nicht genug. Es hieß, er betriebe dort gemeinsam mit einer zwanzig Jahre jüngeren Frau einen gut laufenden Fischpediküre-Salon.

Anette, die als junge Frau auch öfter im Krug gewesen war, konnte diesen Gerüchten wenig abgewinnen. Für sie und Achim bedeutete die Schließung des Krugs in erster Linie, dass ihnen ihr gemeinsames Hobby geraubt wurde: das Kegeln.

Ein Jahr lang hatte das Gebäude wegen des Brandes nicht betreten werden dürfen. Die Behörden ließen sich quälend lange Zeit, ihre finalen Gutachten vorzulegen. Doch dann kam irgendwann Bewegung in die Sache, und das Haus wurde als nicht bewohnbar eingestuft – mit Ausnahme des Kegelkellers. Der konnte bestehen bleiben. Weil aber auf die Schnelle kein Investor gefunden werden konnte, der ein Haus renovieren wollte, in dessen Keller jede Woche gekegelt wurde, stand es seitdem leer und rottete vor sich hin.

Hin und wieder tauchten deshalb Schäden auf, die die Stadt provisorisch flicken musste, was den Kegelklub regelmäßig in eine Zwangspause schickte. So auch kürzlich wieder. Über Monate war die Bahn stillgelegt gewesen. Anette hatte damit anfangs gar kein Problem gehabt: Ihr Job im Rathaus fraß schon genug Zeit. Doch allmählich merkte sie, dass ihr und ihrem Mann das gemeinsame Hobby fehlte. So war sie jetzt guter Dinge, als sie endlich wieder die braun gefliesten Treppenstufen in den Keller hinuntersteigen konnte. Während des Abstiegs hielt sie sich gut am tiefbraunen, abgegriffenen Holzgeländer fest, hinter ihr Achim, beladen mit zwei Klappkisten voller Partydeko. Heute wurde gefeiert! 35 Jahre waren Achim und Anette nun verheiratet, und das hieß: Leinenhochzeit mit allem Drum und Dran!

«Mensch, sind wir etwa die Ersten?», rief Achim fragend in den Raum mit der Kegelbahn, als sie ihre Jacken dort an einen der Messing-Kleiderhaken hingen, und erntete ein Kichern von Anette. Die Ersten ... der war gut. Natürlich waren sie die Ersten, schließlich hatten sie hier noch ordentlich zu tun, bis am Abend die Gäste eintrudeln würden. Andi und Annika mussten allerdings auch gleich eintreffen, Anette hatte sie bei der Freiwilligen Feuerwehr vorbeigeschickt, um die Musikanlage abzuholen.

Achim stellte die beiden bunten Klappkisten schwungvoll auf dem ausladenden Ecktisch ab. Das massive Exemplar Hildenberg'scher Schreinerkunst nahm den halben Raum ein und stand so versetzt, dass er den Sitzenden einen perfekten Blick auf die braune, blitzeblank gebohnerte Kegelbahn bot. Über dem speckigen Tisch hing eine ebenso massive Lampe, deren Lampenschirm aus dickem, gelblichem Glas bestand, das von rostfarbenem, verschlungenem Messing eingefasst war und den Raum in öliges Licht tauchte. Die schummrige Beleuchtung löste in Anette wohlige Vertrautheit aus. So viele gute Abende hatten sie hier verbracht, dachte sie selig, und heute sollte eine weitere schöne Erinnerung dazukommen! Aber vorher musste hier noch einiges passieren. Achim marschierte bereits wieder die Treppe hoch, um die restlichen Klappkisten und Körbe aus dem Auto zu holen, also machte sich Anette daran, die Boxen auszuräumen. Teelichter, Strohhalme – aus Glas, sonst würde es wieder Krach mit Annika geben –, Gläser für Teelichter, weiße Servietten, auf denen mit verschnörkelten Buchstaben ‹Schön, dass wir gemeinsam Zeit verbringen› geschrieben stand. Der Schriftzug hatte verschiedene Rottöne und war von Konfetti umrahmt. Anette war völlig aus dem Häuschen gewesen, als sie diese Exemplare im Drogeriemarkt gefunden hatte. Endlich mal was Originelles, witzig, aber doch stilvoll und nicht immer die gleichen rosa-pastellfarbenen Servietten mit Schmetterling oder Flamingo, die sie noch zu Tausenden zu Hause hatte. Heute war ein besonderer Tag, und das sollte man auch merken!

Jetzt nahm sie aber erst mal die große weiße Tischdecke aus der Klappkiste und versuchte, sie über dem massiven Tisch auszubreiten. Die Tischdecke war ihr ganzer Stolz, denn sie hatte eine besondere Eigenschaft: Sie sah zwar aus wie eine stinknormale weiße Stofftischdecke mit leichten Rüschen am Rand, doch sie war trotzdem abwaschbar! An einem Abend wie heute fiel immer mal ein Glas um, und zack, war ein unschöner Fleck auf der Tischdecke. Bei ihren alten Tischdecken hatte sie dann den ganzen Abend quasi nirgendwo anders mehr hinsehen können. Da war die neue Decke doch tausendmal praktischer!

Als sie es geschafft hatte, die Decke alleine auszubreiten, kam Achim durch die Tür geschlurft und machte Anstalten, die nächsten zwei Kisten dort abzustellen, wo er die letzten beiden bereits hingestellt hatte: auf den Tisch.

«Heeee, nicht auf die frische Tischdecke!», rief Anette und wedelte wild mit den Armen.

«Mensch Meier, wohin denn dann, auf'n Boden? Dann hab ich schneller Rückenschmerzen, als du Ischias sagen kannst!», beschwerte er sich und stellte die Kisten murrend auf der Eckbank ab. «Ich verstehe eh nicht, warum wir so viele Vasen und das ganze Blumengedöns brauchen, das schmeißen wir doch morgen sowieso wieder weg!»

«Das nennt man Deko, Achim! Es soll doch nach was aussehen, wenn Familie und Freunde zusammenkommen, um mit uns zu feiern!», entgegnete Anette energisch, obwohl sie wusste, dass sie da auf verlorenem Posten kämpfte. In diesem Leben würde aus Achim wohl kein Inneneinrichter mehr werden.

«Wenn's nach dir ginge, hätten wir ja nicht mal eine Tischdecke oder Servietten, Achim!»

«Hier gibt's Servietten!», sagte Achim und zog aus einem Schrank einen Stapel halb zerfledderte weiße Imbiss-Servietten, die das Logo einer Sprudelmarke auf den Ecken trugen. Er wedelte mit dem flattrigen Bündel und rief: «Gratis!»

«Die kannste doch keinem hinlegen! Komm, hilf mir mal, die Tischdecke richtig zurechtzurücken, dafür braucht man vier Hände.»

Und schon war der Zwist wieder vergessen. Für Anette

war das das Geheimnis ihrer Ehe: Sie mochten zwar ab und an anderer Meinung sein, doch schlussendlich waren sie ein gutes Team, und jeder wusste eben, wann er nachgeben musste.

Während Anette die Deko verteilte, öffnete Achim dem Getränkelieferanten die Tür und überwachte das Verladen der Getränke vom Kühltransporter in die Kühlschränke des Nebenzimmers, in dem sich auch eine kleine Bar mit Zapfhahn befand. Die zwei jungen Männer hatten gut zu schleppen, denn die Treppe hatte viele Stufen, und obwohl sie eine Sackkarre hatten, war vor allem das 30-Liter-Fass Bier doch ordentlich schwer und nur umständlich die enge Treppe hinunterzumanövrieren.

«Zack, zack, nicht dass die Kühlkette unterbrochen wird und wir den guten Stoff vernichten müssen!», posaunte Achim und erntete ein gequältes Lachen der beiden Männer.

In dem Moment rief eine Stimme von draußen die Treppe hinunter: «Hah, die Getränke werden geliefert, da kommen wir ja gerade richtig!»

Andi war da! Und er war nicht alleine. Zusammen mit Annikas Freund Jonas trug er eine schwere Musikbox die Kellertreppe hinunter. Annika kam wenig später hinterher und schleppte den dazugehörigen Ständer.

«Passt auf, die Treppe ist total steil!», rief Anette, ein Anflug von Panik in ihrer Stimme.

«Pah, die Treppe bin ich schon mit zwei vollen Weizengläsern runtergelaufen und hab dabei doppelt gesehen, Muddi», feixte Andi und erntete ein breites Grinsen von Jonas.

«Das hab ich jetzt mal nicht gehört!», sagte Anette und umarmte dann umständlich ihre Tochter, die immer noch den großen Aluminiumständer für die Lautsprecher in den Händen hielt. «Schön, dass ihr da seid!»

«Hallo, Mama,» begrüßte Annika ihre Mutter recht kühl, zwang sich dann aber zu einem schmalen Lächeln. «War ganz schön was los auf der Autobahn, das sag ich dir!»

«Glaub ich! Du, komm mal her und sag mir, wie du's schöner findest, die Blumen so in die Vase und dann mittig in einer Reihe oder eher verteilt?»

Die beiden machten sich ans Werk, arrangierten von rechts nach links, hatten Ideen und verwarfen sie wieder. Andi und Jonas brachten derweil weiteres Musik- und Lichtequipment in den Keller. Achim stand an der Tür und trug die Verantwortung, das schwerste Päckchen von allen. Mit Argwohn beäugte er all das technische Zeugs, das Andi und Jonas angeschleppt hatten. Obwohl er prinzipiell nichts gegen eine ordentliche Anlage hatte, fragte er irgendwann: «Findet hier heute Abend etwa noch ein Überraschungs-Rockkonzert statt, oder was?» Er lachte lauthals über seinen eigenen Witz. «Jonas, du hast doch jetzt nicht heimlich 'ne Band gegründet, extra für den Anlass, oder?», witzelte Achim weiter und drosch dem Freund seiner Tochter einen Tacken zu stark auf die Schulter. Jonas lachte nicht, schaute ihn nur mit großen Augen an und murmelte verlegen, dass er keine Band habe und nur auflegen würde, in Frankfurt, ab und zu in einer Bar. Er erzählte irgendwas von Deephouse und dass er hin und wieder einspringen dürfe, wenn der DJ nicht aufkreuzte. Achim war allerdings schon bei Deephouse ausgestiegen. Seiner Meinung nach redete dieser Jonas etwas zu viel. Und über seinen Witz mit der Band hatte er auch nicht gelacht. Na, das konnte ja was werden. Doch im Moment gab es Wichtigeres: Der Buffettisch musste aufgestellt werden, denn schon bald würde Giovanni mit dem Essen kommen, und dann musste hier alles fertig sein.

«Netttiiiiii», erklang es plötzlich laut und schrill vom Treppenaufgang herunter. Das wuselige Treiben im Kegelkeller hielt kurz inne, dann schaute auch schon Biggis blonder Haarschopf durch die Tür.

«Meeeensch, ihr wart ja schon fleißig!», krakeelte sie und schloss ein «Weitermachen!» an. Anettes Puls beschleunigte sich, allerdings nicht vor Freude. Was machte Biggi denn hier? Natürlich hatte sie, als Anettes beste Freundin, ihr in den letzten Wochen sicher tausend Mal ihre Hilfe angeboten, jedoch hatte Anette diese ebenso oft ausgeschlagen. Nicht aus Koketterie, sondern weil sie eben auch gerne selbst dekorierte – was nicht möglich war, wenn Biggi erst einmal loslegte. Die war wie ein Dekorations-Tornado und hinterließ immer eine Schneise aus Glitzerpuder, silbernem Plastikkonfetti, hüfthohen Dekokerzen mit Batteriebetrieb und Wandbehängen. Nicht dass Anette was gegen Biggis Stil gehabt hätte, nein, aber manchmal wollte sie eben auch eigene Ideen umsetzen und einer Feier ihren eigenen Stempel aufdrücken.

«Jaaa, Netti, da staunste, was», meinte Biggi munter und grinste in die Runde.

Anette lachte zittrig. «Ja, Mensch … Was treibt dich denn schon her?»

«Keine Angst, bin gleich wieder weg», sagte Biggi und winkte mit der Hand ab. «Nur ein paar Utensilien für heute Abend, damit ich die nachher nicht durch ganz Hildenberg schleppen muss. Aber nicht in den Korb schauen, ja?» Sie stellte eine Klappkiste, über die ein Handtuch gelegt war, im Nebenzimmer ab.

«Na, da bin ich aber gespannt, was du dir da wieder ausgedacht hast», meinte Anette und sprang Jonas und Andi aus dem Weg, die eine der großen Musikboxen auf den Ständer hievten, der von Annika gehalten wurde.

Biggi raunte verschwörerisch: «Du, das darfste auch sein!», und zog eine silberne Fotogirlande aus dem Jutebeutel, den sie über der Schulter hängen hatte. «Aber die erste Überraschung kommt jetzt schon, schau mal!»

An der silbernen Girlande hingen bunte Ösen, und an jeder einzelnen von ihnen war jeweils ein Foto in einer Plastikhülle befestigt. Jedes einzelne Foto zeigte: Anette und Achim. Anette und Achim im Pool. Anette und Achim vor fünf Jahren am Strand. Anette und Achim vor zwanzig Jahren am Strand. Anette, Achim, Biggi und Jörg im Spessart. Anette, Biggi, Jörg und Achim auf Segwaytour im Spreewald.

«Mensch, Biggi! Achim, schau mal!», rief Anette über die Schulter, und ihr Mann kam aus dem Nebenraum gelaufen. Anette hielt ihm die Fotogirlande hin. Insgesamt sicher vierzig oder fünfzig Fotos! Anette war gerührt, und trotzdem warf sie einen nervösen Blick auf ihre Armbanduhr – es gab noch so viel zu tun!

«Das ist ja was, Mensch, Biggi, danke! Ich guck mir das später alles ganz in Ruhe an, ja? Kannste die selbst aufhängen? Ich muss da vorne noch freiräumen fürs Buffet!»

Sie umarmte ihre Freundin und wuselte dann ans andere Ende des Raums, während sich Biggi mit Hammer und Nägeln bewaffnete, um die Girlande aufzuhängen.

Entgegen Anettes Befürchtungen war ihre Freundin wenige Augenblicke später bereits wieder verschwunden, die Girlande hing prominent quer über der Kegelbahn, und Familie Ahlmann plus Anhang konnte in Ruhe die letzten Handgriffe im Kegelkeller verrichten. Wobei in Anettes Innerem nicht wirklich Ruhe herrschte, immer wieder warf sie nervöse Blicke auf ihre Uhr. Kurz bevor um 19 Uhr die ersten Gäste eintreffen sollten, würde Giovanni wie abgesprochen das mediterrane Buffet anliefern. Und davor mussten sie alle noch mal nach Hause und sich schick machen. Was bei fünf Leuten ein ganz schönes Durcheinander geben würde. Wieder checkte Anette die Zeit! 17 Uhr! Es würde klappen, wenn auch knapp.

Und das tat es. Um halb sieben saß die komplette Familie Ahlmann plus Jonas gebügelt und gestriegelt im Zafira. Jonas hockte hinten in der Mitte zwischen Annika und Andi, die langen Beine hochgezogen und angewinkelt, sodass seine Knie noch mehr als sonst durch seine zerrissene Jeans stachen. Anette hatte Achim extra zur Seite genommen und ihm eingebläut, sich seine Sprüche zu Löchern in den Jeans heute einmal zu sparen. Und bisher hatte er sich daran gehalten. Annika zu Jonas' Rechten war leicht schwindelig, da ihr Bruder seit Kurzem in einer extremen Parfüm-Phase steckte und es mit seinem Bruno Banani so dermaßen übertrieben hatte, dass man im Auto kaum Luft bekam. Ihre blaue Jeans hatte auch ein, zwei Löcher, jedoch nicht so groß wie die von Jonas. Dazu trug sie ein dunkles Neckholder-Top mit Pailletten und darüber einen Blazer mit gerafften Ärmeln. Die Ballerinas hatten zwar schon bessere Tage gesehen, aber das war schließlich auch ein Abend, an dem getanzt werden sollte, und so hatte sie sich gegen die hohen Schuhe entschieden. Andi sah aus wie auf den Fotos von den Studentenpartys, auf denen er immer mal wieder auf Instagram verlinkt wurde. Bunt kariertes Hemd, dunkelblaue Jeans, weiße Sneaker. Und so fuhren sie eng gequetscht mit jeweils einer Schüssel Nachtisch auf dem Schoß Richtung Kegelklubheim.

Wie geplant schlug Giovanni Zanetti um Viertel vor sieben mit seinen zwei Mitarbeitern vom Catering auf. Freudig begrüßte Anette den Vater ihres Sekretärs mit großem Hallo und wies Andi und Jonas an, beim Ausladen zu helfen

«Geht dem Herrn Zanetti mal ein bisschen zur Hand, ihr zwei!»

«Ahhh, Frau Ahlmann, lassen Sie doch. Das machen meine Leute. Aber gucken Sie mal hier, wir haben noch zwei Flaschen von unserem Hauswein für Sie, bitte schön», sagte Giovanni und überreichte Achim und Anette jeweils eine Flasche.

«35 Jahre, das ist ganz schön lange, da kann man eine Flasche Rotwein am Abend doch schon mal ganz gut gebrauchen, oder?», rief er und zwinkerte in Achims Richtung.

Anette schoss das Blut in den Kopf. Was sollte das denn bedeuten? Doch statt nachzufragen, fiel sie ausgelassen in das Lachen der beiden Männer ein.

«Herr Zanetti, bleiben Sie doch zur Feier!», schlug sie vor und legte ihm eine Hand auf den Arm.

Er hob abwehrend beide Hände: «Nicht doch, Frau Ahlmann, das ist wirklich nicht nötig. Es kommen doch sicher sowieso schon viele Leute!»

«Ach, haben Se sich nicht so. Je mehr, desto lustiger wird es!» Anette war natürlich längst nicht so spontan, wie sie jetzt tat. In Absprache mit Achim hatte sie sich diese vermeintlich spontane Einladung bereits Wochen vorher im Kopf zurechtgelegt.

«Wirklich nicht, ich muss wieder zurück in den Laden, die Pizzen backen sich nicht von alleine», erwiderte Giovanni Zanetti lachend, doch in seinem Gesicht stand Unbehagen.

Achim ging darüber hinweg, legte den Arm um ihn und sagte: «Ach, Ihr Koch und die nette Aushilfe, die Se jetzt haben, kommen doch auch mal ein paar Stündchen ohne Sie aus. Wir beide trinken jetzt das erste Bierchen zusammen, und danach können Se sich ja immer noch ausm Staub machen.»

Wie ein unwilliges Kind zum Arzt geleitete Achim Giovanni Zanetti mit festem Griff in Richtung Bar. Währenddessen trugen seine Gehilfen zusammen mit Jonas und Andi Platte um Platte, Pizzakarton um Pizzakarton in den Keller. Immer wenn sie den Wagen fast leer hatten, tauchte wie von Zauberhand noch eine weitere Platte Rindercarpaccio auf. Jonas und Andi verstauten die Reserveplatten im Nebenzimmer, wo immer sie Platz fanden, und die Kollegen von Giovanni begannen damit, die Frischhaltefolie von den silbernen Speiseplatten zu nehmen und das Buffet anzurichten. Massen an frischem Pizzabrot wurden aus noch dampfenden Pizzakartons genommen und aufeinandergestapelt. Anette blickte zufrieden auf die Buffettische, als sie fertig waren. Die meisten Gäste rechneten sicher damit, dass es die übliche Fleisch- und Gemüseauswahl von Partyservice Ewering geben würde, aber nicht mit Anette Ahlmann! Ihre pfiffige

Idee, ein mediterranes Buffet zu ordern, würde heute Abend einige zum Staunen bringen, das war so sicher wie das Amen in der Kirche.

Wenige Minuten später, Giovanni bekam gerade das aufgezwungene Bier überreicht, kündigten sich die ersten Gäste an.

«Hier, perfekte Krone, kannst mich bei dir im Ristorante hinter die Bar stellen!», feixte Achim und stieß mit Giovanni an, als plötzlich hinter ihm eine dröhnende Stimme ertönte.

«Mensch, Bruderherz, wen haste denn das zapfen lassen, 'nen Blinden?»

Achim wirbelte herum: Ralf, natürlich.

«Du hättest es sehen sollen, bevor er den ersten Schluck genommen hat!», entgegnete er grimmig. «Das hatte die perfekte Krone. Perfekt, sag ich dir. Oder, Herr Zanetti?»

«Jaja, perfekt!», antwortete der pflichtschuldig.

Bevor Ralf seinem Bruder den nächsten Spruch drücken konnte, wummerte plötzlich in ohrenbetäubender Lautstärke «UND JETZT ALLE ZUSAMMEN!» aus den Lautsprechern. Achim wäre fast das Bierglas aus der Hand gefallen.

«Entschuldigung!», rief Andi hinter dem DJ-Pult hervor. Wobei DJ-Pult nicht ganz zutraf. Es handelte sich um einen kleinen Tisch, der mithilfe von vier Bierkästen so erhöht worden war, dass man im Stehen am Laptop Musik abspielen konnte. Anette war völlig baff gewesen, als sie die Konstruktion gesehen hatte. Zu ihrer Zeit hatten die DJs immer ganze Koffer voller CDs oder Platten durch die Gegend getragen. Was die Technik alles möglich machte, überraschte sie immer wieder. Und dass Andi das alles so durchstieg, zeigte ihr mal wieder, dass sie richtiglag mit ihm: Wenn er wollte, konnte er! Sie hatte es immer gesagt.

«War nur der Soundcheck!», entschuldigte ihr Sohnemann sich jetzt lautstark und ließ gleich darauf im Hintergrund leise den ersten Track von Robbie Williams' *Escapology* laufen, das Anette so mochte.

Dann ging es Schlag auf Schlag. Um Punkt 19 Uhr wurde es hektisch auf der Treppe zum Kegelkeller. Gisela aus dem Lädchen, Achims Tante Gerda mit Mann, Babsi vom Yoga, ebenfalls mit Anhang, Bertram und Claudia, Matteo, Harald, Anettes Cousine und ihr Mann aus dem Nachbardorf betraten den Partykeller, und schließlich, mit zwanzig Minuten Verspätung – «Unmöglich», raunte Anette Achim zu –, auch Biggi und Jörg. Annika und Jonas reichten den Ankömmlingen Sekt und Sekt-O, wobei Jonas dafür zuständig war, die Korken knallen zu lassen, während Annika mit dem Tablett herumging.

«Du, sag mal, haste Petra und Thomas gar nicht eingeladen?», wisperte Biggi in Anettes Ohr, während ihre Augen suchend durch den Partykeller huschten.

«Nee, weißte doch, deren Tochter war ganz vorne mit dabei bei den Demos! Petra meinte zwar, sie fände das nicht gut, aber zur Räson gebracht hat se die ja anscheinend nicht. Nee, das muss ich nicht haben», antwortete Anette ebenfalls sehr leise und ging direkt weiter, um Bertram und Claudia zu begrüßen.

Lautes Stimmengewirr hallte nun durch den Kegelkeller und übertönte die Musik. Sektflöten klirrten, ein würzig-süßlicher Geruch von Orangensaft, Alkohol und Rindercarpaccio lag in der Luft, Achim unterhielt sich angeregt mit Babsi, deren Mann hatte sich zu Onkel Ralf und Giovanni Zanetti gesetzt. Claudia, Matteo und Harald verstauten umständlich ihre Jacken an der Garderobe, während die Verwandtschaft von Anette und Achim sich bereits Plätze am Tisch reservierte, indem Handtaschen über Stuhllehnen gehängt und volle Biergläser neben die noch leeren Teller gestellt wurden. Egal, wo Anette hinsah, sah sie vertraute Gesichter. So hatte sie es sich vorgestellt.

Sie ging zu Babsi hinüber, schnappte Achim mit einem «Dich brauch ich mal kurz!», stellte sich mit ihm vor den Buffettisch, hinter dem Giovannis Angestellte Aufstellung genommen hatten, und schlug mit ihrem Ehering gegen das Sektglas in ihrer Hand. Es wurde augenblicklich ruhiger. Nur die Musik trällerte fröhlich weiter.

«Andi! Mach mal Silenzio, bitte», rief Achim streng. Konzentriert drehte Andi an der Musikanlage einen Schalter, und Robbie Williams verstummte.

Anette setzte an: «Herzlich willkommen, meine Lieben! Wie schön, dass ihr alle da seid. Ich will's auch nur ganz kurz halten, da ich ja hier schon in das ein oder andere hungrige Gesicht schaue!»

«Wir sind eh nur wegen Giovannis Essen da!», rief Ralf dazwischen, und alles lachte laut. Herr Zanetti senior grinste betreten.

«Gibt's bei dir zu Hause nix zu essen?», konterte Achim.

«Nee, hab mich doch scheiden lassen, Bruderherz», warf Ralf zurück, und wieder lachte alles.

«Jedenfalls», nahm Anette den Versuch einer Eröffnungsrede wieder auf, «wollten wir Danke sagen, dass ihr alle gekommen seid. Danke auch an Giovanni Zanetti und sein

Team für das wunderbare Essen. Dank Ihnen muss hier heute Abend niemand verhungern, nicht mal Ralf!»

Alles lachte. Treffer versenkt, dachte Anette zufrieden.

«Im Nebenzimmer gibt's Bier und andere Getränke, aber ich sehe, dass das schon bei den meisten angekommen ist. Also dann, 35 Jahre, das feiert man nur einmal, stimmt's, Achim?», sagte sie, und alle hoben die Gläser.

«Auf euch!», jubelte Biggi, und alle wiederholten den Toast: «Auf Achim und Anette!»

Achim gab Anette einen Schmatzer auf die Wange, und alles klatschte. Anette strahlte!

«Hiermit erkläre ich das Buffet für eröffnet, möge der Beste gewinnen!», rief Achim und drehte sich um hundertachtzig Grad, um sich als Erster am Rindercarpaccio zu bedienen.

Kurze Zeit später, nachdem sich das wilde Durcheinander am Buffet etwas beruhigt hatte, kehrte für einen Moment etwas Ruhe in die Feiergesellschaft ein.

«Gefräßige Stille!», schmatzte Ralf und erntete einige gedämpfte Lacher. Anette hatte recht behalten: Das Essen von Giovanni war ein voller Erfolg!

«Das ist wirklich mal was anderes!», lobte Babsi, als sie auf ihrem Weg zum ersten Nachschlag an Anette vorbeikam, und nickte anerkennend in Richtung Giovanni Zanetti, der nun neben seinem Sohn am Tisch saß. Matteo Zanetti, dem Anette natürlich schon vor Wochen ganz offiziell eine Einladungskarte zu ihrer Feier überreicht hatte, war deutlich anzusehen, dass er sich noch unwohler fühlte als sein Vater.

Als kurze Zeit später auch die Teller mit den Nachschlägen geleert worden waren, schrillte plötzlich ein unangenehmes, klimperndes Geräusch durch den Raum. Die Quelle des Geräusches war Biggi. Sie schlug energisch mit einem Teelöffel gegen ihr Wasserglas und ließ das Besteck erst sinken, als sie sich sicher war, dass alle Augen auf sie gerichtet waren. Dann räusperte sie sich: «Liebe Anette, lieber Achim, wir haben da noch was Kleines vorbereitet und würden gerne für einen Moment eure Aufmerksamkeit beanspruchen.»

Biggi erhob sich, nahm einen Stapel Blätter aus einer Klarsichtfolie und drückte ihrem Mann Jörg die Hälfte davon in die Hand. Gemeinsam verteilten sie die Blätter an alle Anwesenden außer Anette und Achim.

«Keine Sorge, wir verraten gleich, worum es geht!», rief Biggi mit einem verschwörerischen Grinsen quer durch den Raum und wartete, bis alle Gäste einen Zettel in der Hand hielten.

«So, seht ihr alle die schwarze Schrift? Das ist Jörgs und mein Part, und die kursive, graue Schrift darunter, das seid ihr. Auf mein Zeichen, ja? Kapiert?», erklärte Biggi und sah fragend in die Runde. Zustimmendes Brummen aus allen Richtungen.

«Muss ich hier auch noch arbeiten auf'n Samstach, unbezahlt?», dröhnte Ralf grinsend durch den Raum und erntete gedämpftes Gelächter.

Jörg, der die abgedeckte Klappbox von der Garderobe geholt hatte, positionierte sich zusammen mit Biggi am Tischende direkt vor Achim und Anette und stellte die Klappbox mit geheimnistuerischer Miene vor sich ab.

«Also, bereit?», fragte Biggi, und vereinzelt wurde «Bereit» geantwortet.

«Bereit geboren!», rief Andi.

Biggi räusperte sich erneut, sah zu Jörg, der leise runterzählte: «3, 2, 1 …» Dann legten sie zusammen los und begannen im Chor und mit leichtem Singsang in der Stimme ihren selbst gedichteten Text vorzutragen:

«Achim, wie wunderbar,
du bist heut unser Jubilar!
Doch ohne Anette, die Frau neben dir,
wären wir heut' alle nicht hier!
Nein, wir feiern euch gemeinsam,
denn seit 35 Jahr'n, bist du, Achim, Anettes Schwarm!
Ihr sorgt füreinander, ganz ohne euch zu grämen,
doch heut' wollen wir das für euch übernehmen!
Drum nehmt jetzt unsere Präsente an,
und zieht mit uns an einem Strang!
Zuerst mal ein paar Vitamine …»

Biggi und Jörg pausierten kurz, indem sie verstummten, leicht in die Knie gingen und mit dem Finger auf die anderen Gäste deuteten.

«Dann schafft ihr auch all eure Termine!», brummte die Feiergemeinde, während Jörg ein Päckchen mit Cocktailtomaten und eine Dose Mais aus der Klappbox nahm, um sie Achim zu überreichen.

«Die Geschenke werden mit dem Alter auch immer mickriger», polterte Achim lachend in die Runde und hielt das Gemüse in die Höhe.

Biggi und Jörg fuhren fort. «Was braucht ihr noch?», fragten sie im Chor, und die Gäste antworteten etwas versetzt und recht holprig: «Etwas, das sättigt und stopft das Magenloch!»

Jörg überreichte einen Sack Kartoffeln an Achim und Anette.

«Doch das kann nicht alles sein, nein,
passend zum Essen braucht ihr auch ein wenig Wein!»

Nun zog Jörg eine Rotweinflasche aus der abgedeckten Klappbox, und vereinzelt waren anerkennende «Uuuuh»-Rufe der Gäste zu hören.

«Ihr fragt euch jetzt, was soll der Schabernack?
Dabei vergesst ihr, auch wir sind auf Zack!
Wir hören genau zu,
und draus wird ein Schuh!
Ganz schnell wurd uns das Geschenk klar,
es muss was sein fürs Kücheninventar!
Das Ende ist nah,
euer Geschenk schon bald da!
Passt gut auf, Achim und Anett',
Ihr gehört zusammen wie …»

Biggi und Jörg deuteten ein letztes Mal beschwingt auf die anderen Gäste.

«Käse und Raclette!», sagten die im Chor, und Jörg nahm eifrig eine Packung Raclettekäse und ein großes, quadratisches Paket, das in Geschenkpapier verpackt war, aus der Klappbox und überreichte es den Jubilaren.

«Ach, Mensch, was kann das denn bloß sein?», rief Anette in gespielt ahnungslosem Ton und riss das Geschenkpapier auf. Zum Vorschein kam eine große Verpackung, auf der ein mehrstöckiges Raclette-Gerät abgebildet war.

«Ja, holla!», rief Achim, der seinem Gesicht zufolge tatsächlich bis zum Schluss nicht geahnt hatte, was da geschenketechnisch auf sie zukam.

«Hab Biggi letztens erzählt, dass unseres den Geist aufgegeben hat», erklärte Anette mit lauter Stimme ihrem Göttergatten und den restlichen Gästen. Dann erhob sie sich, um Jörg und Biggi zu umarmen. Auch Achim hievte sich aus seinem Stuhl und schüttelte den Vortragenden die Hand, während alle anderen applaudierten.

«Oho, mit zehn Pfännchen, da steht dann wohl bald das große Raclette-Essen bei Ahlmanns an», meinte Babsi, die aufgestanden war und sich die Verpackung des Raclette-Geräts ansah.

«Das wüsst ich aber, fresst mir doch heute schon die Haare vom Kopf», polterte Achim und lachte, doch Anette stieß ihn pikiert in die Seite und murmelte: «Achim!»

Dieser rettete sich aus der Situation, indem er zu seinem Sohn blickte und «Kriegt man hier eigentlich noch was zu trinken, oder muss man alles selber machen?» quer durch den Raum rief.

«Hier muss auch mal die Luft rausgelassen werden!», röhrte Ralf hinterher.

Andi, der im Türrahmen lehnte, verzog kurz das Gesicht, fragte dann aber betont liebenswürdig in die Runde: «Sonst noch jemand was?», woraufhin der halbe Tisch ihm Getränkewünsche entgegenbrüllte. Es war nicht das letzte Tablett voller Getränke, das Andi an diesem Abend an die elterliche Tafel liefern sollte. Auch Annika half kräftig mit. Anette schwoll die Brust vor Stolz, als sie sah, wie ihre Kinder heute mitanpackten. Das bekamen sicher auch die anderen Gäste mit. Insgeheim hoffte sie ein wenig darauf, dass Babsi Petra von der Feier erzählen würde und auch erwähnte, wie gut sich Andi und Annika benommen hatten. Dann konnte die sich noch mal kräftig für ihre eigene Tochter schämen! Dankend nahm sie eine frische Ladung Hugo von Annika entgegen und verteilte die Gläser an Biggi, Babsi, Gisela, Harald und Claudia. Aus dem Augenwinkel nahm sie wahr, wie Annika fast in Matteo rannte, als sie sich umdrehte. Der hatte gerade seinen Vater verabschiedet, der es endlich geschafft hatte, Achims Fängen zu entkommen und sich zusammen mit seinen Angestellten aus dem Staub zu machen.

«Oh, hoppla, Annika, du bist ja total im Weddingplanner-Modus», hörte Anette ihren Mitarbeiter in seiner unnachahmlich charmant-spießigen Art sagen. Anette kam nicht umhin, dem Gespräch der beiden weiter zu lauschen, insbesondere deshalb, da Biggi ihr gerade erzählte, wie teuer das Raclette-Gerät gewesen war und in wie vielen Läden sie hatte suchen müssen, bis sie endlich das richtige gefunden hatte, was Anette natürlich unendlich peinlich war. Ihr wollte partout nicht einfallen, was sie dazu sagen sollte.

«Ach ja, 'n bisschen den Eltern helfen, kennst du ja auch sicher», antwortete Annika recht gleichmütig und machte Anstalten, das leere Tablett zurück in den Nebenraum zu bringen. Matteo begriff jedoch nicht, dass sie an ihm vorbeiwollte, und sprach weiter.

«Ja, klar, wenn die Eltern ein eigenes Restaurant haben, packt man dann doch recht häufig mit an oder springt ein, wenn am Abend plötzlich die Bedienung krank wird! Klassisches Gastro-Kind eben!»

«Oh, das tut mir leid», antwortete Annika geistesabwesend.

«Muss es nicht!», erwiderte Matteo lächelnd. «So viel anderes gab's in Hildenberg ja eh nicht zu erleben!»

«Hm, ja, und das Einzige, was es gab, das lässt du jetzt zusammen mit meiner Mutter plattwalzen!», entgegnete Annika spitz und klemmte sich das leere Tablett unter den Arm.

«Na, jetzt komm aber! So toll war's da doch eh nie!», sagte Matteo abwehrend und runzelte die Stirn.

«Warst du da überhaupt mal? Ich hab dich da nie gesehen, also kannst du eh nicht mitreden!», zischte Annika.

«Natürlich war ich da auch ab und an, aber war doch letztlich eh immer dasselbe. Und aus meiner Stufe haben sich da sicher drei Leute 'ne Alkoholvergiftung geholt!»

«Uuuh, wie schlimm», keifte Annika, nahm sich ihr Glas Weißweinschorle vom Tisch, das sie dort vorm Hugoholen abgestellt hatte, und funkelte Matteo wütend an.

«Na ja, wenn sich so eine Einrichtung groß ‹Pädagogik› und ‹Bildung› auf die Fahne schreibt, sollte man schon davon ausgehen können, dass da keine Saufexzesse stattfinden», meinte Matteo steif.

«Warst du eigentlich schon immer so 'n Spießer oder erst seitdem du im Rathaus arbeitest?», fragte Annika und sah Matteo herausfordernd an.

Der war sichtlich eingeschnappt. Er hatte offensichtlich damit gerechnet, dass Annika seiner Meinung sein würde. Eine unangenehme Stille entstand zwischen den beiden.

Anette, die das Gesicht immer noch der schwatzenden Biggi zugewandt, aber jedes Wort mitangehört hatte, überlegte kurz, ob sie dazwischengehen sollte, aber dann sprach Matteo weiter.

«Ich finde es jedenfalls gut, dass deine Mutter hier mal 'n bisschen was verändern will und nicht beim kleinsten Gegenwind sofort einknickt», verkündete er und verschränkte wie Annika die Arme vor der Brust.

«Gegenwind? Das ist ja wohl völlig nachvollziehbarer Protest. Es würde von mehr Größe zeugen, wenn meine Mutter ihren Irrtum einsehen und den Abriss abblasen würde», entgegnete Annika, was Anette allerdings nicht mehr so richtig mitbekam, denn in diesem Moment rief Andi – schon leicht angesäuselt – aus Richtung Kegelbahn: «Ey, Muttertier, seid ihr da nackt?»

Anette wirbelte herum.

«Was?», rief sie völlig schockiert und sprang vom Tisch auf. Ihr Sohn zeigte auf eines der Fotos an Biggis Girlande und lachte sich kaputt.

«Um Gottes willen», hauchte Anette und begann, an einer der Fotoklammern herumzunesteln, vor lauter Panik riss sie fast die komplette Girlande ab.

«Hier gibt's nix zu glotzen!», fuhr sie Matteo und Annika an, die neugierig näher gekommen waren. Dank dieser Bemerkung hatte Anette jetzt die ungeteilte Aufmerksamkeit der gesamten Feiergesellschaft.

«Aaaaach, jetzt habt euch alle mal nicht so! Damals waren wir noch jung und frisch!», rief Biggi ausgelassen und stellte sich neben Anette. «Man sieht doch gar nichts!»

Achim bekam von alldem nichts mit. Er stand seit einer Stunde im Nebenzimmer hinter der Zapfanlage und lieferte sich einen Wettbewerb mit seinem Bruder, Bertram und Jonas, wer die schönere Krone auf ein Bier zaubern konnte. Entsprechend ausgelassen war die Stimmung, da jedes der Biere natürlich auch getrunken werden wollte.

«Pah, wenn das eine Bierkrone sein soll, dann bin ich der Kaiser von China!», brüllte Ralf und lachte so sehr, dass sein Kopf gefährlich rot anlief. Jonas, dem der Tadel galt, wollte davon offensichtlich nix hören. Zu Achims Erstaunen stürzte er in einem Zug das Bier hinunter und sagte dann: «Das lag daran, dass Achim gerade den Sauerstoff höher gedreht hat. Warte, pass auf, das nächste wird besser!»

Achim überließ ihm glucksend die Zapfmaschine und kam hinter der Theke hervor. Vielleicht war der Kerl ja doch nicht so übel, dachte er. Während Jonas sich am Zapfhahn zu schaffen machte, fiel Achim auf, dass keine Musik und keine Stimmen mehr vom Kegelbahnzimmer herüberdrangen. Er lugte durch die Tür und sah, dass Anette, Andi und Biggi vor der Fotogirlande standen und seine Frau verzweifelt an einem Foto herumwerkelte, während der Rest der Gesellschaft sie beobachtete und in leises Tuscheln verfallen war.

«Was isn hier los?», fragte er.

«Die Mudder is nackt, das is hier los!», sagte Andi belustigt und zeigte auf die Foto-Girlande. Achim erschrak so sehr, dass ihm fast das Bier aus der Hand rutschte.

«Wie bitte?», polterte er und schob seinen Sohn zur Seite. Und tatsächlich. Auf dem Foto, das Anette immer noch nicht von der Girlande hatte lösen können, sah er seine Frau und Biggi. Auf einer holländischen Düne. Oben ohne. Beide hielten sich eine Hand vor die Brüste und winkten mit der anderen ausgelassen in die Kamera.

«Lasst mal sehen!», rief jetzt auch Babsi und schob sich an Achim vorbei zum Foto. «Uuh, Anette, du warst ja ein richtig heißer Feger!», quietschte sie beim Betrachten und erntete Lacher.

«Also, jetzt ist aber gut! Birgit, also wirklich! Das ist ja eine schöne Erinnerung, aber das muss doch jetzt wohl wirklich nicht jeder sehen!» Anette reichte es. Sie warf Harald, der mittlerweile auch aufgestanden war, um das Foto anzusehen, einen scharfen Blick zu, sodass dieser sich enttäuscht wieder auf seinen Stuhl sinken ließ. Anette hatte genug von dem ganzen Zirkus. Sie stand ja an ihrem Ehrentag gerne im Mittelpunkt, aber ihre Verwandten und Bekannten mussten nun wirklich nicht dieses dreißig Jahre alte Foto sehen. Auch wenn sie sich darauf insgeheim doch sehr ansehnlich fand. Sie drückte die Hand auf das Foto und drehte sich Hilfe suchend zu Achim um, der ein bisschen neben der Spur zu sein schien und reglos hinter Babsi stand.

«Männe, hilfste mir mal?», zischte sie, und Achim trat eilig auf sie zu.

«Wo hat die denn das Bild her?», flüsterte Achim aufgeregt und hielt mit der freien Hand die Folie der Girlande fest, sodass Anette das Foto endlich herausziehen konnte.

«Keine Ahnung, hab ganz vergessen, dass das existiert. Typisch Biggi!»

«Wahnsinn ...», murmelte Achim und wollte sich gerade wegdrehen, um zum Bierschaum-Wettbewerb zurückzukehren, da quietschte Biggi: «Mensch, ihr zwei! Ihr seid jetzt aber nicht sauer, dass ich Jörgs Schnappschuss mit aufgehangen habe, oder? Ich fand's witzig, und wir machen doch echt was her!»

Achim stoppte in der Bewegung. Moment. Er merkte, wie sich seine Hand fester um das mittlerweile warm gewordene Bierglas schloss. Jörg ... Der hatte das Foto geschossen? «Wa... was? Jörg hat das Foto geschossen», murmelte Achim und spürte, wie Hitze in ihm aufstieg. Die Musik und das Stimmengewirr drangen nur noch dumpf und wie aus weiter Entfernung an seine Ohren.

«Na klar! Wer denn sonst?», gluckste Biggi. «Das war doch

das Jahr, in dem du dir bei der Käsetour den Magen verdorben hattest.»

Jetzt kam zu Achims Entsetzen auch noch Jörg hinzu, der bisher stumm am Tisch gesessen und die ganze Diskussion mitangesehen hatte.

«Ja, da lagst du in der Ferienwohnung an dem Tag. Haste echt was verpasst damals, ich weiß noch, war der einzige Tag, an dem so richtig die Sonne rauskam. Hab ein paar tolle Schnappschüsse von Möwen im Sturzflug gemacht und eben das Foto von unseren beiden Models», sagte er stolz.

Achim stand kurz vor einer Ohnmacht. Jörg hatte Anette nackt gesehen. Seine Anette! Und das vor dreißig Jahren! Ohne ein Wort ging er aus dem Raum und nahm gar nicht wahr, was um ihn herum geschah. Er setzte sich an den kleinen Tresen, hinter dem der Zapfhahn stand.

«Was is los? Du siehst ja gar nicht gut aus, Brüderchen», bemerkte Ralf, der immer noch im Schaumkronen-Wettstreit mit Jonas und Bertram steckte und von der ganzen Sache nix mitbekommen hatte.

«Wenn ich's mir recht überlege, siehste so aus, als wär's jetzt mal Zeit für das hier», sagte er, griff hinter die Theke und zog eine Flasche hervor, die lediglich ein handgeschriebenes Etikett trug, auf dem «Obstler» stand. Jonas griff sofort nach den Schnapsgläsern, die auf dem Regal hinter der Theke standen, und Ralf schenkte ihnen bis zum Rand ein. Achim trank, ohne mit irgendwem anzustoßen. Das Brennen in seinem Hals holte ihn wieder in die Realität zurück. Jörg hatte seine Ehefrau nackt gesehen. Damit musste er jetzt leben. Ob er das konnte? Er wusste es nicht. Zum Glück schenkte Jonas ihnen bereits wieder nach.

Uff! Anette war erleichtert. Achim hatte keine Szene gemacht. Da war ihr aber kurz angst und bange geworden. Ihr Achim war eben doch lockerer drauf, als sie manchmal den Eindruck hatte. Durch die offene Tür sah sie ihn im Nebenraum bereits wieder ausgelassen neben seinem Bruder sitzen und schnäpseln. Er hatte sogar Jonas freundschaftlich eine Hand auf die Schulter gelegt, also schien er seine Abneigung gegen löchrige Jeans und Piercings überwunden zu haben. Der Abend war wirklich ein voller Erfolg, dachte sie zufrieden. Und außerdem hatte Biggi ja auch ein bisschen recht: Man sah auf dem Foto tatsächlich kaum was. Sie ließ das Foto in ihrer Jacke verschwinden, griff nach ihrem Hugo und rief Andi zu: «Spiel uns doch mal den Reim ... den Matthias, mein ich!»

Andi nickte, reckte den Daumen nach oben und beugte sich konzentriert über seinen Laptop. Wenige Augenblicke später erklang Matthias Reims «Verdammt, ich lieb' dich», und Anette schwebte förmlich zu Achim ins Nebenzimmer. Sie nahm ihn an der Hand, und er folgte ihr ohne Wenn und Aber auf die kleine Tanzfläche. Dort tanzten bereits Anettes Freundinnen, Tante Gerda und ihr Mann sowie Bertram und Claudia. Aus den Augenwinkeln sah Anette, dass Annika und Matteo in einer Ecke diskutierten und offenbar ihren Streit fortgesetzt hatten. Doch damit konnte sie sich jetzt nicht beschäftigen.

«Verdammt, ich will dich. Ich will dich nicht. Ich will dich nicht verlier'n», sang sie leise in Achims Ohr, während sie sich langsam wogend über den Kachelboden bewegten.

KAPITEL 8

Albträume werden wahr

Anette schlug die Augen auf. Um sie herum war es vollkommen dunkel. Kein Licht drang an den Ort, an dem sie sich befand. Kein Licht, dafür ein leises Atmen ganz in der Nähe ihres Ohrs. Nur ganz schwach hörte sie es, doch viel lauter rauschte ihr das Blut in den Ohren. Sie brauchte einen kurzen Moment, um sich zu sammeln, und stierte in die undurchdringliche Schwärze, die sie umgab.

Die neuen Jalousien, die sie sich vergangenes Frühjahr für teures Geld angeschafft hatten, hielten wirklich, was der Hersteller versprach. «So dunkel haben Sie noch nie geschlafen», hatte in dem Werbekatalog gestanden, den Achim telefonisch angefordert hatte, und daneben war einfach ein komplett schwarzes Bild gewesen. Anette und Achim hatten sich köstlich amüsiert und die Jalousien umgehend telefonisch bestellt.

Tatsächlich war es im Ahlmann'schen Schlafzimmer nun so dunkel, dass Anette nicht mal die Umrisse ihres Göttergatten neben sich ausmachen konnte. Nur das leise Schnarchen verriet ihr, dass er da war.

Sie drehte sich zur Seite und tastete nach ihrem Radiowecker. Der Knopf an der Seite ließ den Bildschirm hell aufleuchten und zeigte ihr die Uhrzeit an: 3:47 Uhr. Mitten in der Nacht.

Verwirrt zog Anette die Hand wieder zurück und ließ den

Kopf auf ihr Kissen sinken. Vom Bildschirmlicht des Weckers blitzte es unangenehm vor ihren Augen. Normalerweise war sie eine ordentliche Schläferin und wachte nie mitten in der Nacht auf. Als Annika und Andi noch zu Hause gewohnt, aber bereits im Teenageralter gewesen und auf Partys gegangen waren, hatte sie sich manchmal die Nächte um die Ohren geschlagen vor lauter Sorge. Damals war sie oft aus dem Schlaf hochgeschreckt, weil sie sich eingebildet hatte, dass das Telefon klingelte und ihr jemand schreckliche Nachrichten über ausgeartete Partyexzesse oder verunglückte, jugendliche Autofahrer überbringen würde. Manchmal war sie auch einfach nur wach geworden, wenn Andi nach Hause gekommen und angetrunken im Flur über seine eigenen Füße gestolpert war. Doch seit die zwei ausgezogen waren, hatte sie eigentlich wieder zu einem anständigen Acht-Stunden-Schlaf ohne Unterbrechung zurückgefunden.

Was war also los? Die vage Erinnerung an ein Rumpeln kam ihr in den Sinn, doch sie konnte nicht sagen, ob das Teil eines Traums gewesen war oder ob sie es tatsächlich gehört hatte.

Noch während Anette sich diese Frage stellte, hörte sie erneut ein gedämpftes Rumpeln von draußen. Es klang, als käme das Geräusch aus ihrem Vorgarten oder ihrer Einfahrt. Anette drehte sich der Magen herum. Einbrecher! Einige Sekunden war sie wie gelähmt vor Angst und lag starr unter ihrer Decke, die Augen weit aufgerissen. Schließlich holte sie sich mit großer Mühe selbst aus der Starre, indem sie sich leicht in den Arm zwickte, und lehnte sich zu Achim herüber. Sie packte ihn an der Schulter und rüttelte ihn leicht. «Achim», wollte sie sagen, doch aus ihrer Kehle drang nur ein raues, tonloses Gurgeln.

Achim bewegte sich nicht.

Anette räusperte sich und sagte jetzt lauter und eindringlicher: «Achim, wach auf!»

Doch noch immer bewegte ihr Mann sich nicht. Nicht das leiseste Anzeichen des Erwachens gab er von sich.

Da kam Anette ein furchtbarer Gedanke. Vor vielen Jahren, als Annika gerade sechzehn geworden war, hatte sie ihre Mutter dazu überredet, einen Horrorfilm mit ihr im Kino anzuschauen. Anette hasste Horrorfilme. Selbst der *Tatort* war ihr an manchen Sonntagen zu brutal. Immer dieses Gemorde, Gemetzel und das viele Blut. Nä! Dann doch lieber eine schöne Folge *Der Bergdoktor* oder *Um Himmels Willen*. Trotzdem hatte sich Anette damals nach mehrmaligem Flehen und Bitten Annikas dazu breitschlagen lassen, mit ihrer Tochter ins Kino zu gehen.

Dort war sie dann fast zwei Stunden durch die Hölle gegangen. Ein Axtmörder hatte die Protagonistin 116 lange Minuten durch ein großes Haus gejagt, das diese für Bekannte hütete. Ständig war der Bösewicht hinter irgendeiner Tür, Schrankwand oder Gardine aufgetaucht, und Anette saß irgendwann so verkrampft im Kinosessel, dass sie danach zwei Wochen lang schlimme Rückenschmerzen hatte. Als der maskierte Mörder am Ende des Films ganz unerwartet unter dem Bett hervorkroch, hatte sich Anette beide Hände vor den Mund pressen müssen, um nicht den ganzen Kinosaal zusammenzuschreien.

Heute war sie nicht schnell genug. Ein angstvoller Hickser entfuhr ihr, und das Herz schlug ihr jetzt bis zum Hals. Was, wenn da gar nicht Achim neben ihr lag, sondern der Einbrecher höchstpersönlich und sich einfach nur schlafend stellte?

Panisch drehte Anette sich zur Seite, ihre Hände fuhren verzweifelt suchend über den Nachttisch. Wo war denn der verdammte Knopf ihrer kleinen Leselampe? Sie konnte ihn in ihrer Hektik einfach nicht finden. Dann eben anders! Sie ließ ihre Hand, die mittlerweile schwitzig geworden war, an der Wand entlanggleiten. Endlich fand sie, was sie suchte.

Grelles Licht drang aus den Deckenlampen im Ahlmann'schen Schlafzimmer und ließ den Raum in einem unnatürlich weißen Licht erstrahlen.

Anette wirbelte herum und blickte auf die andere Hälfte ihres Doppelbetts. Da lag Achim in seinem dunkelblauen C&A-Schlafanzug, den Anette ihm zu Weihnachten geschenkt hatte, und hielt sich schützend den Arm über die halb geöffneten Augen.

«Himmel, Arsch und Zwirn … Was ist los?», brummte er und tastete nach seinem eigenen Radiowecker, der identisch mit dem Anettes war. Sie hatten sie günstig im Doppelpack beim örtlichen Discounter geschossen.

«Kurz vor vier?», rief er ungläubig und drehte sich mit immer noch verkniffenen Augen zu Anette um. «Wieso? Was machst du? Vier Uhr, Anette …»

«Ich weiß», zischte Anette, «aber draußen … direkt bei uns vorm Haus rumpelt es, da ist irgendwer!»

«Das wird 'ne Katze oder so was sein, das ist ja wohl kein Grund, hier mitten in der Nacht die Festtagsbeleuchtung einzuschalten.»

«Nein, Herrgott noch mal, Achim. Jetzt glaub mir doch, das war keine Katze», sagte Anette vehement und setzte sich im Bett auf.

«Na gut, dann … ja, dann guck ich wohl mal ausm Fenster», grummelte Achim und rappelte sich ebenfalls hoch. «Hättest ja trotzdem auch einfach die kleine Lampe anmachen können, dann hätte ich jetzt keine grellen Blitze vor den Augen!»

«Hab in der Eile den Knopf nicht gefunden, und außerdem … dachte ich kurz, du wärst vielleicht der Einbrecher …», erklärte Anette etwas beschämt.

«Na, jetzt schlägt's ja wohl dreizehn, Anette! Da ist deine Fantasie aber mit dir durchgegangen. Außerdem hast du doch gesagt, die Geräusche kämen von draußen!»

«Das könnten ja mehrere Einbrecher sein!», meinte Anette aufgebracht.

«Ach so, und einer macht draußen laute Geräusche im Vorgarten, während der andere sich zu dir ins Bett legt, oder was? Tolle Arbeitsteilung», brummte Achim und verdrehte die Augen.

In diesem Moment gab es draußen einen lauten Knall. Anette und Achim fuhren erschrocken zusammen.

«Heiliger Bimbam! Was ist da draußen los?», rief Achim und sprang aus dem Bett. Schlagartig war seine grummelige Müdigkeit wie weggeblasen. Er eilte zum Fenster und machte sich am Schalter für die elektrischen Jalousien zu schaffen.

«Ich weiß nicht, ob du die jetzt so einfach hochkriegst, die sind doch programmiert!», merkte Anette an und sprang ebenfalls aus dem Bett.

«Das wird sich ja wohl ausstellen lassen», rief Achim genervt und tippte auf dem Schalter herum.

«Aber nicht dass du's kaputt machst oder verstellst!»

«Jetzt lass mich mal, sonst kannste deinen Einbrecher alleine jagen!»

Nach ein wenig Herumprobieren hatte Achim es geschafft, und die Rollläden setzten sich quälend langsam in Bewegung. Zentimeter um Zentimeter fuhr die weiße Jalousie nach oben, doch plötzlich knarrte und quietschte es unangenehm. Die Rollläden kamen zum Stehen.

«Ich glaub, mein Schwein pfeift, was ist denn jetzt los?», murrte Achim verzweifelt.

«Mach doch noch mal runter und wieder hoch», schlug Anette vor.

«Das dauert doch alles viel zu lange», schimpfte Achim, der versuchte, durch den winzigen Spalt, der sich unter der Jalousie geöffnet hatte, hindurchzuspähen. «Kann nix sehen, ich geh jetzt raus!»

«Was? Bist du verrückt?», schrie Anette und starrte ihren Mann mit weit aufgerissenen Augen an. Doch der beachtete sie nicht. Er griff nach seinem grauen Frotteemorgenmantel, warf ihn sich über und marschierte aus dem Schlafzimmer.

Anette stand einen Moment unschlüssig neben dem Bett, dann nahm sie sich ebenfalls ihren Morgenmantel vom Haken neben der Tür und eilte ihrem Mann hinterher.

Als Anette in der unteren Etage angekommen war und vorsichtig durch die Haustür lugte, stand Achim bereits am Fuße der Einfahrt, die Hände in die Hüften gestemmt, und blickte die Straße rauf und runter. Er wandte sich zu Anette um und winkte sie herbei: «Guck dir das mal an, Anette! Jetzt sind bei diesen jugendlichen Vandalen wirklich alle Sicherungen durchgebrannt!»

Anette schlang sich den Morgenmantel fester um den Körper und stiefelte eilig die Einfahrt hinab. An der Straße angekommen, bot sich ihr ein Bild der Verwüstung. Jemand hatte offenbar die Altpapiertonne der Ahlmanns, die Achim am Abend schon ein Stück aus dem Carport gerollt hatte, da sie laut Abfallkalender heute geleert werden sollte, auf die Straße gezogen und umgeworfen. Der gesamte Inhalt der Tonne, die fast bis zum Anschlag gefüllt gewesen war, verteilte sich – auch dank des leichten Windes, der seit einigen Tagen durch Hildenberg und die Region zog – in großem Radius auf der Straße. Prospekte der örtlichen Discounter, alte Fernsehzeitschriften, das Klatschmagazin, das Anette gern las, zerrissene Briefe – alles wirbelte kreuz und quer durch die Gegend.

«Wer macht denn so was?», hauchte Anette fassungslos und bückte sich, um eine Rechnung aufzuheben, auf der noch ihr voller Name erkennbar war.

«Nicht anfassen!», polterte Achim. «Das ist alles Beweismaterial!»

Anette zog erschrocken die Hand zurück und blickte ihren Mann mit weit aufgerissenen Augen an.

«Wie? Was? Aber ...», stammelte sie, doch Achim unterbrach sie.

Er deutete mit dem Finger auf die Altpapiertonne, auf der ein Blatt Papier in einer Klarsichtfolie angebracht worden war: «Lies!»

Anette trat einige Schritte näher an die Tonne heran und schlug sich entsetzt die Hände vor den Mund. Auf das Papier waren aus der Zeitung ausgeschnittene Buchstaben geklebt worden, die die Botschaft «HoT bleibt! Ahlmann raus!» bildeten. Anette sank das Herz in die Hose. Sie hatte schon öfter gehört, dass Kommunalpolitikerinnen Hass und Anfeindungen ausgesetzt waren, aber dass ihr das passierte, in ihrem geliebten Hildenberg, nein, das hätte sie sich nicht träumen lassen. Nie und nimmer!

Um Anette und Achim herum wurde es plötzlich geschäftig. In einigen Häusern war das Licht angegangen, Leute lugten durch Fenster auf die Straße oder kamen in Morgenmänteln auf die Straße.

Schräg hinter Achim und Anette sprang die Haustür auf, und Biggi und Jörg hasteten durch ihren Vorgarten auf sie zu. Während Biggi in einen bunten, kimonoartigen Morgenmantel gehüllt war, der ihr bis zu den Knöcheln reichte, trug Jörg nur seinen Schlafanzug. Es war ein Baumwollschlafanzug, dessen Hose in einem kräftigen Orange leuchtete, während das langärmlige Oberteil grau war und einen schlafenden Fuchs zeigte. Über dem Fuchs stand in dicker Comic-Schrift «fix und fuchsi». Jörg hielt eine riesige, grell leuchtende Taschenlampe in der rechten Hand und blendete alle Umstehenden damit, bis Biggi seine Hand energisch nach unten drückte und der Lichtstrahl sich gen Boden richtete. Achim hob beim Anblick von Jörgs Schlafanzug die Augenbrauen und öffnete den Mund, um etwas zu sagen, doch Biggi kam ihm zuvor:

«Meine Güte, was ist denn hier los? Ihr wolltet wohl die Ersten sein, die ihre Tonne an der Straße haben, was?» Sie kicherte kurz, verstummte aber sofort angesichts der Mienen von Achim und Anette. «Nein, mal im Ernst! Was ist denn passiert? Jörg hat gesagt, er hätte Geräusche gehört. Ich hab ja wie immer nichts mitbekommen, hatte noch die Kopfhörer von meinem Discman drin, ich hör doch abends zum Einschlafen immer so ’ne Entspannungs-CD. Manuel meinte …», plapperte sie drauflos, doch Achim würgte sie ab.

«Vandalismus der allerübelsten Sorte! Ich muss jetzt auch erst mal rein, die Polizei anrufen!», sagte er knapp und ging ins Haus.

«Äh, nichts anfassen bitte», rief Anette den Leuten zu, die sich nun aus allen Richtungen näherten, «hier muss erst die Spurensicherung ran!»

Ferhat Acar, ein junger Mann, der am Ende der Straße mit seiner Frau und seiner kleinen Tochter lebte und für den *Hildenberger Anzeiger* als Redakteur tätig war, kam in einem gestreiften Morgenmantel die Straße entlanggelaufen. Anette kannte ihn bereits, seitdem er den Hildenberger Wahlkampf redaktionell begleitet und die Bevölkerung mit Informationen zu den Kandidatinnen und Kandidaten versorgt hatte. Um die Schulter trug Ferhat Acar eine große Kamera. Einige Meter von der umgestoßenen Tonne entfernt ging er in die Hocke und schoss in Windeseile zahlreiche Fotos, anschließend näherte er sich vorsichtig dem beschädigten Abfallbehältnis und machte mit ausgestrecktem Arm noch einige Bilder von der laminierten Hassbotschaft.

Er prüfte die Aufnahmen auf dem Bildschirm der Kamera, nickte kurz zufrieden und sah sich anschließend suchend um. Als sein Blick auf Anette fiel, sprang er hastig nach vorne und streckte die Hand aus: «Frau Ahlmann, Ferhat Acar vom *Hildenberger Anzeiger*, Sie erinnern sich an mich? Darf ich Ihnen einige Fragen zu den Ereignissen hier stellen?»

Anette öffnete den Mund und schloss ihn dann wieder. Kurz hatte sie protestieren und Herrn Acar darauf hinweisen wollen, dass das ja wohl eine absolute Frechheit wäre, sie hier vor ihrem Privatgrundstück zu behelligen, aber dann war ihr aufgegangen, dass diese Vorfälle sich nicht gegen sie als Privatperson, sondern gegen sie als Inhaberin eines politischen Amtes richteten und es somit ihre Pflicht war, Rede und Antwort zu stehen. Das war ein Aspekt. Ein weiterer war, dass Anette hinter Herrn Acar gerade Frau Meier erspäht hatte, die im Gegensatz zu allen anderen Umstehenden nicht in Nachtwäsche oder Morgenmantel unterwegs war, sondern bereits in ihre Bäckerskluft gekleidet und offenbar auf dem Weg in die Backstube war. Sie reckte neugierig den Hals und tauschte ein paar Sätze mit Anettes Nachbarn von schräg gegenüber. Wenn die Meier hier herumschleicht, dachte Anette grimmig, dann weiß bald ganz Hildenberg Bescheid, dass bei Ahlmanns nachts Rambazamba war, gepaart mit ein paar Halbwahrheiten und zahlreichen Übertreibungen und Mutmaßungen der alten Plappertante. Nein, nein! Besser, sie beugte gleich vor und beantwortete Herrn Acar seine Fragen.

Anette richtete sich auf, straffte die Schultern, wie sie es auch immer im Rathaus vor wichtigen Reden oder Debatten tat, und sagte mit fester Stimme: «Ich erinnere mich sehr gut an Sie, Herr Acar, schön, Sie wiederzusehen. Bitte, nur keine Scheu, her mit Ihren Fragen!»

Ferhat Acar legte sofort los, zückte sein Aufnahmegerät und erbat zunächst einen detaillierten Bericht über die Ereignisse der vergangenen Stunde.

Anette berichtete ausführlich von dem Rumpeln, dem lauten Knall und davon, wie Achim und sie die umgestoßene Mülltonne gefunden hatten – dass sie Achim kurzzeitig und fälschlicherweise für den Einbrecher gehalten hatte sowie den Part mit den defekten Rollläden sparte sie aus. Das ging ja nun wirklich niemanden was an!

«Konnten Sie noch einen Täter … oder eine Täterin am Tatort ausmachen?», fragte Herr Acar und hielt ihr das Aufnahmegerät nah vors Gesicht.

«Nein, als mein Mann und ich die Mülltonne erreichten, war weit und breit niemand zu sehen. Dann erst kamen weitere Nachbarn auf die Straße, die ebenfalls Geräusche gehört hatten!», antwortete Anette.

«Der Anschlag auf Ihre Altpapiertonne, Frau Ahlmann, ist nur ein Vorfall in einer Reihe von kriminellen Vorgängen, die sich in den vergangenen Wochen in Hildenberg ereignet haben – glauben Sie, dass diese Ereignisse miteinander zusammenhängen, mehr noch, dass wir es hier mit demselben Täter zu tun haben?»

«Nun ja …», begann Anette ausweichend, «es ist natürlich schwierig, dies angesichts der derzeitigen Faktenlage zu beurteilen, die Polizei war ja noch gar nicht vor Ort und …»

«Aber die Botschaft, die an Ihrer Altpapiertonne hinterlassen wurde, weist doch eindeutige Bezüge zu den bisherigen Taten auf und lässt Verbindungen ins Umfeld des sogenannten HoT, Haus der offenen Tür, vermuten, das können Sie nicht bestreiten», unterbrach Herr Acar sie.

«Ja, also, es sind natürlich Parallelen erkennbar, die Botschaft ja, wenn es sich bestätigen sollte, dass Jugendliche aus dem HoT damit zu tun haben … Aber wie gesagt, wir müssen zunächst die polizeilichen Ermittlungen abwarten», stammelte Anette, und ihr Puls beschleunigte sich. Jetzt bloß nix Falsches sagen! Ihre Hände wanderten in die ausladenden Taschen ihres Morgenmantels und verkrampften sich dort.

«Eine letzte Frage noch, Frau Bürgermeisterin. Wütende Demonstranten, Randale und Vandalismus – können die

Bürgerinnen und Bürger Hildenbergs sich überhaupt noch sicher in ihrer Stadt fühlen?»

«Ich werde mich im Laufe des Tages eingehend mit Polizeihauptmeister Hans Kohlmassen zur Sicherheitslage in Hildenberg besprechen, kann aber bereits jetzt allen Bürgerinnen und Bürgern versprechen, dass wir alles Erdenkliche tun werden, damit in Hildenberg wieder Ruhe und Ordnung einkehren», antwortete Anette, jetzt wieder mit fester Stimme.

Herr Acar bedankte sich bei Anette, die sich daraufhin etwas erschöpft Biggi und Jörg zuwandte. In diesem Moment kam auch Achim wieder auf die Straße, er hatte einen hochroten Kopf und trug nun statt Hausschuhen und Bademantel seine alten, abgewetzten Turnschuhe und einen Trainingsanzug im Neunzigerlook, den Anette seit über zwanzig Jahren nicht mehr an ihm gesehen hatte und der sich straff über seinen Bierbauch spannte. In der Hand hielt er eine Taschenlampe, die es größentechnisch mit der von Jörg locker aufnehmen konnte

«Hat ewig gedauert, bis ich den Kohlmassen an der Schnur hatte, ewig!», polterte er noch im Gehen aufgebracht los. «Dieser Traumtänzer! Wahrscheinlich hat der gestern wieder zu tief ins Glas geschaut, meine Herren … Wenn man nicht alles selbst macht, ist man aufgeschmissen. Wollte der doch tatsächlich erst mal alleine hier aufkreuzen und sich das in Ruhe alles angucken. Da ist mir aber die Hutschnur gerissen! Hans, hab ich gesagt, du forderst jetzt Verstärkung an, das ist 'ne große Sache … Ja, meine Güte, will er jetzt wohl auch machen, aber das kann dauern, und die Zeit ham wa nicht. Deswegen such ich den Verbrecher jetzt selbst!»

«Wie bitte?», kreischte Anette und senkte sofort wieder

die Stimme, als sich einige Köpfe neugierig zu ihnen umwandten. «Achim, nein, das ist Sache der Polizei!»

«Ach, Kokolores! Als Bürger ist es mein gutes Recht, hier selbst für Sicherheit zu sorgen, wenn die Polizei mal wieder schläft!»

Anette machte einen Schritt auf ihren Mann zu, legte ihm beschwichtigend die Hand auf den Arm, der die Taschenlampe hielt, und sagte: «Wie steh ich denn als Bürgermeisterin da, wenn du hier einen auf Siedlungs-Ranger machst? Die Leute denken doch, der Staat versagt völlig!»

Achim öffnete den Mund, um etwas zu erwidern, besann sich dann aber offenbar und atmete nur geräuschvoll aus.

Schließlich flüsterte er: «Ich geh hinten durch, und dann kann ich seitlich durch Jörgs Carport wieder raus, dann kriegt das keiner mit, aber Anette, bis die Polizei da ist, sind diese Randalierer über alle Berge, sind sie wahrscheinlich sowieso schon, aber 'n Versuch isses wert!»

Anette seufzte und zischte schließlich leise: «Okay, aber unauffällig!»

Jörg und Biggi, die neben den Ahlmanns gestanden und ihr Gespräch mitangehört hatten, machten große Augen. Als Achim sich gerade Richtung Haus absetzen wollte, hielt Jörg ihn am Arm fest und sagte mit leiser Stimme: «Jeder Batman braucht einen Robin, ich begleite dich!»

Achim wollte protestieren, aber dann ging ihm auf, dass es vielleicht gar nicht so schlecht war, jemanden dabeizuhaben, der ihm den Rücken freihielt. Diese jugendlichen Rowdys kannten ja gar nix mehr und würden ihn vielleicht sogar niederschlagen wollen, wenn sie merkten, dass er die Verfolgung aufgenommen hatte. Biggi brachte Jörg seine

Gummistiefel aus dem Keller und umarmte ihn leidenschaftlich zum Abschied. Dann verschwanden die beiden Männer betont lässig schlendernd hinterm Ahlmann'schen Carport, während die Frauen ihnen nachsahen, Biggi mit sorgenvoller Miene, Anette skeptisch mit verschränkten Armen.

Am nächsten Morgen saßen Anette und Achim mit dicken Ringen unter den Augen am Küchentisch. Anette hatte Matteo Bescheid gegeben, dass sie erst gegen Mittag ins Büro kommen würde, und Achim hatte sich – zur großen Überraschung seiner Frau – sogar spontan freigenommen. Das zeigte, wie ernst er die Sache nahm, denn Anette konnte sich nicht erinnern, dass Achim überhaupt schon mal so kurzfristig einen Urlaubstag eingeschoben hatte.

Müde nippte sie an ihrem Kaffee. Erst gegen sechs Uhr in der Früh waren Polizei und Schaulustige wieder abgerückt, und die Ahlmanns hatten sich noch einmal hinlegen können. Aber an Schlaf war nicht zu denken gewesen. Achims und Jörgs nächtliche Tätersuche war erfolglos geblieben, obwohl sie laut eigener Aussage mehrmals die komplette Rosengarten-Siedlung abgelaufen waren. Lediglich ein Zigarettenstummel, der an der nächsten Kreuzung auf dem Boden lag, war von den beiden Superhelden in spe ausfindig gemacht worden.

Achim hatte den Stummel, verpackt in einem von Anettes Zipp-Gefrierbeuteln, mit gewichtiger Miene an Herrn Kohlmassen übergeben. «Ganz vorsichtig, Hans! Das könnte neben dem Drohschreiben unser wichtigstes Beweismittel werden», sagte er, als wären Hauptwachtmeister Kohlmassen und er Kollegen in diesem Kriminalfall. Hans Kohlmassen nahm die Tüte mit einem Gesichtsausdruck entgegen, der verriet, dass er einen Zigarettenstummel, der zweihundert Meter vom Tatort entfernt gefunden worden war, nicht gerade für das Indiz Nummer eins hielt, sagte aber nichts.

Zurück im Bett hatten Anette und Achim mit geöffneten Augen nebeneinander im Bett gelegen und an die Decke gestarrt. Alle paar Minuten hatte Anette leise ein «Unfassbar» oder «Wie soll das nur weitergehen?» gemurmelt, bis Achim schließlich die Beine wieder aus dem Bett geschwungen und gemeint hatte: «Hat doch alles keinen Zweck, ich mach jetzt Kaffee!»

Und so saßen sie nun in ein wenig eigenartiger Stimmung am Küchentisch und hingen ihren Gedanken nach. Anette fühlte sich, als würden sie auf irgendetwas warten, dabei hatte der Kohlmassen gesagt, dass er sich erst melden würde, wenn es neue Erkenntnisse gab, und das konnte dauern. Trotzdem wusste sie nicht so recht, etwas mit sich anzufangen. Irgendwelche alltäglichen Dinge zu verrichten, wäre ihr im Hinblick auf die Ereignisse der vergangenen Nacht absurd vorgekommen. Sie überlegte gerade, ob sie nicht vielleicht doch schon ins Rathaus fahren sollte, um sich ein wenig abzulenken, da klingelte es an der Haustür. Wer konnte das denn sein? Etwa doch der Kohlmassen mit neuen Infos? Anette erhob sich halb von der Eckbank, doch Achim war schneller.

Mit einem triumphierenden «Aha!» sprang er so schnell auf, dass der Stuhl, auf dem er gesessen hatte, ins Wanken geriet, und stürmte zur Haustür.

Anette hörte Männerstimmen im Flur, kurz darauf erschien Achim wieder in der Küchentür, gefolgt von seinem

Bruder Ralf und zu Anettes großer Überraschung auch Bertram.

«Grüß dich, Ralf. Bertram, hallo, was macht ihr denn hier?», fragte Anette und schüttelte den beiden nacheinander die Hand.

«Hallo, Anette, also erst mal wollten wir natürlich sagen, wie leid es uns tut, was ihr hier ertragen müsst», sagte Ralf ernst, und Bertram nickte. Dann fuhr Ralf fort: «Niemand sollte sich in Hildenberg unsicher fühlen. Vor allem nicht unsere Bürgermeisterin! Aber die Polizei ist ja völlig hilflos, wie Achim mir berichtet hat. Der Kohlmassen und seine Truppe sind doch mehr mit Kaffeekochen beschäftigt, als dass die Recht und Ordnung wiederherstellen!»

«Ja, da sagste was», stimmte Achim seinem Bruder zu, der großspurig weitersprach.

«Aber das is ja nicht nur hier bei uns in Hildenberg ein Problem. In ganz Deutschland isses nicht mehr sicher. Seit Jahren wird das immer schlimmer. Aber so wird's nicht bleiben, da kannste dich drauf verlassen, Anette!» Ralf schaute grimmig in die Runde, während Achim ihm und Bertram jeweils eine Tasse Kaffee überreichte, die die beiden dankend annahmen.

Anette ließ sich auf ihren Stuhl am Küchentisch fallen, ohne den Besuchern einen Platz anzubieten. Sie konnte nicht genau sagen, ob es die Müdigkeit oder die Aufregung der letzten Nacht war, die sie nicht klar denken ließ, aber sie fühlte bei Ralfs Worten ein Unbehagen und eine vage Vorahnung in sich aufsteigen und wollte, dass die beiden so schnell wie möglich wieder verschwanden. Matt fragte sie nach: «Und …? Was habt ihr jetzt vor?»

«Na, wir nehmen die Sicherheit der Bürger Hildenbergs selbst in die Hand!», platzte es aus Ralf heraus. Bertram stand neben ihm und nickte eifrig.

«Aha. Und wie meinste das? Ihr wollt ja jetzt wohl nicht hier durch die Stadt patrouillieren wie in so 'nem ollen Hollywoodstreifen?», meinte Anette scherzhaft und schaute die beiden Männer belustigt an, die da in ihrer Küche standen. Jetzt erst fiel ihr auf, dass die beiden ausschließlich dunkle Kleidung trugen. Schwarze Outdoorhosen und dunkelgraue Fleecepullover, dazu Turnschuhe, dunkle Baseballmützen und verspiegelte Sportsonnenbrillen, die momentan jedoch oben auf ihre Mützen geschoben waren. Beide trugen jeweils eine lange Stabtaschenlampe am Gürtel und wirkten dadurch – wie Anette mit wachsendem Unbehagen feststellte – irgendwie bedrohlich.

Bei Anettes Worten schauten sie allerdings eher wie Schuljungen, die beim Klauen erwischt worden waren.

«Nicht euer Ernst …?», fragte sie, während die beiden erst einander ansahen, dann in die Luft und schließlich auf einen Punkt hinter Anette. Ihr schwante Schreckliches.

«Doch, genau das haben wir vor, Anette. Wir werden eine Bürgerwehr gründen!», sagte Ralf schließlich, konnte ihr aber noch immer nicht in die Augen sehen.

«Das soll wohl ein Scherz sein! Ha, ha, ha, was haben wir alle gelacht», sagte Anette sarkastisch und mit einem letzten Funken Hoffnung, dass sich das Ganze als verspäteter Aprilscherz herausstellen würde.

«Die Sicherheit der Bürger Hildenbergs ist keinesfalls ein Scherz!», sagte Bertram in einem Tonfall, der eher trotzig als böse klang.

«Überall in Deutschland nehmen die Bürger ihre Sicherheit selbst in die Hand, wir sind da nicht die Einzigen», setzte Ralf nach und ergänzte: «Hab eben noch den Holger an der Tanke getroffen, der is auch dabei!», als hätte sich damit jegliche Diskussion erledigt.

«Holger? Aber doch nicht etwa der Holger Wiedenmaier, oder?», fragte Anette alarmiert.

«Na, genau der! Ist doch 'n prima Kerl. Der meinte, du machst das schon richtig mit dem jugendlichen Gesocks, aber jetzt müssen da halt mal 'n paar Kerle ran und dich 'n bisschen unterstützen. Die Daumenschrauben enger ziehen, hat er gesagt. Sonst tanzen die Knirpse dir auf'm Kopp rum!»

Anette spürte, dass sie kurz davor war, die Beherrschung zu verlieren. Der Wiedenmaier! Der war doch wirklich der allerletzte Mensch, von dem sie irgendeine Unterstützung haben wollte. Im letzten Jahr war er ihr als Gegenkandidat bei der Bürgermeisterwahl schon ordentlich auf den Zeiger gegangen. Zwar war ihr klar gewesen, dass die meisten Hildenberger kaum auf so einen Parolen schwingenden Stammtischheini, der ständig von Vaterland und Tradition redete, hereinfallen würden, und doch hatte er es geschafft, bei der Wahl den zweiten Platz gleich nach ihr zu belegen. Mit weitem Abstand zwar, aber trotzdem. Was die Leute an dem Typen fanden, konnte sie sich wirklich nicht erklären. Ihr Schwager war ja schon eine ordentliche Spur drüber, aber der Wiedenmaier noch mal ein ganz anderes Kaliber. Das war Anette klar. Mit bürgerlicher Mitte hatte das, was der im Wahlkampf und danach von sich gegeben hatte, nichts mehr zu tun. Im Gegenteil. Seit der Wiedenmaier die Wahl gegen sie verloren hatte, war es mit ihm sogar noch schlimmer geworden. Ständig stellte er irgendwelche hanebüchenen Anträge im Stadtrat, blockierte wichtige Reformen und machte allen das Leben schwer. Ausgerechnet der sollte jetzt helfen, das Vandalismusproblem in Hildenberg in den Griff zu kriegen? Auf gar keinen Fall! Das konnte Ralf sich abschminken, ihr wurde ganz schwindlig bei dem Gedanken. Doch bevor sie dem Ganzen einen Riegel vorschieben konnte, schwatzte Ralf weiter.

«Wenn wir jemanden schnappen, werden wir den natürlich bei der Polizei abliefern», sagte er in beschwichtigendem Ton.

«Na, das wäre ja noch schöner! Wie habt ihr euch das vorgestellt? Dass ihr in diesen … ja, wie soll ich das nennen? Security-Outfits … hier nachts durch die Vorgärten rennt und mit ein paar Jugendlichen Räuber und Gendarm spielt? Erwachsene Männer, die sich verkleiden und noch mehr kopflose Panik in der Stadt verbreiten? Menschenskinder, Ralf, hörst du dir noch zu?» Anette hatte ihre Tasse donnernd auf dem Küchentisch abgestellt und war aufgestanden.

«Meine Güte, Anette, glaub mir, wir wollen dir ja nur helfen …», knurrte Ralf beleidigt und hob abwehrend die Hände.

«Ralf, ich fass es einfach nicht! Wir sind hier nicht im Wilden Westen, du bist kein Revolverheld auf Kopfgeldjagd! Ist dir das klar? Hier kann man nicht einfach mal eben ‹Leute schnappen›. Das ist Selbstjustiz, damit machst du dich strafbar! Und dann auch noch quasi in meinem Namen. Das kann mich das Amt kosten!»

Anette geriet leicht in Panik. Vor ihrem inneren Auge sah sie, wie sie in einem orangen Sträflingsanzug in eine Zelle mit anderen Frauen geschubst wurde und der Kohlmassen als unbarmherziger Gefängniswärter mit einem großen Schlüsselbund klapperte. Bei dieser Vorstellung schüttelte es sie innerlich.

«Also, Achim fand die Idee auch nicht schlecht. Isses nicht so, Brüderchen?», wandte Ralf sich Achim zu, der das komplette Gespräch bisher scheinbar teilnahmslos von der Eckbank aus beobachtet hatte. Sichtlich in Bedrängnis geraten, sog er langsam Luft durch die Zähne und tat so, als dächte er nach. Schließlich verschränkte er beide Arme über seinem Bierbauchansatz und sagte langsam: «Na ja, also so ganz von der Hand zu weisen ist die Idee jetzt nicht, Anette, das musste zugeben, allerdings ...»

«Achim!», unterbrach Anette ihren Mann, der augenblicklich verstummte. In ihren Augen glomm ein Feuer, das er seit Jahren nicht mehr gesehen hatte. Ihm wurde mulmig.

«Is ja gut ...», antwortete er verdrossen.

Jetzt öffnete wieder Ralf den Mund, doch Anette hatte genug.

«Na!», rief sie, und die einzelne Silbe knallte wie ein Peitschenschlag durch die Küche. Ralf klappte den Mund zu und verschränkte mürrisch die Arme.

«Ich will nix mehr von diesem ganzen Käse hören! Nix mehr!» Anette nahm ihre Kaffeetasse vom Tisch, stellte sie in die Spüle und ließ etwas Wasser hineinlaufen. Ihre Gedanken rasten so schnell, wie es nach solch einer Nacht möglich war. Es war klar, dass etwas passieren musste. So konnte es nicht weitergehen. Die Stadt drohte, im Chaos zu versinken, und dieser vermaledeite Jugendtreff war drauf und dran, alles kaputtzumachen, was sie sich aufgebaut hatte. Sie musste etwas unternehmen!

«Ralf, Bertram …», sie drehte sich wieder den Männern zu. «Ich weiß zu schätzen, dass ihr mir helfen wollt …»

Die Mienen der beiden hellten sich auf. Ralf sagte: «Nix anderes haben wir vor!»

«Aber nicht so!», beendete Anette ihren Satz. «Das kann mich in Teufels Küche bringen, und das wollen wir ja tunlichst vermeiden, oder?» Das letzte Wort betonte sie besonders deutlich. Die Mienen der beiden Männer verdunkelten sich wieder.

Ohne eine Antwort abzuwarten, fuhr Anette fort: «Sehr schön! Dann sind wir uns ja einig! Einen schönen Tag noch!»

Ralf und Bertram hatten offenbar begriffen, dass es hier nix mehr zu holen gab ,und stellten mit verkniffenen Gesichtern ihre Tassen in die Spüle. Achim erhob sich von der Eckbank und blieb wie bestellt und nicht abgeholt neben dem Küchentisch stehen.

«Frau Bürgermeisterin!», brummte Ralf und tippte sich kurz in Cowboymanier an seine Baseballcap. Seine Lippen waren vor unterdrücktem Zorn derart zusammengepresst, dass sich sein schmaler Schnurrbart nach innen wölbte. Ihr Schwager war tödlich beleidigt, so viel war Anette klar, und das war bei jemandem wie Ralf gar nicht gut.

Die beiden Männer verließen, begleitet von Achim, die Küche. Einige Augenblicke später hörte Anette, wie sich der schwere, dunkle SUV, den Ralf erst seit wenigen Wochen fuhr, in Bewegung setzte.

Ihr war klar, dass das letzte Wort in dieser Angelegenheit noch nicht gesprochen war. Nichts war unberechenbarer als zwei erwachsene Männer, deren Pläne gerade von einer Frau abgeschmettert worden waren. Schon mit seinen «Das HoT muss weg»-Aufklebern, die er trotz Anettes Verbot weiterverteilt hatte, hatte Ralf gezeigt, dass er sich von ihr nix sagen ließ. Allerhöchste Eisenbahn, dass sie wieder Kontrolle über die ganze Sache gewann, bevor ihr Schwager irgendwelche Alleingänge unternahm, die am Ende auf sie zurückfielen.

Achim kam zurück in die Küche und sah seine Frau an.

«Von dir will ich nix hören!», sagte Anette streng. «Kann doch wirklich nicht wahr sein, dass du deinen Bruder bei seinen hirnrissigen Ideen auch noch unterstützt! Donner und Doria, Achim. Also echt … Ich bin mal oben, muss nachdenken!»

Anette ließ ihren Mann stehen und eilte die Treppe hinauf. Es war zwar erst 9 Uhr morgens, aber vielleicht würde ihr ein schönes, heißes Bad beim Nachdenken helfen. Sie betrachtete das etwas zu vollgestellte Regal im Badezimmer, in dem sich Zahnbürsten-Aufsätze, Seifenschachteln und angestaubte Parfümflaschen türmten, und hielt nach Badezusätzen Ausschau. Da Freundin Biggi sie jedes Jahr zum Geburtstag mit den neuesten Variationen bedachte, war der Schrank voll davon. «Glückliche Auszeit», «Sooo gemütlich», «Skandinavischer Traum», «Zitrusglück» las sie auf den Flaschen und konnte sich kaum entscheiden. Da fiel ihr eine Flasche mit der Aufschrift «Goodbye Stress» ins Auge. Na, dann zeig mal, was du kannst, dachte Anette grimmig und kippte die halbe Flasche in die Badewanne. «Viel hilft schließlich viel», murmelte sie zu sich selbst und schloss die Tür.

KAPITEL 9

Wie Frau Merkel

Dass sie unbedingt eine Lösung für den völlig ausgearteten Generationenkonflikt finden musste, wurde Anette ein paar Tage nach dem Altpapiertonnenvorfall zu allem Überfluss auch noch schwarz auf weiß mitgeteilt.

«Demos, Vandalismus, Selbstjustiz – versinkt Hildenberg im Chaos?», titelte der *Hildenberger Anzeiger* in seiner Samstagsausgabe.

«Dieser verdammte Acar!», schimpfte Anette, als sie den Artikel beim Frühstück hastig überflog. «Woher weiß der das mit der Bürgerwehr? Kann doch nicht wahr sein!»

Ihre Augen huschten über den Artikel. «Hör dir das an, Achim. ‹Bereits nach dem Vandalismus-Vorfall am Schreibwaren- und Accessoire-Geschäft von Händlerin Gisela Krawczyk-Neumann im März dieses Jahres (der Anzeiger berichtete) sollen in den privaten Räumlichkeiten der Bürgermeisterin geheime Treffen stattgefunden haben, in die auch Hauptwachtmeister Hans Kohlmassen involviert gewesen sein soll. Dies verriet eine Insiderin, die anonym bleiben möchte.› Ich glaub, mein Hamster bohnert? Wer konnte denn da wieder seine Klappe nicht halten?» Anette war auf hundertachtzig. Sie vergrub das Gesicht in den Händen und atmete laut aus.

«Verdammter Bockmist», brummte Achim, der seiner Frau gegenüber am Küchentisch saß und mindestens so ratlos war wie sie.

«Nein, nein, nein», murmelte Anette und sah jetzt ein bisschen wahnsinnig aus. Wieder und wieder las sie den Artikel, und ihre Miene wurde mit jedem Mal verzweifelter.

«Und die Polat kommt auch noch viel besser weg als ich … Was ist denn das für eine Tatsachenverdrehung?», stöhnte Anette und klopfte mit dem Finger auf die Stelle im Artikel. «Hier, hör mal!»

Achim wusste, dass es besser war, seiner Frau jetzt nicht zu widersprechen oder sie darauf hinzuweisen, dass er den Inhalt des Artikels bereits kannte. Wie jeden Samstag hatte er die Zeitung schon lange vor Anette akribisch gelesen. Zweimal sogar! Eigentlich hatte er seine Frau auf einen Artikel mit der Überschrift «Hildenberger Metzgermeister zeigt Schneid: Wurst-Weltrekord an Weihnachten» auf Seite 4 aufmerksam machen wollen. Offenbar bereitete sich die Metzgerei Schröder bereits jetzt, im Mai, darauf vor, auf dem Hildenberger Weihnachtsmarkt den bestehenden Rekord für die längste Wurst Deutschlands zu brechen. Doch natürlich ging es stattdessen wieder bloß um diesen dämlichen Jugendtreff.

«‹Nach dem Umsturz der Altpapiertonne auf dem Grundstück von Bürgermeisterin Ahlmann und dem Fund eines entsprechenden Drohschreibens vermutete die Geschädigte die Täter im Umfeld des sogenannten HoT, des zum Abriss freigegebenen Jugendtreffs, und schloss Verbindungen zum Vandalismus-Vorfall bei Gisela Krawczyk-Neumann nicht aus. Auf Anfrage des Hildenberger Anzeigers wies die leitende pädagogische Fachkraft des HoT, Larissa Polat, die Vorwürfe der Bürgermeisterin von sich. ‹Ich bin erschrocken über die völlig haltlosen Anschuldigungen unserer Bürgermeisterin und verwehre mich ganz entschlossen gegen weitere Verleumdungen, die frei von jeglicher Beweisgrundlage sind›, so Polat.› Frei von jeglicher Beweisgrundlage? Die Beweise liegen doch auf der Hand! Außerdem hat der Acar mich da quasi reingequatscht!» Anette war völlig außer sich.

«Unmöglich», stimmte Achim ihr halbherzig zu. Er wollte von diesem ganzen Politikgedöns am liebsten gar nix mehr hören. «Ich geh mal kurz nach meinen Tulpen schauen!»

Ihm war keine bessere Ausrede eingefallen, aber Anette hörte ihm sowieso nicht zu. Mit weit aufgerissenen Augen las sie zum wiederholten Male den Zeitungsartikel und murmelte fahrig vor sich hin.

Achim schlurfte in seinen Pantoffeln durch den Flur und öffnete die Haustür. Warme Sonnenstrahlen fielen auf sein Gesicht. Sehr gut, dachte er zufrieden, das würde den Tulpen guttun. Die kalten Tage Ende April hatten ihnen ordentlich zugesetzt, und zu Achims Unmut hatten sie eine Zeit lang ziemlich die Köpfe hängen lassen. Einen Moment stand er einfach nur auf den Stufen vorm Haus, genoss die Sonne und die Stille und ließ den Blick über den Vorgarten streifen. Doch plötzlich hielt er inne. Was war denn das? Mit drei großen Schritten war er vorne bei seinen Tulpen und ging in die Hocke. Eine der Tulpen war abgebrochen und lag ein wenig zerdrückt in der feuchten Erde des Vorgartens. Die Erde war an dieser Stelle uneben, an einigen Stellen plattgedrückt, an anderen hatten sich kleine hervorstehende Rillen gebildet. Ein Fußabdruck! Achim besah sich die Stelle mit missmutigem Gesichtsausdruck. Wieso hatte er das erst jetzt bemerkt? Na, vermutlich wegen des Hundewetters der letzten Tage. Seit Mitte der Woche war es zumeist recht trüb und grau gewesen, und es hatte immer wieder leicht genieselt, da hatte er es eilig gehabt, die paar Meter bis zum Zafira schnell zurückzulegen. Hastig lief er zurück zur Haustür und brüllte in den Flur: «Anette! Anette! Komm mal schnell raus!»

Fünf Sekunden später stand Anette neben ihm, sie wirkte immer noch recht fahrig, und im Licht der Sonnenstrahlen fiel Achim auf, dass seine Frau tiefe Schatten unter den Augen hatte. So hatte er sie ja noch nie gesehen!

«Was ist los? Wieder ein Sticker?», japste sie ziemlich neben der Spur.

«Nee, nee, keine Sorge», brummte Achim, «aber guck dir das mal an! Jetzt springen se schon bei einem im Vorgarten rum und zertrampeln die Tulpen. Oder warst du das?»

Anette ging wie zuvor schon Achim neben den Tulpen in die Hocke und betrachtete stirnrunzelnd die platt getretene Blume.

«Ich war das nicht», sagte sie langsam, «aber könnte das nicht von dem Tonnenumschubser stammen? Von wann ist das denn?»

«Hab's eben erst entdeckt», brummte Achim und zog die Schultern hoch.

«Und in der Nacht, als die Tonne umgeworfen wurde, haste da nix gesehen?»

«War ja dunkel!»

«Hm ..., der Abdruck ... hier mit den dickeren Rillen, sieht irgendwie aus wie von einem Wanderschuh oder einer Trekkingsandale, findest du nicht?»

«Puh, keine Ahnung, könnte schon sein, aber dann ist der Abdruck sicher von Jörg oder so, würd mich nicht wundern, wenn der letztens hier querfeldein drübergelatscht ist, als er mir unbedingt bei der Verbrecherjagd helfen wollte», schlussfolgerte Achim, der keine Gelegenheit verstreichen ließ, um gegen seinen ungeliebten Nachbarn zu wettern.

«Wahrscheinlich … oder vom Postboten oder so», Anette erhob sich. «Müssen wir vielleicht nochmal ’n bisschen Tulpen-Nachschlag besorgen, was?»

Anette hatte keine Zeit, sich lange wegen der zertretenen Tulpen Gedanken zu machen, schließlich hatte sie ganz andere Sorgen. Durch den Zeitungsartikel war der Handlungsdruck auf sie geradezu übermächtig geworden. Sie durfte jetzt keine Zeit verlieren und hatte Matteo trotz des Wochenendes angewiesen, eine Sonderstadtratssitzung für kommenden Montag einzuberufen. Und nicht nur das. Es wurde Zeit, alle Parteien an einen Tisch zu bekommen, auch wenn das für sie wirklich das letzte Mittel der Wahl war. Dennoch schien es ihr mittlerweile unumgänglich. Dass die Lage in Hildenberg dramatisch war, konnte wirklich niemand mehr leugnen, am allerwenigsten sie selbst.

So griff Anette am Samstagnachmittag schließlich widerstrebend zum Telefonhörer und wählte die Büronummer des HoT. Zu ihrer Überraschung nahm Larissa Polat nach kurzem Freizeichen ab. Anette berichtete in wenigen Worten von der geplanten Sondersitzung am Montag und bat Frau Polat um Teilnahme. «Ich denke, auch Ihnen wird klar sein, dass es so nicht weitergehen kann, und ich würde gerne Sie als unmittelbar Beteiligte ebenfalls für Montag an den runden Tisch bitten», sagte sie förmlich und rechnete fast schon damit, dass Larissa Polat ablehnen würde, doch wieder überraschte diese sie.

«Sehr gerne, Frau Ahlmann. Ich bin wirklich froh, von Ihnen zu hören», sagte sie und klang tatsächlich erleichtert.

Anette bedankte sich, sagte «Dann bis Montag» und legte auf. Ihr Puls raste trotz des unerwartet angenehmen Gesprächs. Ihr durfte jetzt kein weiterer Fehler unterlaufen, sie musste behutsam vorgehen, und das bedeutete leider auch: Zugeständnisse ans HoT zu machen.

«Legen Sie noch ein paar von den guten Schokokeksen ganz nach oben, Matteo, es soll heute nicht so aussehen, als würden wir knauserig sein!», rief Anette zum Tischende herüber, wo Matteo akkurat Kekse und Süßigkeiten auf kleinen Tellern übereinanderstapelte.

«Wird gemacht», antwortete Matteo eifrig, während Anette wieder aus dem Konferenzraum wuselte, nur um zwei Sekunden später ihren Kopf erneut zur Tür hereinzustrecken. «Getränke haben wir?»

«Haben wir, Frau Ahlmann, sehen Sie. Auch die guten Schorlen und sogar die neue Sorte Apfel-Löwenzahn.» Matteo deutete auf den Tisch, wo er die Flaschen auf mehreren silbernen Tabletts drapiert hatte.

«Sehr gut, Löwenzahn, sehr gut», murmelte Anette abwesend und hastete wieder hinaus. Sie lief zurück in ihr Büro, um noch ein letztes Mal in aller Ruhe durchzugehen, was sie sich zurechtgelegt hatte. Leise vor sich hin murmelnd, ging sie wieder und wieder ihre Notizen durch, obwohl sie das am Sonntag bereits Hunderte Male getan hatte. Ihre Hände waren schwitzig, als sie ihre Notizen ein wenig zitternd durchblätterte. Irgendwann klopfte es zaghaft an der Tür, und Matteo steckte auf Anettes «Ja?» seinen Kopf zur Tür herein.

«Unten ist alles fertig, die Frau Baumgärtner sitzt schon im Raum, und auf dem Gang habe ich Frau Polat gesehen. Wollen wir dann auch runtergehen?», fragte er und strich sich das weiße Hemd glatt, auch er schien von Anettes Nervosität angesteckt zu sein.

«Ja ...» Anette nahm den Stapel mit ihren Notizen, klopfte damit ein paar Mal auf den Tisch, damit alles wieder ordentlich übereinanderlag, und legte ihn in ihren Ordner. «Auf in die Schlacht, würde ich sagen!»

Sie lachte zittrig, und gemeinsam gingen sie über die mit grauem Teppichboden ausgelegten Gänge zum Sitzungssaal. Als Anette durch die Tür trat und ihren Blick durch den Raum schweifen ließ, stockte ihr der Atem. Neben Julitta Baumgärtner hatten in der Zwischenzeit noch weitere Stadtratsmitglieder rund um den gläsernen Konferenztisch Platz genommen. Holger Wiedenmaier saß breitbeinig am Ende des Tisches und grinste überheblich, Volker hatte wie immer auf seinem Stammplatz an der rechten Tischseite vorm Fenster Platz genommen und stierte mit abwesendem Blick in die grauen Wolken. Doch was Anettes Atem hatte stocken lassen, waren die vier Personen auf der linken Tischseite.

Larissa Polat war nicht allein ins Rathaus gekommen.

Neben ihr saß Petras Tochter Finja in bauchfreiem Top, mit angriffslustiger Miene und aß einen Schokokeks, auf Polats anderer Seite hockten zwei weitere Teenager, die Anette nicht kannte. Ein Junge, so um die vierzehn oder fünfzehn, mit dunklen Haaren in einem übergroßen violett-weiß gestreiften Shirt, und ein Mädchen in gleichem Alter, ebenfalls dunkle Haare, aber hell gefärbte Augenbrauen. Sie trug eine weite, tief sitzende Baggy Jeans und dazu eine Art gehäkelte

Weste, die aussah, als wäre sie mal eine Gardine gewesen. Trug man das jetzt so? Anette kam nicht mehr mit.

Sie ging um den Tisch herum auf Frau Polat zu, die aufstand, um ihr die Hand zu schütteln.

«Frau Ahlmann, danke für die Einladung!», sagte sie und lächelte.

«Herzlich willkommen, Frau Polat, ähm ... eigentlich ...», begann Anette, doch sie wurde von Finja unterbrochen, die ebenfalls aufgestanden war und Anette die Hand entgegenstreckte.

«Frau Bürgermeisterin, welch Ehre!», sagte sie mit leicht spöttischem Unterton in der Stimme, als Anette ihre Hand schüttelte.

«Äh ja ...», antwortete Anette verwirrt und wandte sich wieder an Frau Polat. «Ich dachte eigentlich, Sie kommen allein, Frau Polat ... Das ist ja hier ein Rathaus und kein ... kein Spielplatz», schloss sie etwas lahm.

«Das ist uns durchaus bekannt, Frau Ahlmann.» Larissa Polats Lächeln verschwand. «Finja, Karim und Alice übernehmen im HoT mindestens genauso viele Aufgaben wie ich, und sie sollten daher auch die Chance haben, hier teilzunehmen.»

«Also, das kann ja sein, aber ...», Anette rang nach Worten. «Ach, wissen Sie was, also gut, na schön!»

Sie hatte bemerkt, dass sowohl der Wiedenmaier als auch Julitta Baumgärtner neugierig herüberschauten, und sie wollte auf jeden Fall vermeiden, dass die beiden mitbekamen, dass hier etwas gegen ihren Willen lief. Also wechselte Anette blitzschnell ihre Strategie und beschloss, so zu tun, als wäre die Anwesenheit der Teenager völlig selbstverständlich. Sie nickte Frau Polat noch einmal zu und setzte sich dann an das obere Kopfende des Tisches.

Nachdem die restlichen Stadtratsmitglieder nach und nach eingetrudelt waren, räusperte Anette sich und begrüßte alle Anwesenden.

«Wie sicher aufgefallen ist, haben wir heute Gäste», sie deutete auf Frau Polat und die Jugendlichen, «vielleicht möchten Sie sich einfach kurz selbst vorstellen!»

Larissa Polat blieb stumm, klopfte allerdings Finja aufmunternd auf die Schulter, die sofort loslegte: «Ich heiße Finja, bin sechzehn Jahre alt, und ja, ich bin im HoT für viele verschiedene Dinge zuständig. Einmal im Monat mache ich die Einführung für Leute, die neu im Treff sind, also ich zeige denen alles und erkläre unsere Regeln, keine Gewalt, kein Rassismus, kein Sexismus, eh klar ...»

Holger Wiedenmaier gab ein merkwürdiges Grunzen von sich, doch Finja ging einfach darüber hinweg.

«... und ich organisiere aktuell auch unsere Proteste zum Erhalt des HoTs, vielleicht haben Sie mich dort schon mal gesehen.» Sie grinste frech zu Anette herüber, die allerdings den Blick auf ihre Notizen geheftet hatte.

Jetzt meldete sich der Junge neben Frau Polat zu Wort: «Ich bin Karim, ich bin fünfzehn, und ich leite seit einem halben Jahr den Skateboard-Workshop im HoT, und ja ... ich bin auch immer freitags vorm Rathaus.» Auch er grinste in die Runde, wirkte aber etwas nervöser als Finja.

«Ich heiße Alice, bin vierzehn Jahre alt und noch nicht so lange dabei, aber ich bin so quasi Finjas Assistentin, und ich will auch, dass das HoT bleibt!» Das Mädchen sah zu Finja herüber, die wild nickend den Daumen nach oben reckte.

«Mein Name ist Larissa Polat, ich bin leitende pädagogische Fachkraft im HoT», erklärte Frau Polat knapp und lächelte gelassen in die Runde.

«Ja, wunderbar», sagte Anette mit einem gezwungenen Lächeln, öffnete den Knopf ihres taillierten, grauen Schößchen-Blazers und legte ihre violette Lesebrille auf den Tisch. «Ich habe aufgrund der aktuellen Situation heute diese Sondersitzung einberufen, mein Mitarbeiter Herr Zanetti wird Protokoll führen, und ich hoffe, dass wir hier in dieser Runde zu einigen guten Lösungsansätzen kommen, die die angespannte Situation ein wenig entzerren!»

Sie sah in die Runde, alles schwieg.

«Die Fronten haben sich ja leider in den vergangenen Wochen sehr verhärtet, aus meiner Sicht auf der Grundlage von Missverständnissen», fuhr sie fort. «Und dennoch möchte ich als regierende Bürgermeisterin heute die Hand in Richtung ‹Haus der offenen Tür› ausstrecken und habe zwei Ankündigungen zu machen, die sicher dazu beitragen werden, ein wenig Feuer aus diesem, wie ich finde, völlig unnötigen Konflikt zu nehmen!»

Anette blickte wieder in die Runde, um zu überprüfen, ob ihre Worte bereits zu entsprechenden Reaktionen geführt hatten. Finja hatte die Unterarme auf den Tisch gelegt und sah erwartungsvoll in Anettes Richtung, auch Larissa Polat blickte mit interessiertem Blick zu ihr herüber, während Volker eher skeptisch aussah und Holger Wiedenmaier am anderen Ende des Tisches mit verschränkten Armen und immer noch überheblichem Grinsen auf seinem Stuhl hockte.

«Also, zunächst einmal darf ich verkünden, dass noch heute Handwerker ins HoT kommen werden, um den Tischkicker zu reparieren. Ich weiß, es sind nur noch wenige Wochen bis zum … Umbau, aber ich denke, dass die Übergangsphase so noch ein wenig angenehmer wird. Der Tischkicker soll dann auch selbstverständlich seinen Platz in den neuen Räumlichkeiten finden und dorthin überstellt werden …»

Larissa Polat seufzte und sah zur Decke.

Anette konnte diese Geste nicht so recht deuten, versuchte sich aber nicht aus dem Konzept bringen zu lassen und fuhr fort: «Außerdem … und ich denke, das wird euch besonders freuen», sie sah zu Karim, Alice und Finja, «möchte ich euch hiermit das Versprechen geben, dass es auch im neuen Mehrgenerationenhaus Platz zur Entfaltung geben wird und dort – natürlich mit entsprechender Rücksichtnahme auf unsere älteren Mitbürgerinnen und Mitbürger – jeden Samstag zwischen 16 und 20 Uhr eine Kinderdisco stattfinden kann!»

Anette pausierte, um diesen tollen Neuigkeiten noch mehr Gewicht zu verleihen und sie bei den Anwesenden wirken zu lassen.

Larissa Polat vergrub für einen Moment das Gesicht in den Händen, Karim und Alice starrten Anette mit weit aufgerissenen Augen und halb geöffneten Mündern an, und Finja platzte heraus: «Scheiße, was? Kinderdisco?»

Das war nicht die Reaktion, die Anette erwartet hatte.

«Oder Jugenddisco, wie auch immer», setzte sie nach, doch noch immer starrte die HoT-Fraktion fassungslos zu ihr herüber. So langsam verlor Anette die Geduld. Was war denn jetzt schon wieder falsch? Seit Wochen handelte sie in guter Absicht, wollte der Stadt etwas Gutes tun, neue Räumlichkeiten errichten lassen, Jung und Alt zusammenbringen, und nichts war diesen Kids gut genug! Das konnte doch wohl alles so langsam nicht mehr wahr sein.

«Sie wollen das HoT also immer noch abreißen?», fragte Karim.

«Ja, aber natürlich … Also, entschuldigt mal, ihr habt doch nicht gedacht, dass die Stadt sich erpressen lässt?» Anette musste sich bemühen, mit ruhiger Stimme zu sprechen. «Dass wir euch jetzt dennoch so entgegenkommen und sogar noch Zugeständnisse machen, dafür kann man aber wirklich mal ein bisschen Dankbarkeit erwarten. Das würden andere Bürgermeister so nicht machen!»

«Ja, aber wirklich! Woanders gäbe es das nicht, und wenn's nach mir ginge, dürftet ihr nach allem, was ihr hier an Chaos in der Stadt verursacht habt, die neuen Räumlichkeiten gar nicht betreten», mischte sich Holger Wiedenmaier ein.

«Ja, schon gut, Holger, danke», sagte Anette, die keine Lust hatte, dass die Stimmung sich direkt wieder aufheizte.

«Der alte Tischkicker wird nach Monaten endlich mal repariert, und wir dürfen ‹Disco› am Nachmittag machen, aber nur so laut, dass irgendwelche Omis sich nicht gestört fühlen? Das ist doch kein Entgegenkommen!», rief Finja und funkelte Anette wütend an.

«Wir werden sicher eine Lösung dafür finden, dass die Musik auch mal etwas lauter gedreht werden kann, aber im Mehrgenerationenhaus kann es eben nur funktionieren, wenn alle aufeinander Rücksicht nehmen!», erklärte Anette in mütterlichem Ton.

Finja schnaubte, und Karim knurrte: «Mal wieder nur Symbolpolitik … war doch klar!»

Anette wusste nicht, was sie sagen sollte. Wieso verstanden diese Jugendlichen nicht, dass Anette nur das Beste für sie wollte? Die Reparatur des Tischkickers und das Versprechen, dass es auch im Mehrgenerationenhaus feste Discozeiten geben würde – das war doch was! Und dann noch diese Nachfrage, ob das HoT denn jetzt wirklich abgerissen werden würde. Unfassbar! Die hatten doch nicht allen Ernstes geglaubt, dass sie als Bürgermeisterin von ihren Plänen abrücken würde? Wie würde sie denn dastehen? Vor allem nicht nach den Protesten, Sticker-Aktionen und den konkreten Bedrohungen. Gut, Letzteres konnte sie der HoT-Fraktion nicht eindeutig zuordnen, aber das lag ja im Prinzip auf der Hand. Wer sollte sonst ein Interesse daran haben, ihre Altpapiertonne umzuwerfen und ihr zu drohen? Da konnten diese Kids wirklich von Glück reden, dass das bisher nicht ernsthafte, strafrechtliche Konsequenzen nach sich gezogen hatte.

«Ich weiß, dass das eine sehr emotionale Angelegenheit ist und viele Erinnerungen am alten Jugendtreff hängen, aber auch in den neuen Räumlichkeiten kann es schön werden, und ich möchte euch an dieser Stelle noch mal in aller Deutlichkeit darauf hinweisen, dass wir mit diesen neuen Angeboten einen großen Schritt auf euch zugehen, und das, nachdem es von eurer Seite aus zu empfindlichen Grenzübertritten gekommen ist, mit denen ihr euch in Teufels Küche bringt …», sagte Anette in scharfem Ton und blickte die Jugendlichen ernst an.

«Wieso in Teufels Küche?», fragte Alice, und Finja ergänzte: «Wir dürfen demonstrieren, das ist unser gutes Recht!»

«Ja, aber es ist ja nicht nur das, wie wir alle wissen. Sticker auf Privateigentum zu kleben oder nachts fremde Grundstücke zu betreten und Drohschreiben zu hinterlassen, das ist jetzt wohl eher nicht im Grundgesetz verankert, würde ich mal behaupten!»

«Das waren wir nicht!», rief Finja wütend.

«Wir haben immer nur Stromkästen und so beklebt», warf Karim ein.

«Das ist auch Vandalismus, und alleine dafür sollte man euch alle einsperren!», quakte Holger Wiedenmeier.

«Hier wird niemand eingesperrt, Holger», wies Anette ihn in die Schranken.

«Frau Ahlmann, wir werden uns diese kriminellen Aktionen von Ihnen nicht in die Schuhe schieben lassen. Ich habe Sie schon mehrfach daran erinnert, dass Sie ohne Beweise nicht einfach irgendjemanden beschuldigen können, und die Hildenberger Polizei kann in dieser Angelegenheit ja offenbar keine Ermittlungsergebnisse vorweisen …» Jetzt hatte Larissa Polat das Wort ergriffen, die sich anscheinend nicht länger zurückhalten konnte.

«Da hat Frau Polat recht», warf Julitta Baumgärtner ein, die bisher wie alle anderen Ratsmitglieder das Gespräch zwischen Anette und den Jugendlichen nur stumm mitangehört hatte.

«Pah!», rief Holger Wiedenmaier. «Nur weil die kleinen Wiesel zu flink sind, um sich erwischen zu lassen … Wette, wenn ich bei euch zu Hause den Schrank aufreiße, kommen mir haufenweise Spraydosen entgegengeflogen!»

«Na, zum Glück haben wir Leute wie Sie nicht bei uns zu Hause», entgegnete Larissa Polat kühl.

Anette hätte sich am liebsten die Haare gerauft. Wieder gingen ihre guten Absichten in irgendwelchen ziellosen Diskussionen unter, und der Wiedenmaier mit seinem Geplärre war ihr mal so gar keine Hilfe.

«Also, haben Sie uns jetzt tatsächlich nur für diese zwei, entschuldigen Sie die Wortwahl, lächerlichen Verkündigungen herbestellt?», fragte Larissa Polat, die aus ihrem Ärger keinen Hehl mehr machte.

Uns herbestellt, dachte Anette bei sich, na, von wegen, von *uns* konnte ja nun wirklich keine Rede sein. Sie hatte ihr ja schließlich nicht gesagt, dass sie gleich ihre ganze Entourage mitbringen sollte.

«Frau Polat, vielleicht lassen Sie sich meine Vorschläge noch einmal ganz in Ruhe durch den Kopf gehen. Wenn es nicht die Disco sein soll, vielleicht haben Sie oder jemand anderes ...», sie lächelte freundlich in Richtung der Jugendlichen, «noch einen anderen Vorschlag, wie wir der Hildenberger Jugend das Mehrgenerationenhaus ein wenig schmackhafter machen können. Vielleicht eine gemütliche Ecke mit Sofa zum ... Chillen oder hinterm Haus eine kleine Rampe für die Skater!» Anette zwinkerte Karim zu.

«Cringe», sagte Finja und verschränkte die Arme.

«Wie bitte?», fragte Anette bemüht freundlich, doch Frau Polat ging dazwischen.

«Frau Ahlmann, ich fürchte, wir kommen hier nicht weiter.» Sie klang dabei so müde, wie Anette sich fühlte. «Ich habe den Eindruck, es ist nicht so, dass Sie uns nicht verstehen wollen, ich glaube mittlerweile, Sie können es einfach nicht ...»

«Jetzt seien Se mal 'n bisschen dankbar! Die Stadt kommt Ihnen hier gerade mit allem möglichen Gedöns entgegen», keifte Holger Wiedenmaier vom Tischende.

Frau Polat beachtete ihn nicht und stand auf. «Lasst uns gehen», sagte sie matt zu den Jugendlichen, und Karim, Alice und Finja sprangen auf.

Im Vorbeigehen warf Finja Anette einen vernichtenden Blick zu. Frau Polat, die erschöpft und unzufrieden aussah, ließ sich noch zu einem kurzen Anstandsnicken herab, dann waren die vier ohne ein weiteres Wort verschwunden.

«Gut … dann können wir hier eigentlich auch Schluss machen, es sei denn, jemand hat noch einen besseren Vorschlag?», sagte Anette schwach und sah sich um.

«Vielleicht gibt es ja doch eine Möglichkeit, sowohl das Mehrgenerationenhaus umzusetzen als auch das HoT zu erhalten», überlegte Julitta Baumgärtner laut.

«Und wo sollen wa das Geld dafür hernehmen? Die Stadt hat keine Mittel und keine geeigneten Flächen, um hier überall irgendwelche schicken Großprojekte hochzuziehen», brummte Volker und warf ihr einen verächtlichen Blick zu.

«Mal davon abgesehen, was wäre das für ein Zeichen an das Pack vom Jugendtreff? Dass die Stadt sich von diesem Sticker-Terrorismus einschüchtern lässt und den Schwanz einzieht?», donnerte der Wiedenmaier aus seiner Ecke.

Anette hörte noch eine Weile mit halbem Ohr zu, wie Julitta Baumgärtner nach Alternativlösungen suchte und jedes Mal von Volker und Holger Wiedenmaier abgewatscht wurde. Nach einiger Zeit konnte sie das Ganze jedoch nicht mehr mitansehen und beendete die Sitzung schließlich. Mit einer Mischung aus Erleichterung und Frustration sah sie zu, wie die Ratsmitglieder zusammenpackten und einzeln den Raum verließen. Beim Hinausgehen knurrte Holger Wiedenmaier ihr leise zu: «Das Angebot mit der Bürgerwehr steht noch,

Frau Bürgermeisterin, wird Zeit, dass hier wieder Zucht und Ordnung regiert anstatt anarchistische Jugendbanden!»

Anette seufzte leise, stand auf und stellte sich vor eines der Fenster. Sie blickte hinauf in den grau bedeckten Himmel und überlegte, wie ihr die Situation so hatte entgleiten können. Das war aber doch wirklich nicht ihre Schuld. Schließlich hatte sie von Anfang an versucht, an alle Hildenberger zu denken! Noch immer hielt sie das Mehrgenerationenhaus für eine gute Idee. Vielleicht durfte sie sich einfach nicht aus der Ruhe bringen lassen. Dass sich allerdings ausgerechnet der Wiedenmaier, dessen schlimme Stammtischparolen ihr so verhasst waren, auf ihre Seite stellte, das brachte sie wirklich zum Nachdenken! Sie hatte doch gar nicht um seine Unterstützung gebeten … Bedeutete das etwa, dass sie sich ähnlicher waren, als sie immer gedacht hatte? Nein, das konnte nicht sein. Viele ältere Hildenberger waren doch genauso von der Idee begeistert gewesen, nicht nur dieser Heini.

«Frau Ahlmann? Alles in Ordnung?», fragte plötzlich eine Stimme hinter ihr, und sie zuckte zusammen.

Matteo, der bereits den kompletten Sitzungssaal hergerichtet und die Keksteller weggeräumt hatte, war neben sie getreten.

«Ach, ich weiß doch auch nicht», sagte Anette matt. Normalerweise bemühte sie sich vor Matteo um Professionalität, aber jetzt gerade waren ihr einfach die Kräfte ausgegangen.

«Erlauben Sie mir ein ehrliches Wort?», fragte Matteo in der gestelzten Art, die er im beruflichen Kontext immer an den Tag legte.

«Äh … ja, natürlich» sagte Anette ein wenig verwirrt.

«Also, ich will Ihnen ja wirklich nicht zu nahe treten,

aber … Also, ich glaube, ich hätte es mit fünfzehn vielleicht auch nicht so toll gefunden, wenn der Ort, an dem ich gerne Zeit verbringe, abgerissen würde. Verstehen Sie mich nicht falsch, ich halte das mit dem Mehrgenerationenhaus immer noch für einen guten Ansatz, aber vielleicht braucht es andere Zugeständnisse als Tischkicker und Disco.» Matteo trat ein wenig nervös von einem Fuß auf den anderen und sah aus, als ob er doch lieber nichts gesagt hätte.

«Ach, Matteo, ja …» Anette blickte sich im Raum um und überprüfte, ob sie tatsächlich allein waren, dann sagte sie so leise wie möglich: «Ich kann aber doch jetzt nicht mehr zurück, wie sähe das denn aus?»

Matteo schwieg für einen Moment und sah wie zuvor Anette hinaus in den wolkenverhangenen Himmel.

«Na ja, vielleicht zeugt es doch auch von Größe, wenn man Fehler bemerkt und korrigiert?», sagte er schließlich. «Hat unsere ehemalige Bundeskanzlerin auch schon gemacht!»

Anette, die ein riesengroßer Angela-Merkel-Fan war, sah ihren Mitarbeiter mit großen Augen an. Der Matteo war doch wirklich ein kluger und besonnener Kopf! Da konnten sich andere junge Leute wirklich mal eine Scheibe von abschneiden, in erster Linie ihre aufsässige Tochter! Die war seit der Hochzeitstagsfeier wieder in Schweigen verfallen und antwortete nur sporadisch auf Anettes WhatsApp-Nachrichten.

Matteo Zanetti zuckte jetzt die Schultern, lächelte seiner Chefin aufmunternd zu und verließ mit einer Ladung leerer Saftig!-Flaschen den Raum. Anette blieb allein mit ihren Gedanken zurück, noch verwirrter als zuvor.

KAPITEL 10

Finale mit Fleischkäse

«Mensch, Andreas, jetzt setz dich erst mal hin. Hier, trink einen Schluck Wasser.» Anette stellte ihrem Sohn ein munter sprudelndes Glas vor die Nase. Der griff mit beiden Händen zu und nahm einen kräftigen Schluck. Etwas zu kräftig, denn der Sprudel war so stark, dass er die Hälfte um ein Haar wieder ausgeprustet hätte. Stattdessen stieß er nur ein wenig auf. «Danke, Mudder!», knurrte er.

Anette nickte knapp und murmelte ein genervtes «Jaja, schon gut!». Es war 3 Uhr nachts, und sie hatte noch kein Auge zugemacht. Diesmal lag es nicht an irgendwelchen nächtlichen Tonnenumschubsern, Achims Schnarchen oder etwa daran, dass ihr die ganze Sache mit dem HoT den Schlaf raubte. Letzteres war vor wenigen Wochen noch der Fall gewesen, aber mittlerweile war das ganze Dilemma für sie zur Normalität geworden. Nein. Der Grund, warum Anette um 3 Uhr morgens in der Küche stand und gerade eine Edelstahlpfanne aus der Küchenschublade zog, saß vor ihr und hatte eine Fahne, die von der Ahlmann'schen Küche bis nach Mallorca reichte.

Andi war jetzt das dritte Wochenende hintereinander nach Hildenberg gekommen, und das nicht etwa, um seinen geliebten Eltern einen Besuch abzustatten oder Achim im Garten mit dem wuchernden Chinaschilf zu helfen. Er hatte die kurze Autofahrt in seine Heimatstadt auf sich genommen, weil eine Reihe – aus seiner Sicht äußerst wichtige – Events in Hildenberg und Umgebung stattfanden. Letzte Woche waren Andi und seine Kumpanen auf Bierwanderung gewesen, das hatten sie Basti vor zwei Jahren mal zum Geburtstag geschenkt und nun endlich in die Tat umgesetzt. In der Woche davor hatte es der Freundeskreis auf dem jährlichen Scheunenfest im Nachbarort ordentlich krachen lassen, und diese Woche hatte das 15-jährige Jubiläum von Stefan Kaltmeier in der Freiwilligen Feuerwehr angestanden. Es musste ein guter Abend gewesen sein, so wie Andi gerade mit beiden Händen den Sprudel trank. Zumindest so gut, dass er beim Nachhausekommen über den Reisenthel-Korb mit den Pfandflaschen, der am Eingang der Küche stand, gestolpert war und einen Heidenlärm verursacht hatte. Anette war sofort aufgesprungen und nach unten in den Hausflur marschiert.

Ihr war schon klar gewesen, dass ihr Sohn wieder angesäuselt mitten in der Nacht auflaufen würde. In Erwartung dessen hatte sie gar nicht erst richtig in den Schlaf gefunden. Wütend war sie aus dem Schlafzimmer runter in den Flur geflitzt, um ihren Sohn zusammenzustauchen. Doch Andi war einfach an ihr vorbeigelaufen, hatte seine Jacke achtlos über den Kleiderständer geworfen und den umgekippten Korb liegen lassen.

«Wie die Sau vom Trog, meine Güte, Andreas!», hatte Anette ihn ausgeschimpft, aber dennoch die Flaschen selbst wieder in den Korb geräumt und seine Jacke richtig aufgehängt. Andi hatte irgendwas von «Wollte ich doch gleich machen» genuschelt und war weiter in die Küche getorkelt, um zum obligatorischen Sturm auf den Kühlschrank anzusetzen. Doch da war Anette dazwischengegangen.

«Was willste haben, Sportsfreund?», hatte sie ihn gefragt. «Kann dir 'n ordentlichen Fleischkäse mit Senf machen, bevor du jetzt wieder alles im Kühlschrank angrabbelst und mir dadrinnen alles durcheinanderbringst!»

Daraufhin hatten Andis Augen geglänzt vor betrunkener Freude, und er hatte es sich – nach Anettes eindringlicher Aufforderung – auf der Eckbank bequem gemacht.

«Mudder, du bis' die Beste einfach!», rief Andi jetzt laut, und Anette riss sofort den Finger vor den Mund.

«Shhhhhh! Bist du wohl leise. Willste, dass dein Vater aufwacht?», fragte sie ihn mit bedrohlichem Unterton. Andi schüttelte vehement den Kopf.

Anette schnitt derweil zwei dicke Scheiben Fleischkäse ab und legte sie in die mittlerweile heiß gewordene Pfanne. Zischend begann das Fleisch zu brutzeln. Im Handumdrehen schnitt sie noch eine viertel Zwiebel dazu, briet diese ebenfalls an und legte zwei Brötchen in den vorgeheizten Ofen.

«Mensch, Mudder, das wird ja ein Vier-Sterne-Menü!», lallte Andi begeistert von der Eckbank aus.

«Wie war's denn bei Stefan?», wechselte Anette das Thema, auch wenn Andis angetrunkene Begeisterungsausbrüche ihr schmeichelten.

«Da war wieder was los, das sag ich dir!», begann er zu erzählen. «Die Freundin vom Stefan hat so Feuerwehr-Shots gemacht. Die waren rot und schwarz, so wie die Feuerwehrautos! Und immer wenn das Blaulicht anging, gab's 'ne Runde davon! Das war einfach megawitzig!»

«Das Blaulicht vom Einsatzfahrzeug?», fragte Anette empört.

«Na klar, welches denn sonst?», fragte Andi sichtlich verwirrt. Er zückte sein Handy, hielt den Bildschirm in Anettes Richtung und zeigte ihr ein Video, in dem der Einsatzwagen des Löschzugs leuchtete wie ein Weihnachtsbaum, während ohrenbetäubend laut «Mach den Hub Hub Hub, mach den Schrauber Schrauber Schrauber, mach den Helikopter 117» durch das Gerätehaus dröhnte.

«Andreas, verdammte Axt! Mach das leiser!», zischte Anette.

«'tschuldigung! Bin bisschen neben der Spur», gluckste Andi und zog entschuldigend den Kopf zwischen die Schultern.

«Ja, das merk ich. Hol dir mal einen Teller ausm Schrank, schaffste das?»

Anette legte gerade eine Scheibe Käse auf den Fleischkäse und streute in Chefköchinnen-Manier etwas Pfeffer über ihre kulinarische Kreation, als ein lautes Klackern von draußen ertönte.

KLACK, KLACK, KLACK, KLACK, KLACK, tönte es metallisch dumpf in die Küche – und das, obwohl das Küchenfenster geschlossen und die Jalousien heruntergelassen waren.

«Hast du das gehört? Was war das?» Anette fuhr erschrocken zusammen.

Andi, der gerade mit einem Teller zurück zum Tisch schlurfte, antwortete etwas verzögert: «Ja, wie? Warst das nicht du mit der Pfanne?»

«Nein! Das kam von draußen, oder nicht?»

KLACK, KLACK, KLACK, KLACK. Da war es wieder, und diesmal drang das Geräusch noch lauter als zuvor in die Ahlmann'sche Küche. Jetzt runzelte auch Andi die Stirn.

«Das klingt wie …», setzte Anette zögerlich an.

«Eine Spraydose!», rief Andi. In seinen zuvor noch trüben

Augen leuchtete jetzt die Erkenntnis, als hätte jemand im Hinterstübchen eine Glühbirne angeknipst. Er sprang vom Tisch auf, wobei er beinahe sein Sprudelglas umwarf.

Das Einzige, was Anette herausbrachte, war: «Die Jugendlichen!» Wie festgefroren stand sie mit dem Pfannenwender in der Hand da, den Rücken zum Herd, und starrte Andi an.

«Mach den Rollladen hoch!», brüllte der, doch Anette war stocksteif vor Schreck.

Andi, der trotz seines Dämmerzustandes begriff, dass mit seiner Mutter gerade nichts anzufangen war, hastete in den Flur und riss die Haustür auf. Das Scheppern der Tür holte Anette aus ihrer Starre, und sie zerrte mit voller Kraft am Gurt der Jalousie, die jedoch erst mal nur die Rollladenschlitze freigab. Ungeachtet des Pfannenwenders in ihrer Hand, zog sie erneut mit voller Kraft am Rollladengurt, sodass dieser mit einem lauten Rattern nach oben schoss.

Schwärze. Sie konnte nichts sehen, in der Küche war es zu hell. Doch dann machte sie eine Bewegung aus, ein Schatten huschte hinter ihren Rhododendron.

Was war das? Wer war das? Plötzlich kam ein größerer Schatten von rechts in Anettes Sichtfeld gerannt. Keine Schuhe, bloß auf Socken und im T-Shirt, schlecht sitzende Jeans, das war Andi. In vollem Sprint rannte er auf den Rhododendron zu und hechtete mit einem Sprung auf den Schatten. Ein lautes, schmerzvolles Stöhnen ertönte, gefolgt von einem metallischen Klackern.

Jetzt lief auch Anette nach draußen, so schnell sie konnte durch den Flur und zur Haustür hinaus. Andi stand bereits wieder und schaute mit finsterer Miene auf den Rhododendron hinab. Eiligen Schrittes lief Anette zu ihrem Sohn und packte ihn zittrig am Arm. Es war stockfinster, doch sie konnte deutlich einen Mann erkennen, der vor ihr am Boden lag und fluchte. Dann blitzte ein helles Licht auf. Andi hatte sein Handy gezückt und die Taschenlampen-Funktion eingeschaltet.

«Nein!», brach es aus Anette hervor. Entsetzt schlug sie sich die Hände vor den Mund.

Vor ihr im total zerdrückten Rhododendron lag Heinz Kaltmeier. Anettes früherer Chef. In schwarzer Jogginghose, einem tarnfarbenen, dicken Fleecepullover und mit einer halb vom Kopf gerutschten Strickmütze, auf der das Logo der Hildenberger Feuerwehr zu sehen war, lag er in Anettes Vorgarten und bot einen skurrilen Anblick. Kaltmeier stöhnte, fluchte und hielt sich den Rücken. Andi schwenkte mit dem Licht nach links. Über die angrenzende Einfahrt der Ahlmanns rollte klirrend eine Spraydose. Anette war sprachlos.

«Hilft mir jetzt mal jemand aus dem Busch raus, oder willste mir mit dem Pfannenwender noch eine auf die Zwölfe geben, Anette?», schimpfte Heinz Kaltmeier garstig und versuchte vergeblich, sich aufzurappeln.

Andi und Anette blickten sich an, traten schließlich einen Schritt nach vorne und hievten gemeinsam Heinz Kaltmeier – unter großem Gestöhne des auf frischer Tat Ertappten – aus dem Busch.

Kaum dass dieser wieder auf den Füßen stand, brachte Anette hastig einen Meter zwischen sich und ihren ehemaligen Chef. «Was ist denn in dich gefahren? Heinz!», rief sie entrüstet.

«Das könnte ich doch genauso gut dich fragen, Anette!», entgegnete der und verschränkte die Arme vor der Brust.

«Was zum Henker ist hier eigentlich los?», tönte es plötzlich hinter Anette. Achim stand im Morgenmantel in der Haustür und hielt seine übergroße Taschenlampe in der Hand, mit der er Heinz, Anette und Andi abwechselnd ins Gesicht leuchtete.

«Na, hoppala, Heinz, was machst du denn hier?», fragte er verwirrt. Dann wanderte sein Blick zu seinem Sohn und blieb an dessen Socken haften. «Und was ist mit dir los, Freundchen? Warum hast du keine Schuhe an? Hast dich mal wieder um Kopf und Kragen gesoffen, wie ich sehe!»

Achim wollte gerade zu einer Schimpftirade ansetzen, da unterbrach Anette ihn: «Achim, ruf den Kohlmassen an. Wir haben den Übeltäter!»

«Das mach ich gerade schon», quatschte Andi übereifrig dazwischen und wählte die 110, wofür er mehrere Versuche brauchte.

«Prima! Bis die da sind, gehen wir erst mal rein, bevor wir uns hier draußen noch den Tod holen», beschloss Anette und winkte mit dem Pfannenwender Richtung Haustür. «Ja, auch du Heinz. Zack! Mach schon, bevor ich's mir anders überlege und dich hier draußen stehen lasse, wo die halbe Nachbarschaft dich sehen kann!»

«Jaja, komme ja schon … danke», murmelte der Kaltmeier etwas kleinlaut und folgte Anette mit hängendem Kopf ins Haus.

«Brauchst mir nicht zu danken! Verrat mir lieber mal, was du nachts mit einer Sprühdose an meiner Hauswand zu schaffen hast!», herrschte sie ihn an und schloss die Tür hinter ihnen. «Hier links geht's in die Küche. Schuhe aus!»

Umständlich versuchte Heinz Kaltmeier, seine Schuhe

loszuwerden. Er hatte sichtlich Schmerzen von Andis Tackle-Angriff und dem anschließenden Sturz in den Rhododendron. Doch darauf nahm jetzt niemand Rücksicht.

Andi, der vorausgegangen war, öffnete schwungvoll die Küchentür und sprang sofort einen Schritt zurück. Rauch kam ihm entgegen.

«Der Fleischkäse! Um Gottes willen!», schrie Anette, und Achim riss den Feuerlöscher unter dem Kleiderständer hervor, der dort seit geschlagenen zehn Jahren auf seinen Einsatz wartete.

«Lass mich durch! Weg!», rief Achim und war mit einem Satz in der Küche verschwunden. Ein lautes Zischen erklang. Anette wartete mit bangem Blick im Flur, dahinter Andi und der alte Kaltmeier. Kurz darauf verkündete Achim: «Küche is sicher! Könnt rein!»

Der Rauch lichtete sich, und Anette wagte es, einen Blick durch die Küchentür zu werfen. Die Rauchschwaden hatten Schlimmes vermuten lassen, doch jetzt fiel ihr ein Stein vom Herzen: Die Pfanne mit dem Fleischkäse darin war voll mit Löschmittel, doch der Rest der Küche war heil und unbeschadet. Nicht einmal der Herd hatte so richtig was abbekommen, von ein paar Spritzern Löschmittel einmal abgesehen.

Anette seufzte und ließ sich kraftlos auf einen der Küchenstühle sinken. Mein lieber Scholli, was für eine Nacht. Der Kaltmeier ein krimineller Randalierer, na gut. Aber wenn jetzt auch noch die Küche abgebrannt wäre, dann hätte sie wirklich an allem gezweifelt. Dann wäre es so weit gewesen, sie hätte sich Achim geschnappt und wäre mit Sack und Pack an den Gardasee ausgewandert!

Zehn Minuten später saßen Heinz Kaltmeier, Achim, Anette und Andi mit dampfenden Bechern vor sich um den Ahlmann'schen Küchentisch. Anette hatte eine Kanne ihrer geliebten Entspannungskräuterteemischung aufgesetzt und trotz der späten Stunde noch einen Teller mit einer kleinen Auswahl an Keksen hergerichtet. Auch wenn der Kaltmeier ein ungebetener Gast war – das gehörte sich einfach so, fand sie.

Heinz rutschte nervös auf der Eckbank hin und her und wagte es nicht, irgendjemanden anzusehen.

«So, jetzt sag mir mal bitte, was ich dir eigentlich getan habe, Heinz?», sagte Anette, nachdem sie einen großen Schluck aus ihrer Tasse genommen hatte. «25 Jahre hab ich für dich gearbeitet, und dann so was! Was soll ich denn davon halten?»

«Ja, Mensch Meier. Ich weiß doch auch nicht! Seit du weg bist, läuft bei uns gar nichts mehr! Da ist mir halt mal die Sicherung durchgebrannt», brach es aus dem alten Kaltmeier heraus. «Alles geht drunter und drüber! Jahrelang waren wir ein eingespieltes Team, und dann lässt du mich einfach sitzen! Einfach so!»

Anette war fassungslos. Das war der Grund? Der alte Kaltmeier terrorisierte sie seit Wochen, weil sie gekündigt hatte?

«Das glaub ich jetzt nicht. Und aus Rache machste mir das Leben schwer? Weißt du, was wir für 'ne Angst hatten? Hätte ja sonst wer was gegen mich haben können!», stammelte sie und schüttelte fassungslos den Kopf.

«Nein, doch nicht aus Rache ...», begann Heinz Kaltmeier stockend. «Ich dachte eben, wenn das mit diesem Jugendtreff eskaliert, dir übern Kopf wächst und so weiter, dass dir dann der Spaß an dem ganzen Politikgedöns vergeht, und ich dacht, dann kommste zu mir zurück, und alles wird wieder wie früher!»

«Meine Herren ... Heinz», flüsterte Anette schwach. Sie konnte sich nicht entscheiden, ob sie sauer oder gerührt sein sollte. Da hockte dieser gestandene 63-Jährige an ihrem Küchentisch in Jogginghose und Tarn-Fleece und kämpfte offensichtlich mit den Tränen. «Du weißt doch, dass mir das auch schwergefallen ist, bei dir aufzuhören, aber so ein Bürgermeisteramt ist nun mal 'ne Nummer zu groß, um das nur auf einer Arschbacke abzusitzen!», sagte sie halb mitleidig, halb wütend.

Heinz Kaltmeier schluckte nur und nestelte an seiner Tasse herum.

Für einen Moment sagte niemand am Tisch etwas. Andi war während Kaltmeiers Geständnis das Kinn auf die Brust gesunken, und er schnarchte leise vor sich hin. Die Feuerwehrschnäpse forderten augenscheinlich ihren Tribut.

Achim stupste ihn an: «Sohnemann, komm, geh mal deinen Rausch ausschlafen!»

Andi zuckte zusammen, sah sich verwirrt um und schlich dann leicht schwankend zur Küchentür hinaus.

«Mensch, Heinz ...», seufzte Anette zum wiederholten Male. «Mal von der ganzen Angst, die wir wegen dir hatten, abgesehen, da haste mich echt in eine blöde Lage gebracht! Ich dachte die ganze Zeit, dass die Polat vom Jugendtreff mich fertigmachen will. Hab sogar schon vermutet, dass die ein Auge auf das Bürgermeisteramt geworfen hat, und jetzt das!»

«Ach, aber komm, die Proteste und das alles, das haben die ja trotzdem gemacht! Das sind auch keine Unschuldslämmer», warf Achim brummig ein.

«Na, jetzt aber, Achim! Die Demonstrationen waren nervig, ja. Aber das kannste nicht mit Sachbeschädigung und Drohbriefen vergleichen», entgegnete Anette recht energisch.

«Kann ich schon ...», murrte Achim angriffslustig, doch seine Frau ignorierte ihn und wandte sich an Heinz.

«Ich nehme an, diese fiesen Sticker, bei mir am Auto und hier am Briefkasten, die waren auch von dir?»

Ihr ehemaliger Chef nickte langsam, sah Anette aber noch immer nicht in die Augen.

«Und die Schmiererei? Bei Gisela?»

Bevor Heinz Kaltmeier antworten konnte, schallte die Türklingel durch die untere Etage der Ahlmann'schen Doppelhaushälfte.

«Das is sicher der Kohlmassen», knurrte Achim, erhob sich träge vom Küchenstuhl und verschwand im Flur.

Heinz Kaltmeier stellte seine Tasse ab und erhob sich ebenfalls, dann sah er Anette endlich in die Augen. «Meinste, du kannst mir das irgendwann verzeihen?»

«Ja, Mensch du ...», begann Anette ausweichend. «Was machste auch für Sachen? Todesangst hab ich wegen dir ausgestanden... Komm, jetzt nimm erst mal deine Sandalen und geh zum Kohlmassen raus. Warum haste eigentlich nachts offene Schuhe an?»

«Die Trekkingsandalen sind die einzigen sportlichen Schuhe, die ich habe. Mit Socken kannste die auch im Frühjahr nachts wunderbar tragen.»

Zu Anettes Erleichterung war Polizeiwachtmeister Kohlmassen wie von ihr gewünscht ohne Blaulicht und ohne Verstärkung angerückt. So konnte Anettes ehemaliger Chef ohne großes Brimborium auf die Rückbank des Streifenwagens verladen werden. Hans Kohlmassen staunte nicht schlecht, als er sah, wer da auf frischer Tat ertappt worden war. Anette berichtete ihm in wenigen kurzen Sätzen, was vorgefallen war, und schloss mit den Worten: «Kann dir der Heinz aber dann gleich auf der Wache auch alles selbst erzählen!»

Während des Prozederes nahm Anette vereinzelt Bewegungen hinter den dunklen Fenstern der Nachbarn wahr und sah den ein oder anderen Schatten neugierig nach draußen lugen. Sie war sich sicher, dass trotz der unbeleuchteten Festnahme morgen ganz Hildenberg Bescheid wissen würde.

Als der Streifenwagen davongebraust war, packte Anette eine solche Müdigkeit und Erschöpfung, dass sie nicht mal mehr die Tassen in die Spülmaschine räumen mochte, sondern sich zusammen mit Achim träge ins obere Stockwerk schleppte und sofort ins Bett fiel. Morgen würden ein paar wichtige Anrufe fällig sein. Zuallererst natürlich bei Larissa Polat. Und vielleicht würde sie auch noch bei Melanie Weißwasser vom Bauamt anklopfen … Ihr war da nämlich eine Idee gekommen. Aber das musste bis morgen warten. Anette seufzte und zog sich die Decke bis ans Kinn. Nach all der Aufregung brauchte sie jetzt erst mal eine dicke Portion Schlaf.

6 Wochen später

«Na, bin mal gespannt, wer da jetzt gleich alles aufläuft. Presse ist wahrscheinlich auch da, oder?», quiekte Biggi, zupfte sich ihre kurzen, blonden Locken aus der Stirn und strich ihre bunt gemusterte Desigual-Bluse glatt.

«Geh ich mal von aus, der Acar ist mir ja jetzt auch wieder wohlgesonnen, zum Glück!», antwortete Anette und prüfte ihr Antlitz in dem schmalen Spiegel an der Garderobe. In ihrer beigen 7/8-Chinohose und einer leichten, weißen Shirtbluse war sie farbtechnisch etwas schwächer unterwegs als Biggi, aber nicht weniger schick.

«Die oder die?», fragte sie und hielt zwei Handtaschen in die Höhe.

«Die!» Biggi zeigte mit dem Finger auf die dunkelrote Tasche mit Flechtoptik in Anettes linker Hand. «Als kleiner Farbtupfer!»

«Jörg ist auch bereit?»

«Der wartet schon am Wagen, meinte, er genießt 'n bisschen die Sonne. Also mir ist das ja schon wieder viel zu warm. Denk ich jedes Jahr. Zack, hat's plötzlich 30 Grad! Die letzten Tage hab ich erst mal mit Kreislauf flachgelegen, glaubste das?», quatschte Biggi drauflos und zog prompt ein Taschentuch aus ihrer eigenen Handtasche, um sich ein wenig theatralisch die Stirn abzutupfen.

«Hmmh», entgegnete Anette nur, wusste sie doch, dass Biggi die letzten drei Tage auf der Sonnenliege in ihrem Garten verbracht hatte. Sie drehte sich um und rief ins Wohnzimmer: «Achim? Bist du auch startklar?»

«Ich warte nur auf euch. Sitze hier seit zwanzig Minuten, hab die Schuhe schon an», brummte es aus dem Wohnzimmer.

«Mit Schuhen bist du jetzt über unseren Teppich gelatscht, oder wie?», fragte Anette ärgerlich und sah böse zu Achim, der jetzt aus dem Wohnzimmer marschiert kam.

«Das sind doch meine guten Ausgehschuhe, die sind sauber wie am ersten Tag!», keifte der zurück.

Man konnte die Anspannung im Hause Ahlmann förmlich mit Händen greifen. Denn heute war es so weit. Der erste Spatenstich für das neue Mehrgenerationenhaus stand an und sollte in einem festlichen Akt mit Gästen und Presse über die Bühne gebracht werden. Doch Familie Ahlmann würde gleich nicht zum Waldrand hinter der Schule fahren, nein, denn dort stand noch immer das HoT, und das würde auch so bleiben. Viel war passiert in den letzten Wochen.

Nach der Überführung des wahren Täters hatte Anette in den darauffolgenden Tagen alle Hebel in Bewegung gesetzt. Zuerst hatte sie mit Larissa Polat telefoniert und sich entschuldigt. Das war ihr zwar nicht leichtgefallen, doch zu ihrer Erleichterung hatte Larissa Polat ihre Entschuldigung recht zügig angenommen, jedoch darauf bestanden, dass Anette ihre Entscheidungen bezüglich des HoTs noch einmal überdachte.

«Frau Polat», hatte Anette in einem, wie sie selbst fand, höchst professionellen Ton geantwortet, «tatsächlich ist mir eine vortreffliche Idee gekommen, wie wir am Ende vielleicht doch alle zufrieden aus der Sache herausgehen können. Noch kann ich allerdings nichts versprechen!».

Anschließend hatte sie mit Melanie Weißwasser telefoniert.

«Der Herr Kaltmeier, wer hätte das gedacht? Hat hier erst letzten Sommer die Inspektion der Klimaanlagen bei uns im Haus gemacht. Tragisch, ganz tragisch», hatte diese nach kurzer Berichterstattung gesagt und sich dann Anettes Idee angehört. Anfangs ging ihre Reaktion nicht über ein skeptisches «Hm» hinaus, doch im Laufe des Telefonats änderte sich das. Das Gespräch hatte schließlich sogar mit einem

«Mhh, das könnte sogar klappen, Frau Ahlmann» geendet.

Eine lange Woche musste Anette warten, bis Herr Rodig ihr bestätigte, dass ein Gutachten erstellt werden würde. Dieses Gutachten würde prüfen, ob es möglich war, das Gebäude, das früher einmal der Hildenberger Krug gewesen war, zu einem Mehrgenerationenhaus umzubauen. Der Gedanke war Anette bereits am Abend ihrer Hochzeitstagsfeier kurz durch den Kopf geschossen, aber durch die Ereignisse in der Zeit danach hatte sie ihn nicht weiterverfolgt. Schon öfter hatte sie überlegt, wie schade es doch war, dass der obere Teil des Gebäudes, der früher wirklich mal urig und gemütlich gewesen war, so vor sich hin moderte. Nach Herrn Rodigs Rückmeldung hatte Anette nichts unversucht gelassen, um den Prozess zu beschleunigen, und fast jedem der involvierten Behördenleiter entweder Kuchen, Schnitzel oder Bier zu Mittag spendiert – natürlich ohne Druck auszuüben! Bis zuletzt war es eine gewaltige Zitterpartie gewesen, doch vergangene Woche hatte das Bangen endlich ein Ende gefunden.

Mit Herrn Rodigs Gutachten war sie in die Stadtratssitzung marschiert und hatte den nicht wenig verblüfften Ratsmitgliedern das neue Bauprojekt vorgestellt. Bis auf Holger Wiedenmeier und Volker waren alle hellauf begeistert gewesen – wobei Anette nicht ganz sicher war, ob die allgemeine Begeisterung nicht eher auf dem Wunsch basierte, den seit Monaten schwelenden Konflikt endlich hinter sich zu lassen! Julitta Baumgärtner allerdings war so von den Socken, dass sie Anette noch in der Sitzung anbot, ihr bei der Realisierung dieses Großprojekts unter die Arme zu greifen und die Arbeitsgruppe «Krug» zu gründen.

«Das ist doch auch viel nachhaltiger, bestehende Gebäude zu nutzen, als immer alles abzureißen und neu zu bauen. Ärger mich richtig, dass mir das nicht eingefallen ist!», hatte sie zu Anette gesagt, die endlich wieder obenauf gewesen war. Nicht einmal Volkers «Was das Gutachten wieder gekostet haben muss!» konnte ihrem Triumph etwas anhaben.

«Wird die Polat eigentlich auch da sein?», riss Biggi Anette aus ihren Gedanken.

«Na, das glaubste aber!», lachte Anette und schlüpfte mit einer Hand an der Garderobe in ihre flachen Pumps. «Die hat ja quasi doppelt gewonnen. Das HoT bleibt, und sie bekommt zwei weitere Räume im neuen Krug, die für den Generationenaustausch da sein sollen – vom Tischkicker ganz zu schweigen.»

Anette wollte gerade erzählen, wie das Gespräch mit Larissa Polat abgelaufen war, in dem Anette ihr verkündet hatte, dass das HoT nun doch gerettet werden konnte, als die Haustür aufgerissen wurde und Jörg hereinmarschierte. «Na, wo bleibt ihr denn? Kann man noch was helfen?»

«Wir warten auf Annika! Die war gestern noch auf'm Geburtstag von ihrer Freundin Steffi und 'n bisschen was länger unterwegs, hab sie noch gar nicht gesehen», erklärte Anette entschuldigend.

«Jaja, die feine Dame lässt mal wieder auf sich warten», bemerkte Achim sarkastisch von der Seite.

«Du, Jörg, die Polat wird auch gleich da sein, hat Anette gerade erzählt!», berichtete Biggi ihrem Göttergatten. «Ist das nicht aufregend?»

«Och, schön! Die ist ja ganz glücklich, dass es jetzt so gekommen ist, hat se mir die Tage noch erzählt», meinte Jörg unbedarft.

Anette und Biggi starrten ihn an.

«Wie? Wann hat die dir das erzählt?», giftete Biggi sofort.

«Na, in der Schule. Die ist doch auch manchmal da, als Honorarkraft und bietet so Workshops an, da quatsch ich hin und wieder mit der. Ist 'ne Nette!», erzählte Jörg, sah währenddessen aber weder seine Frau noch Anette an.

«Und das erzählst du erst jetzt, dass du mit der gut Freund bist?», keifte jetzt auch Anette.

«Gut Freund ist 'n bisschen übertrieben, wir kennen uns eben von der Arbeit!»

Biggi hatte ihre Augenbrauen so hochgezogen, dass sie unter ihren gelockten Stirnfransen verschwanden, sagte aber nichts. Anette wusste, dass ihre Freundin an Jörgs letztes großes Vergehen zurückdachte. Da war er gesichtet worden, wie er mit Friseurin Ulrike einen Kaffee vor ihrem Laden getrunken hatte. Das Thema Larissa Polat war für Biggi noch nicht gegessen, das war mal klar, und Jörg konnte sich später auf was gefasst machen.

«Ja, naja, das ist doch wirklich 'ne gute Lösung mit dem Krug, und wenn die Polat zufrieden ist … dann kehrt hier endlich wieder Ruhe ein im Ort!», versuchte Anette die unangenehme Stille zu durchbrechen.

«Also, die Frau Polat war ja nicht der Hauptgrund, dass es hier drunter und drüber ging, sind wir mal ehrlich», sagte Jörg in einem für ihn ganz untypisch schärferen Ton. «Da hat der Kaltmeier aber erheblich größeren Anteil dran gehabt! Allerdings scheint der ja recht glimpflich davongekommen zu sein …»

«Na, aber davon kann ja wohl keine Rede sein», brauste Anette auf. «Der Kaltmeier hat 'ne Geldstrafe bekommen, und der gesamte Betrag wurde auf meinen Wunsch hin», sie machte eine kurze dramaturgische Pause, «an das HoT gespendet. Damit die das Dach neu machen können!»

«Hm ...», erwiderte Jörg nur.

«Was denn?», fragte Anette angriffslustig zurück.

«Nichts», begann Jörg zögerlich. «Frag mich halt, ob du mit den Jugendlichen auch so nachsichtig gewesen wärst, wenn die verantwortlich gewesen wären ...»

«Na, aber natürlich! Was ist denn das für eine Unterstellung, Jörg?», rief Anette pikiert. «Außerdem wollte ich eigentlich, dass der Kaltmeier Sozialstunden ableisten muss. Aber das wäre nicht gegangen, weil der es doch so im Rücken hat, weißte ja!»

«Wie der es geschafft hat, trotz seiner angeblichen Rückenschmerzen bei uns durch den Vorgarten zu randalieren, das würde mich ja mal interessieren!», warf Achim brummelig ein.

Anette, die immer noch etwas angefressen ob Jörgs haltlosen Unterstellungen war, musste bei dieser Bemerkung unwillkürlich grinsen. Seit der Kaltmeier überführt worden war, ließ ihr Göttergatte keine Gelegenheit ungenutzt, um seinen Part an der Ergreifung des Täters hervorzuheben. Achim erzählte allen, die es hören wollten, dass eine lückenlose Beweiskette nur möglich gewesen war, weil er den Fußabdruck der Trekkingsandale in ihrem Blumenbeet entdeckt hatte. So auch jetzt wieder.

«Aber seine Spuren hat der alte Mann nicht verwischt, trampelt der uns einfach die Tulpen kaputt, glaubt man das?

Aber nicht mit mir, nicht mit mir!», dröhnte er durch den Flur.

«Tja», warf Jörg ein, «Randale, Randale, Trekkingsandale, sag ich da nur!»

Biggi und Anette prusteten los.

«Stimmt», quiekte Biggi, doch Achim verzog das Gesicht.

Ständig musste dieser Fatzke ihm seine Auftritte verhageln. «Annika! Kommst du jetzt auch mal runter? Wir wollen los, sonst musst du hierbleiben!», brüllte er die Treppe hoch.

«Ja, komme sofort!», rief in diesem Moment Annika von oben. Wenige Sekunden später kam sie fertig angezogen, aber mit recht müden Augen die Treppe herunter. Von oben war leise das Schließen einer Tür zu hören.

«Ach, hast du Jonas mitgebracht?», fragte Anette.

«Nee, mit Jonas is vorbei», erklärte Annika gleichgültig, ging an Anette vorbei in die Küche und goss sich den kalten Rest Kaffee aus der Glaskanne in eine Tasse.

«Wie? Vorbei? Warum schon wieder vorbei?», polterte Achim und sah wütend und verwirrt aus. Seit der Leinenhochzeitsparty im Kegelheim mochte er den Burschen irgendwie, der hatte viel mehr vertragen, als er erwartet hatte, und außerdem hatte er schallend über seine Witze gelacht.

«Ach, ich hatte keine Lust mehr, mir zum fünfundneunzigsten Mal anzuhören, wie geil die Festivals und die Backpacker-Zeit in Australien waren, bin ja selber fast nie zu Wort gekommen bei ihm. Und dass er sich auf eurer Party so abgeschossen hat, fand ich irgendwie auch ätzend», meinte Annika, zuckte die Schultern und lehnte sich in den Türrahmen.

«Abgeschossen? Na, das ist ja wohl auch übertrieben, gönn dem armen Kerl doch ein wenig Spaß!», murrte Achim und sah seine Tochter vorwurfsvoll an.

Dass ihr Göttergatte sich jetzt so aufführte, amüsierte Anette insgeheim ein wenig. War er doch letztes Jahr in Frankfurt und der Zeit danach alles andere als begeistert von seinem potenziellen Schwiegersohn gewesen. Was hatte er geschimpft über Jonas' zerrissene Jeans und das Nasenpiercing! Doch nach dem gemeinsamen Biertrinken im Kegelheim schien das vergessen zu sein. Sie selbst war zwar ein wenig überrascht angesichts dieser plötzlichen Trennung, spürte aber, dass die Sache sie jetzt auch nicht besonders berührte. Hatte sie doch zu dem jungen Mann keinen besonderen Draht gehabt, schließlich waren sie sich auch nur zwei-, vielleicht dreimal begegnet. Trotzdem ein komisches Gefühl, dass er noch vor wenigen Wochen ihren Hochzeitstag mitgefeiert hatte und jetzt auch auf zahlreichen Fotos des Abends mit drauf war. Annika schien ja sehr gelassen mit der Sache umzugehen. Wahnsinn, wie abgeklärt die jungen Leute manchmal waren, dachte Anette, das hätte es früher nicht gegeben. Aber vielleicht ... In Anette keimte ein winziger Hoffnungsschimmer auf: Vielleicht kam Annika ja jetzt wieder mit Felix Hohmann von der Freiwilligen Feuerwehr zusammen. Vielleicht war er sogar der wahre Trennungsgrund! Das wär ja mal was!

Wieder hörte man leise Geräusche und dann Schritte im oberen Stockwerk.

«Wenn das nicht Jonas ist, wer latscht denn dann bei uns oben im Haus rum?», fragte Achim und blickte zur Decke.

«Hat Steffi hier übernachtet?», erkundigte sich Anette.

«Nee …», sagte Annika ausweichend und versuchte, ein Grinsen zu unterdrücken.

Die Schritte wurden lauter, und schließlich hörte man die Treppenstufen knarzen. Anette und Achim wandten sich von ihrer Tochter ab und drehten sich zur Treppe um. Auch Biggi und Jörg blickten mit gespannten Mienen auf den Treppenabsatz. Zuerst war nur ein Paar Füße in dunklen Herrensocken zu sehen, dann erschien ein junger Mann in schwarzer Stoffhose und zerknittertem, blauem Hemd mit weißem Kragen, die dunklen Haare hingen ihm zerzaust bis in die Augen, in der Hand hielt er ein paar weiße Sneaker.

«Matteo!», rief Anette entsetzt. «Was machen Sie denn hier?»

«Ähm …», begann Matteo Zanetti, der nun am unteren Ende der Treppe angelangt war und völlig entgeistert ob der Entourage, die ihn dort erwartete, um sich blickte.

«Komm, geh du mal nach Hause, dich umziehen, ich klär das hier», sagte Annika und schob Matteo zur Haustür. Im Gehen schlüpfte dieser hastig in seine Schuhe, offensichtlich erleichtert, den unangenehmen Fragen so glimpflich zu entkommen.

Als die Tür hinter ihm ins Schloss fiel, blickte Annika in drei verblüffte und ein wutverzerrtes Gesicht.

«Was hat der denn hier zu suchen gehabt?», polterte Achim sofort los.

«Na, was wohl?», fragte Annika frech und verdrehte die Augen.

Achim klappte die Kinnlade herunter. Auch allen anderen schien es die Sprache verschlagen zu haben.

Biggi erwachte als Erstes aus ihrer Starre: «Uh, dann gibt's ja vielleicht bald schon wieder was zu feiern! Ich hör schon die Hochzeitsglocken läuten!»

«Birgit, also echt! Als ob ich den jetzt direkt heiraten würde!», kreischte Annika entgeistert.

«Och, das fänd ich irgendwie schön», meinte Anette und hakte sich bei Biggi unter.

Darüber sinnierend, wie eine Hochzeit zwischen Matteo und Annika wohl verlaufen und welche Tischdeko sie auswählen würden, schlenderten die beiden Freundinnen aus der Haustür und die Einfahrt hinunter zum Auto.

Annika folgte ihnen und rief genervt: «Könnt ihr mal bitte damit aufhören!» Jörg ging glucksend hintendrein.

Nur Achim stand noch im Hauseingang. Mit säuerlicher Miene, den Blick auf seine Ausgehschuhe geheftet, die er vor zwanzig Jahren günstig im Sommerschlussverkauf geschossen hatte.

Biggi, immer noch fest verhakt mit ihrer besten Freundin und mittlerweile auf Höhe von Anettes kiwigrünem Auto, drehte sich halb um und rief über die Schulter: «Achim, jetzt komm! Zieh doch nicht so 'n Flunsch! Wenn deine Tochter den Matteo heiratet, wächst endlich zusammen, was zusammengehört! Und es gibt sicher noch mal ordentlich Extrarabatt in Zukunft!»